Tutti ma non il miliardario!

una commedia romantica e passionale

Tutti tranne te
Libro 1

Sara L Hudson

Traduzione di Ester Manzini @ Inside The Book

* * *

Sara L Hudson
PO BOX 1154
League City, TX 77573
United States

🇮🇹 *All'Italia, il Paese del mio cuore e della mia anima.*

Come vi amo tutti... e il vostro cibo. 🤍

Capitolo Uno

Chase

Ho tra le mani una patata asociale.

Non siate volgari. Intendo il mio gatto.

Che è uno sphynx, quindi in pratica ho una patata senza peli. Sì, lo so. Mille doppi sensi. Tutti molto divertenti. Ma non è questo il punto.

Il punto è che in questo momento sono seduto su una panchina in Central Park a guardare quegli stronzi barba-muniti e capelloni che fanno breccia nel cuore delle fanciulle grazie all'intervento dei loro allegri cucciolotti che corrono a fare le feste a chiunque abbia le tette. Tette avvolte in tessuto tecnico aderente e succinto. E io invece mi ritrovo con un gatto pelato che si rifiuta di sbirciare fuori dalla mia felpa.

Sì, mi metto il gatto sotto la felpa. Fa freddo, lui non ha pelo, quindi cos'altro dovrei fare? Lasciarlo a congelarsi le sue glabre chiappette? Siete senza cuore.

Ma dicevamo.

Vi starete chiedendo cosa ci fa un trentacinquenne eterosessuale con un gatto nudo. Me lo chiedo anche io ogni mattina, quando mi sveglio con quel culo rugoso in faccia alle prime luci dell'alba.

In realtà è il gatto della mia ex fidanzata. Gliel'ho preso perché è allergica a tutto. La proprietà è stata discutibile finché lei mi ha dato un ultimatum: o il matrimonio, o era finita.

E io ho scelto la seconda alternativa.

Lei ha cercato di ritrattare molto in fretta, ma non ha funzionato. Soprattutto perché ho scoperto che si faceva il mio socio in affari. Quando l'ho affrontata, è crollata e ha detto che l'ho costretta io a tradirmi. Che ho problemi con gli impegni seri.

Problemi con gli impegni? Ma *pronto*? Le ho comprato un gatto.

Comunque non ero io quello con l'amante. E poi, il mio socio? Dai. Di fronte a un simile colpo basso, è ovvio che mi riprenda suddetto gatto. Pelato o meno.

E così eccomi qui, a dare una seconda chance a Mike Hunt, lo sphynx.

Visto? Non è molto maturo, lo so. Ma visto che la mia ex l'aveva battezzato Fluffy, che io trovavo umiliante piuttosto che ironico, penso che Mike Hunt sia un netto miglioramento.

Mi chino e parlo con il rigonfiamento sotto la felpa. Questo porta alcuni passanti a lanciarmi occhiate perplesse.

Su, su, continuate a correre, capelloni.

«Senti, Mikey. Non stai aiutando nessuno dei due.» La sfera di pelle rugosa si rannicchia più a fondo. «Okay, te la sei cercata.» Prendo il cellulare dalla tasca posteriore e mi metto a cercare maglioni per gatti. Ecco cos'è diventata la mia vita. Comprare maglioni per patate spelate.

Dio, è deprimente.

Ma proprio quando sto per pagare con PayPal un intero guardaroba per il qui presente signor Hunt, il telefono vibra, e il nome di mio padre lampeggia sullo schermo.

Non l'ho registrato come "papà", ma con il suo nome

completo: Stanley W. Moore. Questo la dice lunga su quanto siamo legati. O, piuttosto, quanto non lo siamo.

Visto che oggi pare non avrò fortuna con alcun tipo di patata, faccio scorrere il pollice sullo schermo e rispondo. «Stan.»

«Chase.»

«A cosa devo il piacere della tua cortesia in questa gradevole mattinata primaverile?»

«Cristo.»

Adoro dare il tormento al mio vecchio. Mi dice sempre che è l'unica cosa che sappia fare. Sono dotato.

«Oggi a mezzogiorno c'è la riunione con gli azionisti,» mi sbotta all'orecchio. È lo stesso tono che usa con me da quando sono bambino. Quando per sbaglio (o apposta) ho fatto esplodere il progetto per la fiera della scienza scolastica aggiungendo troppo aceto e bicarbonato. Quando la polizia mi ha riportato a casa dopo avermi beccato a coprire di carta igienica la casa del preside. Quando a quattordici anni mi hanno scoperto nel ripostiglio delle scope, a palpeggiare Megan Dumphrey. Lo stesso tono che ha usato quando mi sono diplomato a pieni voti, primo della classe, capitano della squadra di calcio per quattro anni, e ho preso una borsa di studio per meriti scolastici all'Università della Pennsylvania.

Crescendo, ho capito che, a prescindere dalla situazione, io sarei stato considerato quello svagato, indisciplinato, un ragazzino buono a nulla. Quindi perché non comportarmi come tale? Era molto più divertente che cercare di compiacere il costantemente scontento Stanley Winston Moore.

«Quindi un pranzo in famiglia?» rispondo al telefono. «Visto che tutti gli azionisti sono parenti. Giusto, pà?»

Quasi lo sento digrignare i denti. «È richiesta la tua presenza.»

Se fosse per lui, non ci sarei, ecco cosa suggerisce la sua

risposta. Il che è probabilmente vero. A diciott'anni è stata una sorpresa scoprire di aver ereditato delle quote della società di famiglia, Moore's, una catena di negozi di lusso di fama internazionale con sede a New York. Tipo Harrods, ma americano. Adoro quel marchio, anche se, fin dalla più tenera età, mi è stato inculcato che non era nel mio destino. Io ero il secondogenito. La riserva. Il tappabuchi. Hanno sempre ripetuto a me e alla mia sorella minore Liz che sarebbe stato il maggiore a ricevere le redini. Perché Liz non solo era la terzogenita, ma peggio ancora, era una femmina. E io... perché sono io. Mio padre non aveva scelta se non dividere le quote. Mio nonno materno se n'è assicurato. Ma controllare l'attività? Diavolo, no.

Sbuffo un rapido respiro e mi costringo ad assumere una voce gioviale. «Ci sarò, papino.»

«Thomas vuole analizzare alcune informazioni. Sforzati almeno di comportarti in modo professionale.»

Professionale, del tipo che ho creato un'app multimilionaria? O che ho investito con successo in diverse start-up fin da quando ho vent'anni, e sempre di tasca mia, senza intaccare il patrimonio di famiglia?

Ma non abbocco, e ribatto allegro: «Contaci, Stanley.»

Silenzio. Riattacca senza salutarmi.

Carino.

Vorrei poter dire che questo genere di conversazione passivo-aggressiva è insolita. Che Stan di solito è amichevole, un padre amorevole, fiero dei miei risultati. Che mi invita sempre ai pranzi di famiglia e alle partite di golf con i suoi compari.

Ma se i sogni fossero reali, non me ne starei qui su una panchina al parco, a ordinare maglioncini a rombi per Mike Hunt.

* * *

Bell

Mamma diceva sempre che c'è una canzone di Elvis per ogni situazione. In questo momento, seduta nell'ufficio della mia avvocata, davanti all'uomo che rappresenta quel ladro del mio ex dipendente, di certo sento che mi sale la temperatura, come in *Burning love*. In realtà sto più che altro perdendo la pazienza. E di certo quello non è uno per cui bruciare d'amore.

Sul labbro superiore ha più pelo di un pornoattore anni Settanta.

«Senta, signorinella...»

E con ciò mi disconnetto. O così, o rischierei di strangolare il bastardo.

Sentite, vivo in Texas. Sentirmi definire "signorinella" è inevitabile, a un certo punto. Nella migliore delle ipotesi, lo farebbe un adorabile vecchietto che gioca a scacchi su una sedia a dondolo, e lo intenderebbe in senso rispettoso. Ma oggi la fortuna non è dalla mia parte.

Ricordo a me stessa che le cause legali sono roba seria, anche se questa non ha alcun fondamento, e cerco di concentrarmi sul pomposo, corpulento avvocato seduto dall'altra parte della scrivania. Ma riesco solo a vedere quei baffoni anni Settanta e il finto Rolex d'oro. John, il mio ex dipendente, mi sottovaluta se pensa che vincerà la sua ridicola controdenuncia grazie a questo debosciato.

«Se lascia cadere le accuse, il mio cliente...»

«No.»

Baffone sbatte le palpebre. «Come, scusi, cara?»

«Non mi chiamo cara, e di certo neanche signorinella. Il mio nome è Campbell King. Signora King, per lei. Non intendo lasciar cadere le accuse. E, sinceramente, la controdenuncia del suo cliente è a dir poco risibile. Il mio ex dipendente è colpevole di sottrazione di dati aziendali. Ci sono le prove: registrazioni, e-mail e video di sorveglianza.» Lancio un'occhiata alla mia avvocata, Leslie Peterson, che cerca di nascondere un sorrisetto abbassando il viso e rimescolando la pila di documenti davanti a sé.

«Questo è un banale malinteso. Il mio cliente mi assicura che lei non sa del sistema con cui lui...»

«Ha cercato di prendersi il merito per il mio lavoro, soffiandomi clienti? Sì, Baffone, capisco benissimo il sistema che stava usando.»

Leslie scoppia a ridere, ma cerca di trasformarlo in un acceso di tosse. Cazzo, ho detto Baffone ad alta voce. Non molto professionale. Quando mi provocano, ho la tendenza a dire quello che mi passa per la testa senza filtri. È un'abitudine che ho sviluppato dopo aver taciuto troppe volte in passato.

Ma visto che Baffone non è un cliente, mi ha chiamata signorinella e pure cara, e lavora per quell'infame del mio ex impiegato, non me ne frega assolutamente un cazzo.

Leslie si schiarisce la gola e si rivolge all'altro avvocato. «E aggiungiamo che il suo cliente, il signor John Dudley, che, aggiungerei, non si è neanche degnato di presentarsi a questo incontro, richiesto proprio da lui, ha firmato un accordo blindato di non concorrenza per la durata del contratto biennale con la King Marketing.» Il forte accento da East Coast di Leslie fende la stanza, in netto contrasto con quello del sud mio e di Baffone. «Quindi la causa legale della signora King è fondata. Il signor Dudley cesserà la sua illecita start-up creata sfruttando le informazioni dei clienti della King Marketing, che ha acquisito illegalmente, e pagherà la penale per il danno arrecato all'azienda della mia cliente.»

Baffone stringe gli occhi. «Ecco cosa succede quando si affidano gli affari alle donne. Ci provano con un uomo, e poi si agitano quando lui non ricambia.» Le sue guance diventano più grandi, gli occhi più piccoli, quindi immagino stia sorridendo sotto quel bruco gigante che ha sotto il naso. «Oh, certo,» dice, guardandomi. «Il signor Dudley mi ha parlato della sua cottarella, *signora King.*» Fissa Leslie, che non sorride più. «Potremmo sempre aggiungere la molestia sessuale alla causa, se la sua cliente vuole giocare così.»

Ingoio un'ondata di oltraggio per la palese menzogna di Baffone, ma mantengo una facciata calma. John è stato preso come stagista. Quando la mia ex assistente è andata in maternità, per poi decidere di dedicarsi alla sua adorabile bimba, si è candidato per la sua posizione. Visto che aveva a malapena i requisiti necessari e io avevo un bisogno disperato di un assistente in tempi stretti, l'ho assunto. Cosa di cui mi sto pentendo. Anche se mi ha sempre dato l'impressione di essere un po' sospetto, l'ho licenziato solo quando il reparto IT mi ha informata delle sue attività illegali.

Respiro a fondo dal naso. Non voglio apparire *agitata.* Anche se dentro mi scalcia il bisogno di pugnalare la pappagorgia di Baffone con la penna stilo.

Mi alzo e mi rivolgo alla mia avvocata, la cui espressione affilata la fa fare un pochino sotto persino a me. È ora che si guadagni lo stipendio. «Leslie, vuoi concludere la faccenda?»

«Con piacere.» Non mi guarda e mantiene lo sguardo su Baffone, che si agita sulla sua sedia, cosa che mi dà grande soddisfazione. Non ha idea del casino che ha appena attirato su di sé e sul suo cliente. Io ho cercato di essere gentile. Leslie non lo è. Assumerla è stata la migliore idea di sempre. La peggiore? Assumere John Dudley.

No, ritratto. La peggiore idea l'ho avuta otto anni fa.

Elvis Presley sosteneva che i newyorkesi non l'avrebbero cambiato. Anche ora, con tutto il mio successo, vorrei aver avuto la saggezza del Re, in gioventù.

Quindici anni fa, ho attraversato il Paese diretta alla Grande Mela, per frequentare una delle migliori facoltà di economia della nazione. Al sesto anno, ho reso orgogliosi i miei genitori guadagnandomi una borsa di studio, accaparrandomi stage prestigiosi e laureandomi a pieni voti. Stupidamente, ho pensato che ciò mi avrebbe preparata per il mondo reale.

Ci sono voluti pochi mesi al mio primo vero lavoro in una grande agenzia di marketing per smentirmi.

All'epoca ho provato molte cose: vergogna, umiliazione, incredulità, dolore. Ma ciò che mi ha tenuta a galla, che mi ha portata al mio attuale successo, era la rabbia. Mi piace pensare di non essere tornata a Houston con la coda tra le gambe, ma con il fuoco sotto il culo.

Scocco un'occhiata furibonda a Baffone, recupero la valigetta ed esco. Nei pressi della sala conferenze, trovo quel viscido del mio ex dipendente che ci prova con una delle segretarie di Baffone. Invece che presentarsi alla mediazione per la sua stessa causa legale, eccolo lì che insegue le gonnelle.

Rallento nel superare la scrivania della segretaria, attirandomi un suo sguardo interrogativo e, da parte di Dudley, una smorfia arrogante. Mi chino verso di lei e sussurro, in tono abbastanza alto da farmi sentire dall'intera stanza: «Assicurati di avere una scorta di penicillina, altrimenti per curarti ci vorrà una vita.»

Spalancano la bocca all'unisono e io proseguo verso l'ascensore, canticchiando un'allegra melodia di Elvis.

Capitolo Due

Chase

Okay, sorpresa del secolo. Il pupillo, il salvatore della famiglia, mio fratello Thomas (non Tom o Tommy, proprio Thomas) è uno stronzo.

Mia sorella Liz si appoggia allo schienale e sospira. «Dio, che stronzo.»

Che vi avevo detto?

«Liz, modera il linguaggio.» Anche di fronte alla rovina finanziaria, mia madre sa ammonire con garbo.

«Scusa, mamma, ma insomma, pensavo fosse stato formato per gestire l'attività, e invece adesso vuole venderla?» Liz appare genuinamente sconvolta, come una bambina sul punto di scoprire che Babbo Natale non esiste. Cosa che mi fa incazzare, perché ho passato la gran parte degli anni di liceo a portare avanti per lei la magia del Natale. Alle medie era stata l'unica a finire in una scazzottata per difendere l'onore di Babbo Natale.

Ero stato molto orgoglioso.

Stan emette un verso strozzato, e mi sorge il dubbio di dover chiamare il 911. Mamma si versa un altro Mimosa prima di tornare ad accomodarsi all'alta sedia a tavola. Ho detto Mimosa ma intendo champagne puro. Di solito non beve. Tranne quando è in compagnia di mio padre. Visto che tutti noi preferiremmo avere davanti vodka invece che champagne, fingiamo di non vedere che nostra madre si concede il suo succo dell'allegria.

Un momento fa, Thomas si è seduto al tavolo da pranzo e ha rivelato che Moore's è in guai finanziari. Poi ha sganciato la bomba: non vuole succedere a capo dell'azienda, come precedentemente concordato. C'è un'offerta da parte di un qualche gruppo di negozi, e lui vuole vendere. Poi si è alzato e se n'è andato, lasciandosi dietro uno Stan sputacchiante, una Beth imprecante, e mamma che si scolava un altro bicchiere.

Dovrei godermi questo momento, ma non ci riesco.

Nella sua vita, Thomas aveva sempre i voti più alti, diceva le cose giuste, frequentava i club più prestigiosi. Non sprecava tempo con sciocchezze come l'infanzia e il divertimento. Dopo un cazziatone particolarmente grave ai tempi delle medie, da parte di mio padre, ho fatto irruzione in camera di Thomas e gli ho chiesto: «Per una volta non puoi sbagliare qualcosa?»

Thomas si è limitato a inarcare un sopracciglio con fare di superiorità. «Tu invece non puoi fare qualcosa di giusto?»

Touché, Thomas. Touché.

Ora che mio fratello finalmente ha deluso in grande stile le aspettative della famiglia, dovrei gongolare. Ma visto che la sua caduta dalle grazie paterne sembra portarsi dietro l'eredità familiare, non riesco a evocare alcuna sensazione di trionfo. Sono cresciuto con Moore's, che in un certo senso è molto più che una catena di negozi: rappresenta quasi diecimila metri quadri di lussuoso terreno edificabile a Manhattan.

Passare tempo da Moore's era il momento più bello della mia infanzia, per quanto suoni triste. Giocavo a nascondino con Liz tra gli espositori di vestiti. La signora Gilman, la manager, mi portava sempre dei dolci quando i miei genitori non guardavano (cioè spesso), e West, il sarto maschile, mi ha insegnato a vestirmi con stile. Sia per le donne che per gli affari.

Mi hanno pur detto, e ripetutamente, che gestire l'attività non era nel mio futuro, ma l'ho sempre sentita mia.

La bocca di Stan si muove ma non produce suono. Probabilmente si sta ancora riprendendo da quello che dev'essere il più grande shock della sua vita. Quando le parole si formano, non so se sta rispondendo a Liz o se blatera tra sé. «Vendere... forse. Ridurre il personale... potrebbe funzionare...»

Quella frase si sfuma in un ronzio quando penso alla signora Gilman, a West e al resto del fedele staff che rende Moore's ciò che è.

«No.» Tutti sobbalzano alla mia interruzione. Persino io.

Segue un istante di silenzio, in cui tutti mi guardano.

«Scusa?» Stan non sembra felice.

Lo sto facendo davvero? Lancio un'occhiata a Liz, che mi sorride incoraggiante. Eh, mi sa che lo sto facendo eccome.

«Senti,» proseguo. «Se vuoi aumentare le vendite, non puoi ridurre le persone che se ne occupano.» Stan apre la bocca, ma io continuo. «Thomas non ha tutti i torti quando dice che i negozi di lusso a conduzione familiare sono roba del passato, ma ciò non significa che non possiamo portarli nel futuro. O che dobbiamo vendere.»

Stan ringhia. «Ti prego. E queste cose le sai grazie al tuo sito porno?»

Okay, ricordate l'app che ho sviluppato? Può essere considerata porno. In pratica è l'equivalente di Hot or Not, l'orribile app che valuta l'aspetto delle donne da uno a dieci. Solo che è per le dick pic.

Esatto, signore e signori, ora le donne di tutto il mondo possono rivalersi di quegli stronzi e caricare tutte le foto non richieste di peni sulla mia app, e dare loro un voto da uno a dieci.

Posso dirlo? Sono un genio. Ma sì, possiamo dire che è porno.

Liz interviene. «Intendi la sua app social multimilionaria?»

Mia sorella è meravigliosa.

Stan rotea gli occhi, mia madre li spalanca verso mia sorella come avvertimento. La mia app vale milioni. E se è vero che l'ho creata io, dopo la brutta storia tra la mia ex e il mio socio mi è rimasta una frazione di ciò che mi spettava. Sinceramente, per me i soldi non sono così importanti. Certo, posso dirlo perché ho abbastanza risparmi da non dover lavorare. Pensavo sarebbe stata una figata, ma non è così. La pigrizia non fa per me.

Ma non sono ossessionato dalla ricchezza come mio padre.

Una ragazza con l'uniforme del catering viene a portare via i piatti, interrompendo il mio flusso di pensieri. Sì, il pranzo in famiglia è preparato dallo chef dei miei. Uno chef personale con tre sottoposti che servono i pasti nei centocinquanta metri quadri della sala da pranzo tutta oro e cristallo di mio padre.

E poi si chiedono perché l'azienda non è solida a livello finanziario.

«Lizzy,» mormora mia madre prima di bere un altro sorso.

Di nuovo rimproverata, Liz abbassa lo sguardo e si sistema i capelli dietro le orecchie. Lei e mamma hanno un bel rapporto. Nostra madre è vecchio stampo, e appartiene a una generazione di donne che difendono i mariti. E anche se Liz ha più fegato di così, brama l'approvazione di mamma. Forse è una questione madre-figlia. Liz però mi prende la mano e la stringe come incoraggiamento.

Traggo un profondo respiro e mi preparo allo scontro. «Di' quello che vuoi sulla mia app, ma non puoi negare che sia produttiva. Sapevo cosa stavo facendo.»

«Al passato?» chiede Stan, rigido. «Non sei neanche riuscito a starci dietro, eh, ragazzo? Ti hanno cacciato dalla tua stessa azienda? Proprio come pensavo.»

Vorrei tirargli uno schiaffo, ma ciò minerebbe la mia credibilità. Liz fa per ribattere, ma scuoto il capo. Non voglio che si esponga con i nostri genitori. E non occorre che Stan sappia che ho venduto perché il mio ex socio non è riuscito a tenersi il cobra nei pantaloni, e la mia ex è un'esperta incantatrice di serpenti.

«Il bue che dice cornuto all'asino, non trovi?»

Lui avvampa, e un po' ci godo.

«Senti, ho appena concluso la vendita dell'app, e sto valutando la mia prossima attività. Potrei occuparmi di Moore's.»

«Potresti? *Potresti?*» tuona Stan. «Dovremmo tutti mettere a repentaglio il nostro futuro e l'offerta miliardaria che ci hanno fatto perché *potresti* occuparti di Moore's"

Sigh. «Okay, l'ho detto male. Voglio occuparmi di Moore's, e so che ha bisogno di me. È più di quanto quel perfettino di Thomas possa dire.»

A furia di farle fremere, le narici di Stan esploderanno.

«Votiamo.» Indico la porta da cui è appena uscito Thomas. «C'è già un voto per la vendita. Io invece propongo di mettermi a capo dell'attività, aumentare i profitti e portare Moore's nel Ventunesimo secolo.»

Liz guarda nostra madre, che scuote appena la testa, facendomi serrare lo stomaco. Sapevo di averla sparata grossa, sperando che mamma si mettesse contro il vecchio, ma non pensavo disapprovasse il sostengo di Liz nei miei confronti.

«Due voti per Chase,» afferma mia sorella senza guardarla negli occhi.

Sì, adoro mia sorella.

Le dita di Stan si serrano attorno al bicchiere. «Se pensi che ti permetterò di...»

«Se non mi lascerai prendere le redini, l'unica alternativa è vendere.»

«Preferirei fare questo che affidare l'azienda che la mia famiglia ha creato dal nulla a un playboy come te. Ti farai distrarre dalla prima sciacquetta che ti fa gli occhi dolci, e Moore's subirà lo stesso destino di tutto ciò che hai iniziato e mai finito.»

La mia poker face mi farebbe vincere milioni a Las Vegas.

Nascondo l'effetto che quelle parole hanno su di me con un sorriso e mi appoggio all'elegante schienale. «Dai, vecchio. Hai iniziato tu il disastro, con le tue risibili doti manageriali.»

«Tu...»

«Basta.»

Tutti sbattiamo le palpebre al tono di mia madre. Non è rabbioso ma fermo. Persino Stan aggrotta la fronte stupito. Non penso si sia mai rivolta così a lui, o a noi, del resto.

Un lungo sospiro le sfugge dalle labbra perfettamente dipinte di rosa. Giurerei di aver visto i suoi occhi spostarsi verso il carrello dei liquori accanto alla porta. «Non scadiamo nella volgarità.» Aggiusta i numerosi braccialetti al polso snello prima di continuare, come se accarezzare i diamanti le desse forza. Forse è così, perché non l'ho mai vista così coinvolta dagli affari. «In verità, sono meno stupita di voialtri che Thomas voglia vendere. Non gli è mai davvero piaciuta la catena di negozi.»

Quando Stan fa per ribattere, Liz lo zittisce, meravigliandolo di nuovo. Pare che le donne siano al timone, al momento.

«Né mi stupisce che Chase voglia subentrargli. Lui, al contrario, ha sempre amato Moore's.» Mi fa un lieve sorriso, quasi di scuse. «Non ho mai detto niente perché...» Fissa malinconica il bicchiere vuoto. «Beh, non c'è un perché.» Si raddrizza sulla sedia, cosa superflua data la sua postura già impeccabile.

Silenzio.

Quando nessuno parla e mia mamma non prosegue, Stan riprende.

«Ma non vi rendente conto dei danni che potrebbe causare?» Mi indica, neanche potessero fraintendere che sta parlando di me. Bisogna rendergli merito di una certa tempra, perché, pur avendo tutti i figli contro ed essendo in inferiorità, sia in termini di numeri che di azioni, si sforza comunque di non permettermi di andare al comando.

Mi mordo l'interno della guancia. Sono davvero così pessimo?

Stan lascia cadere con un tonfo la mano sul tavolo, e il bicchiere di cristallo tintinna. «Se gli diamo il controllo e lui incasina tutto, cosa che di certo farà, l'offerta che ci hanno fatto verrà abbassata. O addirittura ritirata. Moore's dovrebbe dichiarare bancarotta.»

Per un istante, il panico mi raggela il petto. E se fallissi davvero? Cosa sarebbe di mamma? Di Liz?

«Papà, Chase non permetterà che accada. È intelligente. Si è laureato con il massimo dei voti. Alla *U Penn.*» Un sospiro esasperato le sfugge. «Non so perché pensi che incasinerà tutto.»

La mia sorellina mi sorride, e il panico evapora. Ha ragione. Posso farcela. Lo so. E soprattutto, conosco Moore's.

Mamma si rassegna a non ottenere un rabbocco dall'elusivo staff e spinge indietro la sedia per servirsi da sola. È di nuovo silenziosa, ma non manco di notare il cenno di incoraggiamento che mi fa alle spalle di Stan. Oggi mia madre mi manda segnali contrastanti.

Lui alza gli occhi al cielo. Quel gesto giovanile sarebbe comico se non fosse diretto a me e non incarnasse la sua totale mancanza di fiducia nelle mie abilità.

Argh. Al diavolo Stan e il suo vizio di farmi dubitare di me stesso. Può non piacergli lasciare l'eredità di famiglia nelle mani della riserva, ma non provo alcuna empatia per lui. Se l'è cercata, con la sua cattiva gestione degli affari e l'inesistente supporto paterno. Quindi intreccio le braccia dietro la testa e sorrido. «Sì, vecchio, non preoccuparti. Sono sul pezzo.»

«Davvero?» Assottiglia lo sguardo. «E quanto ne sei sicuro?»

Sospiro tra me. Perché nulla è mai facile con lui?

Ma sto al gioco. «In che senso?»

I suoi occhi sono fissi nei miei quando si sporge in avanti. «Hai fino alla fine dell'anno per mostrare concreti sviluppi. Se fallisci, vendiamo. Dovremo farlo. Ma se andrà così, o meglio *quando* andrà così, rinuncerai alle tue quote.»

Non sbatto le palpebre. Non mi muovo. Mi limito a ricambiare il suo sguardo.

Non sono stupido. So che non dovrei accettare. Ho già la maggioranza dei voti degli azionisti, visto che Liz e mamma sono dalla mia parte. Nulla che lui possa fare a questo punto può impedirmi di subentrare. Ma lui è sicuro che fallirò. Solo perché non sono Thomas. E se non ci metto la faccia e i soldi, penserà che sono d'accordo con lui.

Dannazione.

«Affare fatto, paparino.»

* * *

Bell

Baffone si è arreso, come sapevo avrebbe fatto. Si può provare quanto si vuole a giocare la carta *le donne sono troppo emotive,* ma non si possono contrastare delle prove schiaccianti, come quelle che ho io. I video di sorveglianza di John nell'edificio dopo il licenziamento e le tracce digitali che ha lasciato su tutte le informazioni dei miei clienti l'hanno incastrato.

Sbatto le palpebre al sole sulla skyline della città, che si vede dal punto sopraelevato di Houston. Negli otto anni da quando ho aperto l'attività, sono passata dal lavorare nella mia camera da letto a essere la più giovane presidente donna e CEO di un'agenzia di marketing nello Stato. Ora i miei uffici personali sono nella prestigiosa Galleria di Houston, anche se ho staff in tutti gli Stati Uniti. Questo è il bello degli affari oggi: si possono fare dappertutto. Soprattutto se ci si occupa di marketing online.

In ogni caso, ho sempre pensato che il panorama fuori dalla vetrata del mio ufficio sarebbe stato più grande.

E lo è stato, per un momento.

«Signora King, chiamata sulla linea due.»

Chiudo gli occhi al vivido sole del Texas; puntini neri mi danzano dietro le palpebre. Faccio girare la poltroncina e tendo la mano verso il pulsante dell'interfono. «Chi è?»

Forbes ha appena pubblicato un articolo in cui la King Marketing è menzionata come una delle migliori aziende innovative da tenere d'occhio. Il che significa che ultimamente mi arrivano chiamate da un sacco di imprese che vogliono il nostro aiuto.

«Un certo signor... ops!» ridacchia. «Mi sono dimenticata come si chiama.»

Roteo gli occhi tra me. Questa è l'ultima segretaria temporanea inviatami dall'agenzia di collocamento. Chi mai ridacchia della propria incompetenza? Non mi scomodo a risponderle. Riattacco e sollevo il ricevitore, premendo il tasto due. «Campbell King.»

«Salve, signora King. Grazie per aver risposto. Sono lieto di essere riuscito a contattarla prima della pausa pranzo.»

Sesso. Ecco cosa trasmette questa voce. Un fremito mi percorre la pelle. Tutte le strade portano a Roma? Beh, quel fremito porta alla mia patata.

«Signora King?»

«Eh?» Rabbrividisco. «Oh, sì. Eccomi.» Scaccio la trance causata da quella voce e scosto le gambe, piantando saldamente i piedi sul pavimento sotto la scrivania. Finalmente colgo cosa Voce Sexy mi stava dicendo e guardo l'orologio. «Sì, beh, di solito vado in pausa a mezzogiorno.»

«Ah, diverso fuso orario.» Fa una pausa. «Qui a New York è già mezzogiorno.»

Il mio stomaco sprofonda. New York?

«Di recente ho letto l'articolo su *Forbes* riguardo alla sua azienda,» continua Voce Sexy. «Vedo che si sta facendo un nome, pensando fuori dagli schemi e reinventando le attività commerciali di cui si occupa incrementandone la presenza digitale. Ed è proprio ciò di cui abbiamo bisogno. Mi interesserebbe organizzare una riunione per discutere la possibilità di assumere la King Marketing come consulente per la creazione di un piano di comunicazione per Moore's, che utilizzi i social media. Qualcosa che Moore's ha tristemente trascurato.»

Moore's? Non poteva essere *quel* Moore's, vero?

«Mi scusi, signor...»

«Moore. Chase Moore.»

Merda.

«Scusi, la sua segretaria non glielʼha detto?»

Traggo un profondo respiro. «No, sono io a scusarmi. Ho da poco perso la mia fantastica assistente, che è in maternità, e i rimpiazzi che mi hanno mandato sono stati... al di sotto delle aspettative, diciamo.»

Ridacchia, e quel suono fa qualcosa al mio bassoventre. «Capisco. Anche Moore's ha attraversato di recente alcuni cambi a livello di personale.»

«Il che spiega la sua chiamata a King Marketing.»

Un'altra risata. «Capisce al volo.»

«In questo settore è essenziale.» Mi sento maggiormente in controllo, così prendo la penna e mi appunto "Moore's" sul blocco. «Allora, signor Moore, cosa cerca, di preciso?»

* * *

La prima classe mi ha viziata. Passo l'intero viaggio avvolta in una coperta di cashmere, i piedi al caldo in pantofole in pendant, mentre le assistenti di volo mi servono un calice di champagne dietro l'altro.

Diciamocelo, ho viaggiato molto per lavoro, ma di solito in business. Dopo aver però stabilito che Chase Moore non lavora per una hotline e non ha sbagliato numero, ma che davvero era il capo della più famosa catena di negozi di lusso a gestione familiare a Manhattan, mi sono adeguata.

Abbiamo parlato per un po'. Ho citato il lavoro fatto da King Marketing a New York negli anni, anche se me ne sono occupata da remoto. Ho menzionato la strategist newyorkese che vorrei presentargli, e lui ha accettato, purché sia presente anche io.

Non ho mai accennato alla mia esitazione sul recarmi a New York, ma lui deve aver percepito qualcosa, quindi ha insistito.

«So cos'ha fatto per Cavendish. Sei anni fa erano una minuscola azienda con poche sedi solo in Texas. E poi è arrivata lei,» ha detto, «e nel giro di due anni hanno aperto altri sei negozi in tre altri Stati. E vanno ancora alla grande. Un *suo* successo, non del suo staff.»

E quando un miliardario con la voce di un dio del sesso ti offre l'affare della vita e una possibilità di redimere la città che ti ha masticata e sputata in passato... tu ci vai.

Ecco perché, dopo aver preso la limousine predisposta dall'aeroporto al mio lussuoso hotel affacciato su Central Park, ho passato la serata a mangiare il cibo offerto dal servizio in camera e a smaltire lo champagne del volo.

Ora, dopo essermi lavata di dosso lo sporco del viaggio, sono vestita e seduta in un taxi, pronta a fare una ricognizione prima di incontrare Chase Moore domani. So che di solito lavoro online, nell'etere dell'internet, ma proprio come ho comprato stivali da cowboy e fibbie per cintura da Cavendish prima di lavorare per loro, intendo fare una ricerca sul campo travestita da persona che fa shopping da Moore's.

Il solo nome mi fa venire l'acquolina in bocca. La pubblicità, il riconoscimento e il prestigio che mi darebbe quel lavoro...

Senza contare che fatturare anche le ore di shopping è un grande pro.

«Datti una svegliata, donna!» Il tassista si accanisce sul clacson, poi fa un gestaccio a un'altra macchina.

Il mio sorriso si allarga. Ah, New York. Niente *signorinella* o *che Dio ti benedica* da queste parti. Questa è una città con la testa sulle spalle.

«Quello è Elvis?»

Mi blocco a metà del motivetto. «Ah, sì. Scusi. Tendo a canticchiare Elvis senza rendermene conto. Un vizio che ho preso da mia madre, credo.»

«Non si scusi. È meglio della roba che sento per radio di solito.» Fa il dito medio a un altro conducente. «E poi Elvis era un grande. Non lo chiamavano il Re per niente.»

«Sì, lo diciamo sempre io e mia madre.» Come al solito, una fitta di nostalgia mi coglie, ma ogni volta che sento parlare di Elvis, è mitigata da bellissimi ricordi. Io e mamma che balliamo su *Blue Suede Shoes* in camera mia. Lei e papà che volteggiano in cucina con *Love me Tender* sul giradischi.

«Muoviti, cretino!»

Dopo qualche altro minuto e diversi epiteti coloriti da parte del tassista, salto giù davanti a uno degli edifici più appariscenti di New York: Moore's.

Devo tendere il collo per ammirarlo tutto. Non è un grattacielo, ma per me è ancor più imponente. Moore's occupa un intero quartiere. Quasi diecimila metri quadri, in una delle zone più costose di Manhattan. Solo l'edificio deve valere più del novantanove per cento del resto della città.

Nonostante le dimensioni, ciò che fa lo spiccare ' è l'architettura in stile Beaux Arts. Costruito nell'epoca d'oro dell'America, quando i baroni di ferro erano al potere, Moore's è caratterizzato dall'opulenza. Balaustre, colonne e pilastri si combinano ad anticipare la magnificenza dell'interno. Conosco i dettagli tecnici dello stile perché ho fatto ricerca, ma il resto proviene dalla memoria.

Una volta superate le porte rotanti dorate, so che troverò lucidi pavimenti di marmo e impiegati in smoking il cui unico scopo è accogliere i clienti e guidarli verso la destinazione. Come dei maggiordomi dello shopping.

Anche se sono passati quasi dieci anni, i ricordi si confermano corretti quando spingo la pesante porta e dico al bel gentiluomo anziano che vorrei un caffè prima di dedicarmi agli acquisti. Lui mi indica il bar sul piano principale. Ho seguito quelle indicazioni centinaia di volte in passato. È la stessa caffetteria dove sedevo durante gli anni universitari, e dove osservavo i ricconi che, ne ero certa, un giorno sarebbero stati miei clienti. Gli altri studenti frequentavano il bar della facoltà o Starbucks. Io? Cambiavo due metropolitane e percorrevo tre isolati per andare da Moore's.

I miei sandali ciabattano sul pavimento di marmo bianco e nero del corridoio che conduce alla caffetteria in stile Rinascimento italiano. Ammiro il circondario, notando il soffitto dipinto a mano, le colonne di marmo, le sedie di metallo dorato con cuscini di cuoio bianco attorno ai tavoli, sempre di marmo; nulla è cambiato negli ultimi otto anni. Ma il lusso di tutto ciò che ho attorno sbiadisce di fronte all'elemento più esclusivo della sala.

Il gran bel culo di Chase Moore.

Capitolo Tre

Chase

Oggi va tutto da schifo.

Tanto per cominciare, mio fratello ha provato a contattarmi. Ha lasciato un messaggio dicendo di voler discutere questioni di famiglia, ma sono cazzate. Non ha battuto ciglio quando ha proposto di vendere l'azienda. Ora probabilmente la vecchia macchina del fango, cioè mio padre, gli avrà rivelato che prenderò il suo posto. Ed essendo lo stronzo ossessivo-compulsivo che è, vorrà dettare i termini delle mie decisioni d'affari. Peggio per lui. Può dettare stocazzo.

L'avete capita? No? Neanche io. Sono troppo stanco per essere spiritoso, stamattina.

Ecco perché sono in fila al bar di Moore's, in attesa di una dose extra di caffeina per spingermi fuori dal pantano in cui Stan ha trasformato l'azienda di famiglia. Azienda di famiglia di cui potrei non far parte, se non trovo una soluzione. Mi prenderei a schiaffi per aver di nuovo fatto un patto con il diavolo, cioè mio padre. Avrei dovuto essere più astuto. Dopo aver visto Thomas andarsene, uno penserebbe che il vecchio sarebbe stato lieto di avere il secondogenito pronto a sostituirlo. Ma no, figurarsi. Lui preferirebbe vendere tutto che affidarmi la nostra stessa eredità.

Il che ci riporta al perché oggi vada tutto da schifo. Ho passato la settimana ad analizzare le finanze e il piano marketing di Moore's. Che non esiste, in effetti. È imbarazzante notare da quanto tempo Moore's si affidi solo alla reputazione di negozio per ricconi. Ed è palese che Stan non ci mette le mani da anni. Il suo commento sul fatto che non avrei mai lavorato duro per niente è così ironico da non far neanche ridere. Lui non ha fatto che lasciare "ai cari vecchi amici" la gestione del tutto e andarsene a giocare a golf.

L'incontro di stamattina con suddetti cari vecchi amici, cioè i manager, è stato la ciliegina sulla torta di merda che è stata la mia giornata finora. Quegli idioti volevano licenziare gente. Il vecchio rimedio, che per me è intollerabile. Quindi... potrei aver licenziato più manager del previsto.

Ma dopotutto ho solo seguito il loro consiglio, no?

Ridacchio al pensiero. E poi ridacchio ancora un po' quando penso a tutte le telefonate che Stan riceverà dai suoi vecchi colleghi, che si lagneranno di come suo figlio li abbia scaricati.

Tutto sommato, oggi non è poi un totale disastro.

Prendo il caffè dalla giovane barista al bancone e lasci venti dollari nel barattolo delle mance. Tecnicamente non dovrebbero averne uno. Ma siccome so che i dipendenti del bar sono tutti studenti universitari che tirano a campare, non intendo applicare un'altra regola arcaica.

Comunque devo essermi mosso troppo in fretta, perché voltandomi vado a sbattere contro la persona in coda dietro di me.

Sapete cosa succede quando avete in mano una tazza di cappuccino bollente, e l'inerzia del movimento si schianta contro una forza contraria?

Succede che ci si ustiona i capezzoli, porca puttana.

«Cazzo!» grido all'unisono con la persona contro cui ho impattato. Il coro di volgarità è sufficiente a far girare tutti i presenti, rendendoci lo spettacolino del giorno.

Per un attimo il mio cervello è troppo occupato a non andare in shock per il liquido ustionante che mi cola lungo il petto. Ma quando le sinassi tornano a funzionare, riesco a mettere a fuoco i dettagli fondamentali.

Come le mani snelle che mi tamponano il torace con fazzoletti di carta. O come tali mani si fondano con polsi sottili e braccia toniche. E come il capo di questa donna sia ornato dalla chioma del colore più bello che abbia mai visto, di tutte le sfumature del tramonto, roba così.

Eh? Sono un uomo, non aspettatevi descrizioni più poetiche.

Lei alza lo sguardo, e il cervello va di nuovo offline.

Perché, porca miseria, nemmeno il caffè rovente riesce a impedire al mio uccello di sussultare quando la guardo negli occhi.

Occhi scuri, di cui nessuno tesse mai le lodi, tranne il buon vecchio Van Morrison. Però dovrebbero. Perché quelle iridi di cioccolato fondente, screziate d'oro, si meritano interi sonetti. No, una sinfonia. Mi ci smarrisco, e nella mia testa un'orchestra immaginaria suona la colonna sonora di quello che sono certa è un momento che mi cambierà la vita.

Poi però quegli occhi si stringono per la preoccupazione, e mi rendo conto che la donna mi ha parlato per tutto il tempo.

«Scusa, come?» le chiedo. Spalanca i suoi splendidi occhi e fa un passo indietro, rendendo evidente che ho urlato. Ma quando hai una sinfonia in testa, ti tocca alzare la voce.

«Scusami.» Abbasso il volume mentale della colonna sonora. «Cos'hai detto?»

Le labbra carnose si inclinano divertite. «Diverse cose, in

effetti, ma te ne ricorderò giusto due.» Solleva una mano, lasciando l'altra premuta sul mio petto con il tovagliolo. Tovagliolo zuppo e inutile, ma lasciamo perdere. «Uno, mi dispiace tantissimo. E due, sta bene?»

A questo punto, probabilmente sta parlando tanto del mio acume quanto dell'ustione al petto. Ha un accento del sud, le parole hanno una cadenza lenta, più sensuale di quella rapida e affilata di New York a cui sono abituato. Qualcosa nel suo accento mi fa accendere una lampadina in testa, ma la ignoro e mi concentro sulla donna davanti a me.

Copro con la mia la mano che mi ha posato sul petto. «Tesoro, mi hai appena svoltato la giornata.»

Il mio stesso approccio sfacciato mi stupisce. La barista sospira deliziata. Con la coda dell'occhio, noto una signora giungere le mani al petto di fronte alla scena romantica a cui ha assistito. I cherubini affrescati sul soffitto iniziano a cantare (o forse si tratta di nuovo della mia colonna sonora interna).

Ma la fanciulla che avrebbe potuto mandarmi al pronto soccorso con un'ustione di terzo grado ai capezzoli si limita a sfilare la mano dalla mia presa e a roteare gli occhi.

«Sì, direi che sta bene.»

Fa un passo indietro, e mi accorgo che non sono l'unico coperto di cappuccino.

Proprio come i capezzoli che si ergono sotto la blusa della donna, anche la mia giornata si sta svegliando. Lei nota il mio sguardo e abbassa il proprio sul davanti della sua camicia. Con un sospiro, incrocia le braccia al petto e interrompe il mio personale concorso di Miss Maglietta Bagnata.

«Queste non sono le presentazioni che speravo,» mormora.

«Non sono d'accordo. Penso sia stato un modo spettacolare per attirare la mia attenzione.» Le strizzo l'occhio, ma a differenza di qualsiasi altra donna con cui abbia provato il trucchetto negli anni scorsi, su di lei l'effetto è deludente. Si infastidisce.

Mi schiarisco la gola, sempre sorridente, e ci riprovo. «Sono Chase.»

«Sì, so chi è, signor Moore. Ecco perché volevo presentarmi.»

Il sorriso mi scivola via dalle labbra. «Oh.» Non capita spesso. Quando ero più giovane, fresco di laurea, le donne che conoscevano il mio cognome mi approcciavano nella speranza di approfittare dei contatti e dello stile di vita della mia famiglia. Ma è deludente capire che questa bella ragazza è interessata solo ai miei soldi, o a quelli di Moore's.

«Sì. Sono arrivata presto per fare un giro del negozio, e l'ho vista. Non volevo essere scortese.» Ci indica, rivelando un perfetto capezzolo sotto la stoffa bianca della blusa. «Ma pare che ormai sia troppo tardi.» Raddrizza le spalle e lascia cadere le braccia. Il suo sguardo rivela che si offenderà molto se non la guarderò in faccia, invece che fissarle le tette. Vorrei tanto essere il pervertito che Stan mi accusa di essere, ma non è da me offendere una signora. Incontro lo sguardo dei suoi occhi dorati.

Lei mi porge la mano. «Sono Campbell King.»

Bell

«... nel senso della King Marketing?»

«Proprio così.» Devo rendergli atto di una cosa: non mi guarda le tette. Cioè, l'ho beccato farlo, prima, ma come biasimarlo? Ho i capezzoli ridotti a spilli. E ammetto che, se indossasse pantaloni bianchi che rivelano il suo pacco, anche io un'occhiata gliela darei.

Buon Dio, sto pensando al suo pacco. Bel modo per iniziare un rapporto lavorativo.

Mi schiarisco la gola. «Sì. Mi piace farmi un'idea delle

aziende con cui lavoro, soprattutto se hanno delle basi operative tangibili. Come probabilmente ha letto nell'articolo di *Forbes,* mi sono ritagliata una nicchia nel mondo del web marketing dedicandomi ad aziende del terziario. Mi piace pensare che gran parte del mio successo derivi dall'aver fatto per bene i compiti, sia online che dal vivo.»

Sto cercando di suonare professionale. Sapete, non come se ci avessi appena inzuppati entrambi di caffè bollente. E sto anche tentando di non notare che la sua faccia non fa il paio con quella voce sexy, ma la sorpassa addirittura.

Che sia così attraente non è proprio una sorpresa. Questo tipo compariva spesso sui giornali quando vivevo a New York. Appena si è presentato, al telefono, mi è comparsa in mente l'immagine abbinata a quella voce da operatore di hotline. E dopo una vaga stalkerata su Google, ho trovato anche sue foto recenti. Foto a cui potrei aver pensato un paio di volte a letto. Da sola. Sigh. Ma speravo che, come mi piace pensare di attori e supermodelli, il signor Chase Moore fosse solo molto fotogenico, e che dal vivo non fosse granché.

E invece no.

Non che mi augurassi fosse un cesso, ma non è semplice mantenere una facciata composta di fronte a un viso come il suo.

«Ti prego, diamoci del tu. Apprezzo la tua dedizione. Non mi stupisce che *Forbes* abbia pubblicato quell'articolo.»

Il fascino da ragazzaccio è sparito. La voce suona tesa, lo sguardo è fisso su un punto oltre la mia spalla. I miei capezzoli lo innervosiscono.

Ridacchio. Merda, neanche questo è professionale.

Ma la risata attira di nuovo i suoi occhi, e mi piace. Molto.

«E io apprezzo la *tua* dedizione nel non guardarmi le tette, signor Moore.» La mia battuta gli strappa un gran sorriso. Dio santo. Incrocio di nuovo le braccia; ormai quei due traditori dovranno aver perforato il tessuto. «Ma dovrei tornare in hotel prima che la sicurezza mi faccia arrestare per atti osceni. Ci vediamo domani.»

«Oh, no, invece.» Chase si piazza tra me e la porta, gettando la tazza vuota nel bidone. «Non permetterò a un goccio di caffè di rovinarti la ricerca. Ci sono sette piani da Moore's, troveremo qualcosa da farti indossare.»

«Non è davvero necessario, ma grazie.» Cerco di aggirarlo, ma lui si sposta di nuovo.

«Insisto. Soprattutto se ti aiuterà a creare il fantastico piano social di Moore's.»

E così, dieci minuti dopo, mi ritrovo nel reparto moda femminile, accanto a Chase che spiega a una commessa molto attraente e composta perché assomiglio a un'esibizionista d'alto bordo. Almeno, spero di avere l'aspetto da alto bordo.

Perché ho notato che siamo nel reparto moda femminile di lusso. Con la moquette, dove tengono merce che costa almeno mille dollari a capo. Sinceramente mi sarei accontentata di una maglietta dal settore sportivo. Ma considerando che il caffè si è raffreddato e l'aria condizionata è al massimo, non mi lamenterò dei prezzi visto che ho i capezzoli congelati.

La conversazione si conclude e Chase si volta verso di me. «Susan si occuperà di te.» Abbassa lo sguardo sull'enorme chiazza marrone che gli imbratta la camicia. «Torno subito.» Fa l'occhiolino e schizza via.

Quando mi strizza l'occhio, vorrei tirargli una sberla. Non perché consideri il gesto sessista o fasullo, ma perché mi fa venir voglia di saltargli addosso e cavalcarlo come a un rodeo.

«Signorina?»

Oh, giusto. Susan. Mi guarda con aria amichevole. Molto più di quanto avrei fatto io se mi fossi trovata davanti una sconosciuta intrisa di caffè e con i capezzoli in bella vista. Dopotutto, però, questo è il suo lavoro. E quando il capo dà un ordine...

Mi schiarisco la gola per forse la ventesima volta oggi e dico: «Mi basta una maglietta, davvero.»

Questa volta il suo sorriso è a metà tra il comprensivo e il sufficiente. «Vedrò cosa posso fare.»

* * *

Cosa può fare? Apparentemente piazzarmi nel camerino più grande con una pletora di bluse, vestiti, pantaloni e persino lingerie. So che non vendono reggiseni e mutandine su questo piano, quindi mi chiedo cosa Chase abbia chiesto di fare a Susan.

Così imparo a guardargli il culo.

Ho passato dieci minuti buoni avvolta nella vestaglia che Susan mi ha fornito dopo aver portato via i miei abiti, biancheria inclusa, e ha detto che sarebbe tornata subito. Non sapevo a cosa le servissero le mutande, ma la vestaglia è calda e morbida, quindi non mi sono lamentata.

E ora, con tutte quelle scelte davanti a me, tutte splendide e realizzate in tessuti costosi, decido di investire l'ultimo rimborso delle tasse in un nuovo guardaroba. A che serve un piano previdenziale quando hai biancheria La Perla e bluse Stella McCartney che ti guardano?

Ho appena indossato il primo outfit, con tanto di mutandine di pizzo rosa acceso, quando Susan bussa al camerino.

«Signora King? Quando ha indossato il primo completo, le chiederei di uscire sulla piattaforma, per cortesia.»

«Piattaforma?»

«Sì, nella stanza con gli specchi. Ci siamo passate davanti. Ho bisogno di vedere cos'ha provato.»

Grandioso, probabilmente crede che ruberò qualcosa e vuole catalogare ogni capo che ho addosso. E non ho nemmeno provato la camicia di Gucci con il fiocco. Faccio il broncio allo specchio ma rispondo: «Certo, Susan, arrivo subito.»

Nel riflesso, ammiro ciò che mi costerà metà di suddetto rimborso tasse. Una gonna Tom Ford nera e una blusa di seta rosa cipria Alexander McQueen. Non sono certo sciatta quando si tratta di abbigliamento, ma non ho mai posseduto niente di così bello. O meglio, di così costoso.

Sono capi che sognavo di comprare quando andavo in giro con una vecchia felpa e jeans di Walmart, mentre studiavo per gli ultimi esami qualche anno fa e un paio di piani sotto questo.

Decisa a spendere una fortuna, percorro scalza il corridoio e raggiungo la stanza della piattaforma.

«Ho messo le mutandine rosa La Perla, quindi mettimele già sul conto, Susan,» le dico abbassando lo sguardo. Mi passo le mani sul corpo, godendomi la sensazione del tessuto di lusso. «E questa gonna mi tenta, anche se non posso indossarla oggi. Starebbe male con i sandali piatti.»

«Allora mi servirà il tuo numero di piede per portarti una selezione di scarpe da abbinare all'outfit,» risponde una profonda voce familiare.

Chiudo gli occhi e conto fino a cinque, nella speranza che, riaprendoli, non mi troverò davanti Chase. Vorrei tanto non aver appena annunciato di che colore sono le mie mutandine di fronte al mio nuovo cliente. Schiudo lentamente le palpebre e... sospiro.

Non solo perché ho, in effetti, dichiarato di che colore ho le mutande, ma perché non è giusto che il mio nuovo cliente sia così bello.

È seduto su uno dei divanetti in velluto rosa dietro di me, rilassato tra i cuscini soffici, con le gambe accavallate come solo un uomo può permettersi di fare in pubblico. Ha cambiato l'abito, che ora è di un blu così scuro da sembrare nero. Il bottone superiore della camicia immacolata è slacciato, e rivela la fossetta alla base della gola. Passo troppo tempo a guardargli il collo. Cioè, dai, chi è che si eccita guardando una fossetta?

Io, direi. Io mi eccito per una fossetta. Mannaggia a me.

«Cosa ci fai qui?» Trasalisco al mio stesso tono tagliente.

Lui sorride e basta. Grandioso. Ora in cima alla lista delle cose erotiche ci sono una fossetta e un sorriso fascinoso.

«Pensavo di fare una scenetta alla *Pretty Woman.*» Indica la sala, che, devo ammetterlo, mi ricorda la scena di shopping nell'iconico film. Ma un attimo...

«Mi hai appena dato della prostituta?»

Capitolo Quattro

Chase

«Io... ecco...»

Campbell scoppia in una risata così fragorosa da piegarsi in due.

«Oddio! Avresti dovuto... vedere la tua faccia!» ansima cercando di riprendere fiato e di darsi un contegno.

Un attimo prima mi era preso il panico. Ora, osservando il suo viso fino a questo momento tanto controllato trasfigurarsi d'allegria, non posso che sorriderle di rimando. Lei non è come me l'aspettavo. Cioè, lo è, ma non proprio. *Forbes* poneva l'accento su King Marketing, l'azienda. Certo, gran parte dell'articolo riguardava la presidente, CEO e fondatrice, Campbell King, ma il focus era sull'acume negli affari, sulle argute strategie di marketing, sul prestigioso background accademico e sui premi vinti. La rivista non si è soffermata su Campbell King, la donna. Sulla sua risata, sugli occhi o su quella sensuale cadenza texana. Se l'avesse fatto, avrebbe venduto mille copie in più. C'era una foto, ma era di gruppo. Non mi ero scomodato a controllare i nomi riportati nella didascalia per capire quale fosse Campbell. Non mi importava che aspetto avesse, solo che facesse il suo lavoro.

E a parte l'articolo, tutte le mie altre ricerche avevano portato al background dell'azienda e al suo curriculum. Senza foto. Quindi conosco bene i suoi successi, i talenti e le credenziali, ma non ero preparato... a tutto il resto.

«Mi fa piacere che mi trovi divertente,» le dico.

La sua risata si placa. Si asciuga gli occhi con un dito. «Divertente? Oh, sì, proprio così.»

Per un attimo ci guardiamo sorridendo.

«Sono lieta che il completo le piaccia, signora King, e di aver trovato la taglia giusta.»

Sussulto. Mi ero dimenticato che Susan è ancora nella stanza, a qualche passo dal divano dove mi trovo io. A giudicare dall'espressione di Campbell, se n'era scordata anche lei.

«Oh, ecco. Sì. Tutto perfetto.» Campbell si volta verso i grandi specchi, disposti in modo che la cliente si veda da ogni angolazione. E che possano farlo anche gli occupanti del divano. Un dettaglio che mi piace particolarmente.

Campbell torna a ignorarmi e si mette a discutere con Susan delle ultime mode, mentre io me ne sto lì a godermi la vista. Chiunque abbia inventato quella gonna si merita un elogio. Mi risveglia nella mente le più sordide fantasie a base di bibliotecarie sexy.

«Le dona molto, ma la invito a provare anche gli altri indumenti che ho appeso in camerino. So che starebbe divinamente con l'abito Denise Von Furstenberg. Quello blu con l'orlo asimmetrico. È appena arrivato, e quel colore le si addice molto.»

«Non so...» Lo sguardo di Campbell incontra il mio nello specchio.

«Prova pure tutto ciò che Susan ti ha portato.» Mi appoggio allo schienale. «Alla fine sei qui per questo, no? Per fare ricerca, come hai detto tu.»

Lei guarda con desiderio il camerino, dove si trovano gli altri abiti. «Beh, sì. Ma non avevo in programma di passare tutta la giornata nel reparto di lusso femminile. Dovrei valutare anche gli altri settori di Moore's.»

«Per quello abbiamo tempo,» rispondo. Si sta già spostando verso la porta, quindi so di non dover insistere troppo.

«Va bene, magari solo un altro completo...» E si incammina verso il camerino.

Susan e io ci scambiamo un sorriso. Sembra che la nostra nuova guru del marketing sia una modaiola.

Me lo farò andare bene.

* * *

No che non va bene.

Ho passato un'ora a metà tra il piacere e la scomodità, a guardare Campbell sfilare in abiti che le avvolgono così bene le curve da spingere il mio uccello a rizzarsi sull'attenti. Sia benedetto il cuscino che mi sono messo in grembo per dissimulare.

Chiudere gli occhi non avrebbe aiutato. Nel silenzio, lei continua a canticchiare un motivetto di Elvis. Non credo se ne renda neanche conto. Ero troppo rapito per farglielo notare e rischiare che smettesse. E non fatemi parlare di quanto è delizioso sentirla parlare. Con quel dolce accento del sud che mi accende sogni erotici di lei che mi riempie le orecchie di frasi sconce.

E abbiamo parlato. Un sacco.

All'inizio, perlopiù di affari. Proiezioni di fatturato, campagne mediatiche. A lei però interessava tutto ciò che andava oltre il marketing, e ha fatto domande sugli acquirenti della catena, sull'organizzazione interna del ristorante e tanto altro. Ha accolto ogni nuova informazione con un cenno del capo e un sorriso, rapida a fare collegamenti e a estrapolare dettagli.

In breve, Campbell King è intelligente da morire.

E due volte più sexy, con quella gonna attillata.

Non credo di essermi mai goduto così tanto la permanenza in negozio. Anche quando Susan ha rivelato storielle imbarazzanti di quando ero bambino e mi nascondevo tra gli espositori. Inclusa quella volta che la mia sorellina mi ha calato le braghe davanti a una graziosa commessa poco più che ventenne, quando avevo diciassette anni.

La risata di Campbell mi è andata dritta all'uccello.

Tra la conversazione, le sue pose da modella e il suono della sua risata, quando sceglie un'accurata selezione di capi da prendere, ho un bisogno disperato di un diversivo.

«Pranzo?» propongo mentre Susan avvolge gli acquisti di Campbell nella carta velina e li infila delicatamente nelle nostre tipiche shopper nere e oro.

«Non occorre. Non volevo farti sprecare la giornata.»

«Nessun disturbo.»

Si morde il labbro inferiore. Cerco di reprimere pensieri inappropriati. Sottolineo il termine *cerco*.

Mi schiarisco la gola e, oltre la spalla di Campbell, guardo la commessa, che sta riappendendo i capi scartati su una rastrelliera a parte, come da mie indicazioni. «Possiamo discutere delle tue prime impressioni su Moore's e il tanto necessario aggiornamento di marketing.»

Campbell esita abbastanza da farmi pensare che dirà di no. Sembra stia valutando una serie di scuse per rifiutarsi. Quindi sono piacevolmente stupito quando raddrizza le spalle e accetta.

«C'è ancora quel ristorante tailandese sulla Trentanovesima?»

«Thai's Pad?»

Le sfugge una risatina. «Proprio quello.»

«Sempre lì. E fa ancora i migliori curry di Manhattan.»

«Okay,» risponde con un cenno deciso del capo. «Pranzo di lavoro. Consegna a domicilio.» Ringrazia Susan per il suo aiuto, quindi prende i sacchetti. «Hai un ufficio o una sala conferenze dove sistemarci?»

«Ma certo.» Reprimo un sorrisetto trionfante, inappropriato per un pranzo di lavoro, e mi rivolgo a Susan. «Grazie di tutto, Susan.»

La donna, che ha qualche anno più di me e la sa lunga, con la sua impeccabile acconciatura di capelli argentati, mi lancia un'occhiata di sbieco. «Sempre un piacere, signor Moore.» Sorride a Campbell. «Buon *pranzo di lavoro.*»

«Sai che devi chiamarmi Chase, Susan.» Ignoro il suo sbuffo divertito e tendo la mano per prendere i sacchetti dalle mani di Campbell.

Un delicato sopracciglio ramato guizza quando me li porge. «Posso portarli da sola, sai?»

«Lo so,» dico, ma non glieli rendo.

Lei rotea gli occhi, ma sorride. Con un ultimo saluto a Susan, che sembra fin troppo compiaciuta, conduco Campbell via dal bancone, lieto per la piega presa dalla giornata.

La sensazione piacevole mi accompagna per circa cinque minuti.

È allora che calano i lupi. O meglio le panterone. Ma neanche questo è accurato. Da Moore's lavora una varietà di uomini e donne. E se solo alcuni degli uomini vogliono stringere la mano al nuovo capo, tutte le signore ci tengono. La mano o qualcos'altro, probabilmente.

«Signor Moore!» mi chiama una commessa dall'altro lato del piano. «Abbiamo appena ricevuto una favolosa consegna di boxer di seta, questa mattina.» Si passa le mani sull'abito attillato. «Vuole che gliene scelga qualche paio?»

Purtroppo, per arrivare all'ascensore ci tocca passarle

davanti. «No, grazie, Ashley,» rispondo, e strizzo gli occhi per leggere il nome sulla targhetta affissa sul petto, che sporge verso di me.

«Oh.» Sbatte rapida le palpebre. «Forse preferisce degli slip, allora?» Nella voce c'è un tono speranzoso. Vuole che stia al gioco. Che rida. Che flirti.

Di solito lo farei. Ho interpretato spesso quel ruolo solo per irritare mio padre. Provoco, sorrido a tutti, strizzo persino l'occhio alle dipendenti più attempate, che mi conoscono da quando avevo il pannolino. Ma oggi non mi va.

Oggi, in presenza della signora Campbell King, una donna con la reputazione di genio del marketing, voglio essere quello che la colpisce per l'acume finanziario, che ascolta il suo piano pubblicitario senza dover parare toccatine e commenti.

Faccio un sorriso asciutto a una Ashley delusa, poi la supero. Purtroppo, lei non è l'unica a cercare di mettersi tra i piedi.

«Il personale è molto... determinato,» dice Campbell, la voce calda e dolce come sciroppo, dopo che ho fatto il finto tonto con una commessa troppo entusiasta del reparto arredamento che mi ha chiesto se mi piaceva il legno massello.

«Si stanno ancora abituando ad avermi nei paraggi,» riesco a rispondere. Il sollievo mi invade quando raggiungiamo l'ascensore dall'intelaiatura dorata che conduce al piano degli uffici.

Un mezzo sorriso le fa fremere le labbra. «Immagino.»

Inserisco la chiave per attivare l'ascensore e mi faccio da parte per far passare Campbell. I suoi occhi scuri scintillano, le leggere lentiggini vengono enfatizzate dal piccolo lampadario sul soffitto. E quando lancio un'occhiata al suo posteriore avvolto da quella gonna attillata, il mio uccello decide che non è solo la sua bocca a fremere.

Soprattutto quando lei si mette a canticchiare *All Shook Up*.

Capitolo Cinque

Bell

«Vieni?»

Le mie Jimmy Choo nuove incespicano sulla moquette fuori dal suo ufficio, ma mi rimetto subito in equilibrio. Il bastardo sorride, come se sapesse l'effetto che quella parolina ha su di me. Ma in realtà non è giusto. Ha un bel sorriso. Professionale. Che si vela di preoccupazione al mio leggero barcollare. Sono io quella con le fisse, a quanto pare.

«Ah, sì. Vengo.» *Ma magari.*

Proprio adesso il mio corpo decide di rendere l'attrazione sessuale una priorità. Sono nel settore da otto anni, e mai mi sono lasciata distrarre così. Riuscirei a soprassedere sul suo bell'aspetto se non fosse anche così *gentile.* Ho fatto affari con tanti uomini attraenti che non facevano mistero di volere più che una strategia di marketing.

A Leslie piace scherzare dicendo che il sesso non è una mia priorità. E forse le crederei se non fossi così appassionata di quelle serate a base di massaggiatore a batteria e scene di Jason Momoa in *Game of Thrones.* O Stephen Amell in *Arrow.*

Entrambi sono cattivi ragazzi. Non brave persone. Come Chase, che prima ha lasciato una lauta mancia alla barista, che si è assicurato di trovarmi vestiti nuovi, e che è stato al gioco quando Susan ha raccontato aneddoti imbarazzanti sulla sua infanzia. Poi c'era il resto dello staff.

Lo hanno fermato più volte mentre andavamo verso l'ascensore di servizio. E sì, molte erano donne che flirtavano, persino in modo sfacciato. Ma ogni volta ha reagito con una parola gentile e del sincero interesse per le loro vite.

Ho sempre sentito dire che la gentilezza è una condanna. Che i bravi ragazzi arrivano sempre per ultimi.

Nel caso di questo bravo ragazzo in particolare, forse arriva per ultimo perché vuole assicurarsi che prima venga tu.

Chase mi chiude la porta alle spalle, e mi ritrovo da sola in uno spazio ristretto con il mio affascinante nuovo cliente e la mia immaginazione perversa. Non la combinazione migliore.

Che poi quest'ufficio non è affatto piccolo. È più spazioso del mio primo appartamento a Houston, lo stesso dove ho lanciato la mia agenzia. Le vetrate dietro la scrivania mostrano un panorama mozzafiato di New York. Librerie in noce, stranamente vuote, riempiono una parete. Di fronte c'è un salottino elegante con mobili che sembrano usciti dal Grande Gatsby. Probabilmente c'è abbastanza spazio per una piscina olimpionica.

La porta però è chiusa. E mi basta per sentirmi claustrofobica con un uomo come Chase Moore. Dovrei chiuderla qui e andarmene.

«Perché la libreria è vuota?» Accidenti. Mi è scappato.

Chase guarda la parete di mensole con un cipiglio insolito. «Questo non era il mio ufficio fino a qualche settimana fa. Apparteneva a Stan.»

«Stan?»

«Stan Moore.»

«Non è tuo padre?»

«Sì.» Il suo tono è così piatto, così non da Chase, che mi sforzo di trovare una replica brillante per farlo sorridere di nuovo.

Prima che me ne venga in mente una, lui volta una cornice sulla scrivania verso di me. Una bella coppia matura, due ragazzi preadolescenti e una bambina. Sono seduti in questo stesso ufficio. L'uomo appare annoiato, la madre ha un sorriso di plastica, e uno dei ragazzi sembra incazzato con il mondo; l'altro e la bambina, invece, sembrano cercare di non ridere. Lui indica l'uomo annoiato. «Questo è Stan.»

Annuisco e indico la bimba sorridente, con il suo vestitino e il fiocco tra i capelli. «La piccola di casa?»

Chase ride piano, e sul viso gli compare un sorriso affettuoso. «Sì. Altresì nota come mia sorella Liz.»

Sono stupidamente fiera di essere riuscita a strappargli un sorriso. «E questo immagino sia tuo fratello.» Indico il bel ragazzino dall'aria orgogliosa, che ha sulla spalla la mano di Stan.

Il sorriso svanisce. La schiena di Chase si irrigidisce. «Thomas. Il mio fratello maggiore.»

«Maggiore? E allora perché non è lui...» Chase trasalisce, e io mi pento di averlo chiesto. Era pura curiosità. Le aziende a gestione familiare come questa sono piuttosto all'antica. Il maggiore eredita tutto eccetera.

Ma prima che possa sistemare il pasticcio, un interfono vibra, poi emette la voce della sua segretaria. «Signor Chase, suo padr...»

L'uomo della foto, di altezza media e con un po' di pancetta, spalanca la porta. «Che *diavolo* hai combinato, ragazzo?»

Sussulto a quella voce tonante che riecheggia nel grande ufficio.

«Ah. Parli del diavolo...» mormora Chase.

Suo padre ha un che di demoniaco, in effetti, paonazzo

com'è, ma per fortuna riesco a reprimere una risatina e a non farmi notare. Mi supera senza degnarmi di uno sguardo e si ferma davanti al figlio.

«Per tutta la giornata mi sono arrivate telefonate da parte di gente che mi informa che hai licenziato la maggioranza del mio team di management!» Abbatte la mano aperta sulla scrivania, e la foto di famiglia si ribalta in avanti. Il vetro si infrange.

Gli occhi di Chase si fissano sulla cornice, poi l'espressione accuratamente neutra si trasforma in maliziosa insolenza. Devo sbattere un paio di volte le palpebre per assicurarmi di aver visto giusto. Eccolo lì, il suo aspetto da cattivo ragazzo.

«Cosa intendi, papo?» Chase si siede sulla grande poltrona di cuoio e appoggia i piedi alla scrivania.

«Sai benissimo cosa intendo, piccolo...»

«Ehm...»

I due si voltano verso di me. Merda, ma perché ho aperto bocca? Argh, lo so benissimo. Perché non volevo stare lì a sentire mentre Chase veniva insultato. Come se non fosse un adulto perfettamente in grado di gestire un padre arrabbiato. Mi sforzo di non roteare gli occhi tra me.

«E tu chi saresti?» chiede Stan, ben poco impressionato, lo sguardo duro che mi squadra da capo a piedi.

Fisso il mio elegante outfit preso da Moore's. Voglio proprio vedere se riesce a trovare qualcosa che non va con il mio abbigliamento.

«Campbell King, signor Moore.» Percorro il tappeto persiano con le mie Jimmy Choo nuove e tendo la mano. «Proprietaria della King Marketing. Sono qui per sviluppare la vostra campagna social e per fare da consulente per tutta la strategia di marketing.»

Stan ignora la mia mano e si volta verso il figlio. «Campagna social? Fai sul serio, con queste cazzate?» Mi indica, e non so se quel "cazzate" si riferisca alla campagna o anche a me.

Sospetto che Chase pensi la stessa cosa, perché la sua espressione torna vacua. Si alza.

«Bada a come parli, vecchio.»

Silenzio.

Non vedo il viso di Stan, ma quello di Chase resta duro.

Con la bocca ben serrata, reprimo il bisogno di giocherellare con le dita per bandire il disagio che il silenzio mi causa.

Stan perde quello strano contest di sguardi da macho con il figlio e si volta verso di me. «Angelica, giusto?»

Davvero? Neanche si ricorda il mio nome? Che tipica mossa da stronzo. «In realtà è Campbell. Campbell King.» Non gli porgo di nuovo la mano, ma mi merito un altro paio di Jimmy Choo per come riesco a non far trapelare il disprezzo nel tono.

«E sentiamo, cosa pensi di poter offrire che cinque dei miei più leali manager non potrebbe fare? Eh?» Sbuffa. «Cinque manager che *questo qui*,» e indica il figlio con il pollice, «ha licenziato oggi.»

Chase apre la bocca, ma lo fermo con un'occhiata. Non ho bisogno di essere salvata da un uomo. Soprattutto quando viene messo in dubbio il mio intelletto negli affari.

Inarco un sopracciglio per pareggiare l'aria di sufficienza di Stan. «Beh, dei clienti, tanto per cominciare.» Lui stringe gli occhi, e io non interrompo il contatto visivo. «Pare che ce ne sia carenza, di recente.»

Chase trasforma una risata in un colpo di tosse.

«Pensi che sia divertente, eh?» Stan torna a rivolgere il suo disgusto al figlio. «Te la ridi dopo aver licenziato gli uomini che potrebbero tenere a galla gli affari, per assumere un bel culetto per sprecare soldi sui social media?» Stan sbuffa di nuovo. Definirlo il diavolo è stato eccessivo. Tra i suoni nasali, la pancia e la faccia rossa, sembra più uno dei maiali antropomorfi di Beatrix Potter. «Tipico di te.»

Chase stringe i pugni, e sebbene la sua rabbia sia quasi

palpabile, la sua espressione resta calma. Penso non si fidi della voce, perché non parla.

Traggo un profondo respiro, mi faccio avanti e sistemo il ritratto di famiglia sulla scrivania di Chase, poi sbatto le ciglia verso Stan, che è a pochi centimetri da me. «Meglio di un gruppo di cazzoni con il tunnel carpale e gli stipendi gonfiati.»

Entrambi gli uomini spalancano la bocca. Chase poi ricomincia a ridacchiare, poi a ridere a crepapelle. Stan assume una sfumatura di rosso più intensa.

«Molto piacere di averla incontrata, Stan.» Sono orgogliosa di aver mantenuto un contegno civile. «Chase, rimandiamo il pranzo. Ci vediamo domani per la riunione.»

Lui si acciglia per un attimo, poi guarda il padre e sospira. «A domani, signora King. Non vedo l'ora.» E ammicca.

Stan inizia a bofonchiare e balbettare, forse nel tentativo di dire qualche cattiveria. Prima che ci riesca, porto il mio bel culetto fuori dalla stanza.

* * *

Chase

«Anche quando sei a capo dell'intera azienda, l'unica cosa su cui ti concentri è portarti a letto una sciacquetta tettona travestita da donna d'affari, eh? Dove hai trovato quella donna sboccata? Sul sito porno di cui sei tanto orgoglioso?» Stan fissa la porta che Campbell si è appena chiusa alle spalle, poi sposta lo sguardo su di me. «Non so perché non riesci a essere più come Thomas. Lui non avrebbe mai assunto una come quella lì.»

«Hai un bel dire, visto che l'unico motivo per cui sono qui e per cui ho fatto questi cambiamenti è che Thomas non ha alcun interesse per l'azienda.»

Ed ecco che le narici di Stan si spalancano.

«E lasciami indovinare: secondo te, una bella donna non può lavorare per Moore's se non come commessa. A convincere i clienti che possono *essere* come lei o *possederla* se comprano ciò che lei vende.» La sua espressione rivela che ci ho azzeccato. «Davvero non riesci a capire che una donna può essere in gamba quanto e più di un uomo, quando si tratta di affari?»

«Ma ti prego,» sbuffa. «Qualsiasi donna di buon senso sa qual è il suo posto. E di certo non negli uffici della *mia* azienda.»

Il suo posto. Alzo gli occhi al cielo. I miei muscoli oculari minacciano sempre lo stiramento quando ho a che fare con Stan. «Lo credi davvero? Perché sei riuscito a infilarti nella Moore's solo perché hai sposato la mamma.» Faccio una pausa e ripenso all'ultimo pranzo di famiglia. «Forse è per questo che lei si attacca alla bottiglia quando sei nei paraggi. È triste per ciò che hai fatto della sua eredità.»

Gli occhi gli si riducono a fessure. «Taci.»

Gli faccio un sorrisetto che so lo irriterà, poi mi siedo e pianto di nuovo i talloni sulla scrivania. La *sua* scrivania. «A parte essere maleducato e sessista in modo insopportabile, c'era altro che volevi?» Non avrei proprio dovuto dare la mattina libera a George per andare dall'oculista. Il mio assistente amministrativo avrebbe potuto strizzare gli occhi ancora per un po'. La vista da falco è sopravvalutata, comunque. Soprattutto perché non è qui a farmi da barriera con mio padre.

Mi fissa i piedi, poi sogghigna anche lui. Ogni volta che prova a fare qualcosa di simile a un sorriso, il risultato è snervante.

«Se vuoi fare i capricci, accomodati pure.» Allarga le braccia. «Coraggio. Licenzia quegli uomini.»

«Grazie per avermi dato il permesso di fare qualcosa che ho già fatto, Stan.»

Quella parodia di sorriso gli lascia il volto, ma gli occhi scintillano ancora.

Scatto subito sull'attenti. «Cos'hai fatto, vecchio?»

«Io? Nulla. Ma tu, con le tue decisioni affrettate, potresti essere responsabile per lo stato di... diciamo povertà di tua sorella.»

Appoggio a terra i piedi e pianto i gomiti sulla scrivania. Inutile fingere che non abbia la mia attenzione. Sa molto bene quanto sia affezionato a mia sorella. Guardo il ritratto di famiglia crepato. Abbiamo una differenza d'età maggiore di quella che ho con Thomas, ma appena è nata sono diventato il suo difensore contro la freddezza di nostro padre e la scarsa tenacia di nostra madre. «Spiega.»

«Ci ho pensato stamattina, dopo tutte le telefonate con i miei colleghi.»

Trattengo uno sbuffo di risa. Il termine colleghi implicherebbe che mio padre abbia lavorato con loro. E lui non si è mai sporcato le mani.

Prosegue: «Avrai anche in ostaggio la maggioranza delle azioni in questo momento, ma io ho qualcosa di ancora migliore.»

Il sorriso torna sulla sua faccia, ed è spaventoso. Non so se dipenda dal goffo tentativo dei muscoli di produrre un'espressione a cui non sono abituati, o se quest'uomo sia davvero malvagio, ma giuro che mi viene la pelle d'oca.

«Non tenermi sulle spine, papone. Cosa pensi sia meglio della maggioranza?»

«I soldi.»

«Davvero, Stan? I soldi? Vorrebbe essere una minaccia? Tutti in famiglia ne hanno, persino Liz.»

«No, non Liz. Non di sua proprietà, almeno. Ogni centesimo che spende proviene da me.»

Mi blocco per un istante, poi fingo noncuranza, ma è troppo tardi. Il vecchio si accorge della mia reazione. Il suo ghigno grottesco si allarga.

«E allora?» Ma lo so. So cosa sta per dire. Non sono un idiota. Appena sono subentrato al comando, mi sono assicurato di controllare le norme sulle azioni. Ciò che si può e non si può fare con esse, se Moore's venisse venduta. Ho visto il cavillo che, volendo, potrebbe sfruttare. E per qualche motivo, anche dopo una vita a deludermi, speravo ancora che non si abbassasse a tanto.

«Liz ha solo ventitré anni. Può votare, come ha fatto a tuo favore, ma non controllare i suoi soldi o le azioni fino ai venticinque.» Fa una pausa teatrale. «Quello lo faccio io.»

Ecco che l'ultima briciola di speranza che mio padre non sia un completo bastardo evapora.

«Quindi... se fai casino, *ragazzo,* non mi prenderò solo le *tue* quote, come da accordi, ma anche quelle di tua sorella.»

Mi sfugge un sospiro deluso. «Sei davvero un'orrida parodia di genitore, lo sai?»

Qualcosa gli passa negli occhi, e quella vana speranza vorrebbe risorgere. Ma poi mio padre sbuffa, e la speranza muore del tutto. «Eredità e affari sono le uniche priorità. Il tuo problema, cioè, tuo e di Liz, è che siete troppo presi dai sentimenti.»

Non per la prima volta mi chiedo cosa gli sia successo, per diventare così. Ma scaccio in fretta quel pensiero. «Per quanto la tua minaccia sia adorabile, non è niente di che. Ricordati che posso occuparmi di Liz.»

«Puoi?» Si dondola sui talloni. Un po' troppo spensierato per i miei gusti. «Se ti lascerai guidare dall'uccello, come hai fatto con la tua app pornografica, non guadagnerai nulla da Moore's.» Ridacchia alla mia espressione. «Pensavi che non sapessi che la tua ultima avventura d'affari è andata a rotoli per colpa di una donna?» Agita la mano in aria. «Era porno, ma almeno profittevole. E poi ti sei fatto fregare dai tuoi delicati *sentimenti,* e hai mollato tutto con a stento un quarto del valore dell'azienda.» Ringhia. «A chi importa con chi andava a letto quella stronza?»

Questo, devo ammetterlo, è un lato di mio padre che non ho mai visto. Non pensavo possibile detestarlo ancor di più. «Sei un bastardo senza cuore, Stan. Ma non è una novità.» Aggiro la scrivania e mi avvicino all'uomo di cui condivido il sangue. «Ma mi prenderò cura di Liz. Sempre. Anche se tu non sei abbastanza uomo per farlo.»

Assottiglia lo sguardo. «Potresti. E così Liz sarebbe in debito con te. Ti dovrebbe chiedere ogni cosa, invece che essere responsabile dei propri averi. Le piacerà da morire.» Il suo sorrisetto mi fa digrignare i denti.

Scuoto il capo. Non so perché sono così triste per la conferma che mio padre non conosce né si cura di sua figlia. «A Liz non è mai interessato dei soldi.»

Sbuffa. «Ma ti prego. Si autodefinisce un'*artista.*» Rotea gli occhi. «Pensi che non le importi del denaro? Aspetta che non ne abbia. Che non possa sostentarsi. Cosa credi succederà una volta scoperta la dura realtà, cioè che fare l'hippie non paga le bollette? Sarà anche uno spirito libero, ma è orgogliosa. Non si farà mai mantenere da te.»

Cerco invano di trarre un respiro per calmarmi. Per quanto voglia confutare ciò che dice, non riesco. Se non riuscissi a risollevare Moore's e Stan portasse avanti il suo piano di strapparle le quote, Liz non avrebbe un dollaro. E anche se sarebbe colpa mia, Liz non mi permetterebbe mai di aiutarla sul lato economico.

Stan è tutto compiaciuto. «Dovrà abbandonare i suoi sogni e trovarsi un vero lavoro. E visto che sa solo schizzare vernice su una tela, sarà uno squallido impiego da paga minima.» Il labbro si arriccia. «Sai, dovrà ringraziare te per tutto questo.»

Un peso mi grava lo stomaco. Non mi sono mai preoccupato dei soldi, soprattutto per via del mio cognome e dell'istruzione.

Non mi sono mai ingannato che Stan mi abbia pagato il college per bontà d'animo. Ce lo si aspetta, da quelli come noi. Doveva mantenere le apparenze. Ma non ho solo una laurea: sono intelligente. Non mi occorrono i soldi di famiglia. Non li ho mai usati se non per la retta universitaria. Liz però studia ancora. E se le cose si mettessero male e lei non mi permettesse di aiutarla, probabilmente non riuscirebbe a finire gli studi.

Ma mentre ci penso, mi rendo conto che ci sono delle scappatoie. Liz è sveglia, e i suoi professori stimano molto le sue opere. Potrebbe ottenere una borsa di studio, assumersi un debito studentesco. Ma i soldi non sarebbero la parte peggiore.

Quella sarebbe rendersi conto della facilità con cui suo padre l'ha tagliata fuori dalla sua vita.

Liz è sensibile. È una delle sue caratteristiche che apprezzo di più: è piena di calore e gentilezza, nonostante l'arida steppa del clan Moore in cui è cresciuta. Sapere quanto è spietato e crudele suo padre potrebbe cambiarla in modi da cui non si riprenderebbe più. E proprio come ho cercato di mantenere viva per lei la magia di Babbo Natale il più a lungo possibile, l'ho protetta dalla stronzaggine manipolatrice di nostro padre.

Quei pensieri devono trasparirmi in viso, perché il sorriso di Stan diventa più sincero.

È davvero spaventoso.

«Sì, tua sorella si sarà anche schierata con te, e forse ti ama più degli altri, ma è una dannata hippie ancora legata alla famiglia.» Guarda la porta da cui, pochi minuti fa, è uscita Campbell. «Non sei mai stato la prima scelta per la gestione dell'azienda, ma pare che non solo due, ma tutti e tre i figli dei Moore si siano rivelati una delusione.» Stringe i pugni, probabilmente pensando all'abbandono del suo caro Thomas. Apre la porta e, come il cattivo da operetta che è, lancia un'ultima frecciatina prima di uscire. «Tieniti l'uccello nei pantaloni e fai il lavoro che tanto di vanti di essere in grado di portare a termine.»

Capitolo Sei

Bell

«Ehi, bellezza, sei uno schianto!» mi grida un uomo dall'impalcatura sotto cui sto passando. Sottolinea il messaggio con un fischio e un abbaio.

Come mi era mancata New York.

Lo so, lo so. I commenti dei muratori sono rudi e sessisti, ma fanno tanto... New York.

E poi sono davvero uno schianto. Pantaloni a sigaretta attillati, lunghi fino alle caviglie, mi avvolgono i fianchi, e a ogni passo le scarpe nuove ticchettano. Scarpe nuove che ho trovato sul letto quando sono tornata in hotel, ieri.

Insieme ai vestiti che ho provato ma non acquistato.

In un'altra situazione avrei rifiutato. Avrei mantenuto dei paletti professionali. Meglio non confondere gli ambiti, accettando doni così costosi. Solo che il biglietto non recitava *Da Chase*. E neanche *Dal signor Moore*. C'era scritto: *Con gratitudine, da parte dello staff di Moore's. La preghiamo di accettarlo, insieme ai nostri ringraziamenti per ciò che farà.*

E come si fa a rimandare indietro un regalo del genere?

Non posso. Così non l'ho fatto. Quindi eccomi a sfoggiare un altro paio di Jimmy Choo, un sobrio modello rosso con tacco basso e cinturino.

Sebbene queste scarpe siano favolose, il mio capo preferito è la blusa. Ieri non l'avevo neanche vista, figurarsi provata. Perché, in tal caso, l'avrei comprata al volo, a prescindere dal prezzo.

La camicia, di seta color crema, ha un colletto alla Peter Pan e graziosi bottoncini di perla. Ma è la stampa ad avermi conquistata. È come un dipinto in stile toile, ma invece che un paesaggio inglese rappresenta dei cowboy a cavallo.

Non sarà il massimo della professionalità, ma oggi non ho resistito e l'ho indossata. Forse essere tornata nella città che tanto amo mi fa sentire estrosa e nostalgica di casa al tempo stesso. Quindi una camicia che celebra il Texas e delle scarpe che rappresentano il mio nuovo cliente mi sembrano un buon presagio per il primo giorno di lavoro ufficiale.

La porta della panetteria tintinna quando la apro. Pane appena sfornato e pasticcini profumano l'aria. Inalo a fondo. In sottofondo suona sommessa la melodia di *I Just Can't Help Believing*, cosa che non fa che rafforzare i miei buoni presentimenti. È come se, ogni volta che sento Elvis, mamma fosse qui con me. E da persona nata e cresciuta in Texas, so che adorerebbe la mia blusa.

«Posso aiutarla?» Un uomo di mezza età dietro il bancone, con grembiule e retina per capelli, si appoggia all'espositore.

«Sì, grazie.» Mi avvicino e indico il primo dei cestini. «Una dozzina di bagel lisci e tre contenitori di formaggio spalmabile. Uno normale, uno con fragole e noci, e uno al salmone.»

«Mi piacciono le donne con le idee chiare.» Mi fa un amichevole strizzata d'occhio e inizia a preparare l'ordine.

Quell'ammiccare mi ricorda Chase. Per l'esattezza, l'ultimo occhiolino che mi ha fatto ieri dopo che suo padre è piombato in ufficio. Per quanto non abbia gradito conoscere quell'uomo, penso che l'interruzione sia stata un bene. Le cose stavano diventando troppo... intime.

Estraggo la carta di credito dalla tasca interna della valigetta che ho a tracolla e pago, chiedendo la ricevuta. Poter scaricare i bagel di New York è decisamente un bonus.

E di nuovo penso a Chase.

Che *non* è un bonus.

«Come, cara?» chiede la donna alla cassa. I capelli scuri sono tagliati a caschetto e screziati di grigio. Il suo gradevole sorriso le increspa gli occhi.

Ottimo, ho di nuovo pensato ad alta voce. «Oh, io... nulla, stavo ricordando una cosa.»

«Voi donne in carriera andate sempre a cento all'ora, senza mai un attimo di pausa.» Scuote il capo, facendo ondeggiare il caschetto.

«E tu cosa pensi di essere, Midge?» chiede l'uomo, porgendomi il sacchetto con il cibo. «Sei una donna in carriera, grazie a Dio. Senza di te, fallirei nel giro di due giorni,» dice, e le bacia la guancia.

«Oh, smettila, John.» Midge lo spinge via giocosa.

«Negozio a gestione familiare?» chiedo.

«Da tre generazioni.» John gonfia il petto d'orgoglio, ma si affloscia subito. «Anche se non abbiamo mai fatto molti soldi, prima che questa qui iniziasse a lavorarci.» Cinge Midge con un braccio. «Ho dovuto sposarmela per assicurarmi che restasse nei paraggi.»

Midge rotea gli occhi. «C'erano modi più semplici per risanare gli affari che sposarmi.»

«Sì, ma nessuno con tanti benefici.» Agita le sopracciglia verso di lei, facendola ridere. È ovvio che si tratta di un amorevole battibecco abituale.

«Ah, ma non vogliamo farle perdere tempo.» Midge mi passa lo scontrino. «Torni presto!»

Annuisco. «Sono a New York per affari, ma passerò di sicuro qualche altra volta.» Indico i prodotti da forno. «Quei biscotti bianchi e neri mi chiamano.»

John cerca di offrirmene uno, ma riesco a resistere. «Meglio mantenermi desiderosa di qualcos'altro, giusto, Midge?»

Lei concorda con un sorriso, e torna a respingere scherzosa le avance del marito. Esco, accompagnata dal trillo del campanello sulla porta.

Il viaggio in taxi verso Moore's è addolcito dal profumo di carboidrati appena sfornati.

* * *

«Signora.»

Sorrido alla guardia di sicurezza, un tizio compunto in abito scuro (niente uniformi da poliziotto del supermercato, da Moore's). Ha ben poco di texano, con quelle scarpe oxford lucide, ma sentirmi chiamare "signora" a quel modo mi conquista sempre. Mi limito a rispondere con un cenno del capo, decisa a portare i bagel nella sala conferenze come da programma, senza incidenti rivela-capezzoli.

«Può dirmi dove si trova l'ufficio della sicurezza? Io e il mio team abbiamo un appuntamento con il signor Moore stamattina. Devo firmare per ottenere la chiave dell'ascensore. Sono Campbell King.»

Lui si porta il dito all'orecchio, come un agente della CIA in missione. Stringo divertita le labbra. Moore's ha un sistema di sicurezza da agenti segreti, ma nessun piano social? Assurdo.

Due donne, addobbate di diamanti più di Beyoncé e Rihanna ai Grammy, veleggiano nell'edificio. Una ha una borsa Kelly di Hermes al braccio, l'altra una Selleria di Fendi. Come faccio a conoscere quelle borse e le loro targhette con prezzo a cinque cifre? Sogni personali e indagini lavorative.

Quindi forse la sicurezza così serrata non è tanto assurda.

«Da questa parte, signora.»

«King. Signora King.»

«Certo, signora King.» Mi fece cenno di precederlo. «Prego.»

Reprimo l'irritazione per dover essere scortata e seguo l'addetto con i suoi pantaloni sartoriali lungo il corridoio e oltre i bagni, fino a una porta con scritto *Riservato al personale*. Il tizio passa una tessera magnetica nel lettore e si fa da parte per lasciarmi passare.

Mi sento un po' infantile a pensare che mi stia scortando perché sono una donna, e non perché è il protocollo di sicurezza, ma avanzo, con le mie belle slingback rosse.

«Ecco la signora King. Le serve la chiave magnetica.»

L'uomo alla scrivania salta su. «Signora King?»

Stupita da quella reazione entusiasta, annuisco. «Sì, sono io.»

«Lasci che l'aiuti.» Mi prende dalle mani il sacchetto con i bagel e lo appoggia sulla scrivania. «Le prendo subito la tessera. Mi serve solo un suo documento per conferma.»

«Certo.» Estraggo la carta di identità dalla valigetta e gliela porgo. «Tutto questo solo per arrivare all'ufficio?»

«L'ascensore del personale non conduce solo lì, ma anche al magazzino. E visto che vi si trovano oggetti di un certo valore, dobbiamo verificare chiunque vi abbia accesso.»

«Oh, ha senso.» Ma l'ansia mi si desta di nuovo dentro. Le campagne sui social possono concentrarsi su diversi aspetti. Mi sono occupata di compagnie petrolifere, università statali, e sì, anche negozi di abbigliamento. Ma da Cavendish non mi è mai servita l'approvazione della sicurezza, e non ero circondata da una clientela coperta di diamanti.

«Il signor Moore ha richiesto di essere informato del suo arrivo.» Prende il telefono. «Lo faccio subito.»

«Oh, no, non occorre.» Faccio una pausa nel vedergli inarcare le sopracciglia, stupito dalla mia reazione. Traggo un profondo respiro. «Sono in anticipo, ecco tutto. Non stia a disturbare il capo.»

L'uomo mi sorride, ignaro del mio disagio. «Nessun disturbo. Il signor Moore arriva presto ogni giorno, da quando ha assunto il ruolo.» Mi restituisce la carta d'identità, insieme alla mia nuova tessera, e riprende la telefonata.

Cerco di sorridere, ma temo sia più una smorfia. «Questo è... ottimo.» Infilo le due tessere nella borsa, poi recupero il sacchetto dei bagel.

Di solito sarei lieta di scoprire che il mio nuovo cliente è affidabile e pragmatico. Ma questo è diverso. Perché, di solito, non vorrei che suddetto cliente mi smanacciasse tutta.

«Buon giorno, signora King.»

Un fremito mi percorre la pelle. Stupida voce sexy da sesso telefonico.

Cerco di calmarmi con qualche lungo respiro al profumo di bagel. Per la prima volta in vita mia, l'aroma di carboidrati non mi placa i nervi.

Pensate un po'.

Giro sui tacchi per guardarlo. Ben vestito. Ordinato. Abiti costosi. Me lo mangerei.

Fingiamo che l'ultima parte si riferisse a un bagel.

«Salve, signor Moore.»

«Oggi la trovo bene.»

«Grazie.» Scruto l'abito color zaffiro, la camicia bianca, la sottile cravatta nera. Ha persino un fazzoletto da taschino. Stringo gli occhi per identificarne il motivo.

Lui segue il mio sguardo e sfiora il fazzoletto. Gatti. Di tutte le razze, che giocano con gomitoli blu sullo sfondo della seta bianca.

«È... adorabile.»

Fa spallucce. «Io sono adorabile.»

Eccome.

Le sopracciglia di Chase guizzano in su. Il signor addetto alla sicurezza ridacchia.

Merda. La devo piantare.

Impietosito, Chase non fa riferimento al mio scivolone e si rivolge all'addetto. «Come va, Sam?»

«Benone, signore.»

«E Chrissy come sta?» Sam della Sicurezza sospira a fondo. «Bene. Ha appena iniziato l'asilo e probabilmente ha in mente un colpo di stato.»

Ridono entrambi. «Da tua figlia, me lo aspetto.» Chase gli dà una pacca sulla spalla, poi si volta verso l'altro uomo della sicurezza, dietro di me. «Scott, puoi assicurarti che gli averi della signora King siano mandati nella sala conferenze?»

«Certo, signor Moore.» Scott mi prende il sacchetto dei bagel.

«Non è necessario.» Mi sistemo la tracolla della borsa.

«Si figuri, signora King.» Raggiunge il fondo della stanza, dove c'è un montacarichi.

«L'hai messa.» Gli occhi di Chase si illuminano nel notare la mia blusa. Senza i bagel tra i piedi, la vede meglio. «Mi fa piacere. Ieri l'ho vista e mi ha fatto pensare a te. Ho chiesto a Susan di aggiungerla al sacchetto all'ultimo.»

«Aspetta, ci hai pensato tu?» Abbasso lo sguardo sulla mia nuova, amata blusa. «Il biglietto mi ha fatto credere che arrivasse dallo staff di Moore's.»

«Sì. Sono un azionista, ma ho un ufficio qui.» Sorride di cuore. «Come ben sai.» Scrolla le spalle. «Quindi, tecnicamente, faccio parte dello staff.»

«Tecnicamente, eh?» Ma sorrido anche io. Solo Chase può strapparmi un sorriso quando dovrei sentirmi ingannata. Forse è merito della sua voce. O del fatto che è difficile adirarsi con un uomo che ha un fazzoletto da taschino con i gatti. Ma sapere che ha scelto di persona la mia nuova camicia preferita mi manda un brivido lungo la schiena. Di quelli belli.

«*Return to Sender*? Bella canzone, ma non attacca. Non provare neanche a restituire il tutto.»

Accidenti. Mi si scaldano le guance, ma lo dissimulo con un sorriso, conscia della mia vecchia abitudine.

Perché tutti i miei piccoli tic devono manifestarsi quando c'è lui?

Chase si controlla l'orologio. «Abbiamo tempo. Perché non prendiamo dei caffè su al bar per il tuo team prima di salire?» Fa un passo indietro e mi indica la porta che conduce al piano dei negozi.

Scrollo via l'imbarazzo e gli scoccò un'occhiata acuta. «Torniamo sulla scena del crimine, eh?»

Tossisce. «Ehm, sì. Immagino.» Una volta varcata la soglia, mi si affianca. «Però non lo definire un crimine. Troppo piacevole e fortunato.»

«Se mi arresteranno per aver sfoggiato i capezzoli, lo userò come scusa.»

Chase

La barista mi guarda fisso.

È la stessa di ieri. Penso speri in un altro incidente. E per quanto non mi dispiacerebbe rivedere i capezzoli di Campbell, nell'uscire dalla caffetteria sto molto attento al portabicchieri che ho in mano.

«Parlami di te,» le dico. «Ieri, tra la gara di Miss Maglietta Bagnata e l'irruzione di un rozzo uomo iroso, non abbiamo parlato molto.»

Un angolo della sua bocca si solleva.

«Perché hai deciso di aprire una tua attività?»

Le sue labbra tornano dritte. «Per i soliti motivi, credo. Per essere la capa di me stessa eccetera.»

«Vero. Mi stupisce che nessuno ti abbia reclutata dopo la laurea.»

È un effetto dei lampadari, o i suoi occhi si sono incupiti?

Abbassa lo sguardo come a osservare dove mette i piedi, ma sono sicuro che stia cercando di nascondere 'la sua espressione. «Cosa intendi?»

«Non sei l'unica a fare ricerche. So più di quanto c'era sull'articolo di *Forbes*.» Faccio un cenno di saluto alle due entusiaste commesse del banco dei cosmetici. «Laurea con lode alla NYU, magistrale in Economia e master in Marketing. Notata fresca di college da...»

«Sì. Conosco bene il mio percorso di studi e il curriculum, grazie.» Si ferma davanti a una vetrina in cui ci sono le scarpe che indossa. «Questa vetrina è ottima. Molto artistica. Andrebbe fotografata e postata sugli account social della catena.»

«Moore's non ha account social.»

«Lo so.» Lo sguardo che mi lancia mi fa sentire imbarazzato ed eccitato al tempo stesso.

Se chiunque altro usasse quel tono con me, o insinuasse la mia incompetenza, farei una battuta e tirerei dritto (un esempio su tutti? Stan). Ma quando Campbell mi sfida, voglio dimostrarle che si sbaglia. Fare meglio. «In effetti è per questo che ti ho assunta. Mi aspetto che, nel piano marketing che proporrai, ci sia anche la parte social.»

«Sì. Una parte consistente.» Indica di nuovo la vetrina. «Ma tornando a questo: chi si occupa dell'allestimento?»

«Non ne sono sicuro.» Mi guardo intorno e noto Raymond, il manager di quel piano. Lui mi vede e si avvicina. Mentre lo aspettiamo, mi accorgo che Campbell l'ha fatto di nuovo. Ha evitato di parlare di sé. Interessante.

«Sì, signor Moore?» chiede Raymond, la posa così compunta da essere quasi marziale.

Cerco invano di non trasalire. «Chase, Raymond. Chiamami Chase.»

Il guizzo di un sopracciglio ben curato mi rivela che non è d'accordo. Non lo è mai, ma come sempre, annuisce.

«Questa è Campbell King, della King Marketing,» proseguo.

«Buongiorno, signora,» dice, e china il capo verso di lei.

Campbell ci stupisce entrambi ridendo. E che bella risata. Profonda e di pancia, priva di freni. «Sono venuta fin qui a New York dal Texas per sentirmi trattare con cortesia del sud.» Ridacchia ancora. «Sono Bell, Raymond. Piacere di conoscerti.» Si sistema la tracolla in spalla e gli porge la mano.

Raymond, di solito stoico al limite del taciturno, le fa un sorriso caloroso e le prende la mano. «Piacere mio.» E le bacia le nocche.

Una strana sensazione mi percorre le viscere. Ci metto un attimo per capire che sono geloso. Geloso che Campbell King abbia chiesto a Raymond, e non a me, di chiamarla Bell. Geloso che sia così rilassata e a suo agio con quel manager sessantenne, ma non con me. E molto geloso che lui la tocchi, la baci, anche se in modo del tutto innocente.

Quando Raymond si raddrizza, noto che il suo sorriso gli fa increspare gli occhi.

Sarà meglio che sia del tutto innocente.

Argh. Chase Moore non è un tipo geloso. Non si è neanche arrabbiato quando la sua ex l'ha tradito. Anzi, ne è stato addirittura sollevato. Ma eccolo lì, non solo che parla di sé in terza persona, ma che è verde di gelosia.

Invece di aprire la bocca per staccare la testa a Raymond o a

Campbell in un impeto da cavernicolo, lascio che *Bell* prenda le redini e faccia domande sugli allestimenti.

«Ho osservato diversi settori, e sebbene nessuna delle vetrine sia fatta male,» anche se il suo tono suggerisce altro, «nessuna è artistica come questa. Mi ha attirata subito. Sai chi se n'è occupato?»

«Che occhio signo... Bell.» Raymond scuote il capo, quasi incredulo che lei voglia sentirsi chiamare con il diminutivo. E ora vorrei tanto prendere a pugni l'uomo che, un tempo, mi ha aiutato a scegliere il regalo perfetto per i sedici anni di mia sorella. «Moore's non ha una persona dedicata agli allestimenti. Di solito riceviamo dal management dei briefing con ciò che stilisti e designer vogliono promuovere, e lo facciamo senza tanti fronzoli.»

Sbatto le palpebre verso il più storico degli impiegati di Moore's. «Mi prendi in giro.» L'incredulità ha scacciato la gelosia, per il momento.

Raymond si agita a disagio. «No, signore. Il manager dell'inventario pensava che qualsiasi altra cosa sarebbe stata... pacchiana, credo abbia usato questo termine.»

Prima che possa reagire a quest'ultima assurdità, che di certo è un'idea di mio padre, Campbell interviene: «E quindi *questa* da dove salta fuori?» Di nuovo, indica la vetrina con le scarpe Jimmy Choo appese al soffitto con fili da pesca; sembrano fluttuare. A diverse altezze pendono vari modelli di tutti i colori. È una presentazione più di impatto rispetto ai classici scaffali che di solito ornano l'area, soprattutto perché le scarpe roteano e scintillano alle luci.

Bell inizia a canticchiare *Blue Suede Shoes*. È deliziosa.

«Una delle commesse più giovani è stata... tenace, diciamo, nel voler provare a realizzare lei la vetrina.» Raymond fa spallucce, e quel tocco di tenerezza nel suo contegno di solito così composto mi fa sorridere. «Per un po' ho temporeggiato, ma con il subentrare del giovane signor Moore, ho pensato che non ci sarebbe stato niente di male a fare un tentativo, vista la nuova gestione.»

«Mi fa piacere che tu l'abbia fatto. È stupendo.» L'accento di Campbell si fa più marcato mentre studia la vetrina. Fa un passo indietro e inclina il capo. «Come si chiama la ragazza? È al lavoro, adesso?»

«Alice, e sì, sta riordinando gli scaffali, credo.»

Gli occhi di Campbell si illuminano. «Posso parlarle dell'allestimento?» Si volta verso di me, come se si fosse appena ricordata della mia presenza. «Se non è un problema, signor Moore.»

Digrigno i denti. «Chase. E sì, certo che può.»

Pochi minuti dopo, una giovane che sembra fresca di liceo ci raggiunge.

«Lui non ha colpe!» esordisce subito, indicando Raymond. «Il signor O'Neil non sapeva della mia idea per la vetrina. Ho fatto tutto io.» Ansima un po' e ha gli occhi sgranati.

«Che peccato. Volevo proprio complimentarmi con il signor O'Neil per aver assegnato una designer di simile talento all'allestimento della vetrina,» dico ad Alice, che spalanca la bocca.

Campbell fa un passo avanti e le posa con fare rassicurante la mano sulla spalla. «Parlami della tua vetrina, Alice. Cosa ti ha fatto venire l'idea? E hai una formazione in design?»

«Ehm...» Lei guarda Raymond.

«Va tutto bene, Alice. Il signor Moore...» Raymond si blocca quando mi schiarisco la gola. «Voglio dire, Bell e *Chase,*» usare il mio nome davanti allo staff sembra costargli una certa fatica, «hanno apprezzato molto il tuo progetto.»

Alice si rilassa visibilmente e tende una mano per appoggiarsi al tavolo lì accanto. «Oh, bene. Questo lavoro mi serve.» Fa un profondo respiro, poi indietreggia per osservare l'allestimento. «Mi fa piacere che lo apprezziate. Ci ho pensato per un po'. Credevo che, se fossi riuscita a far apparire le scarpe comode e invitanti, forse più persone le avrebbero provate. E diciamocelo, una volta provate, non ce le si toglie più.» Punta lo sguardo sulle Jimmy Choo ai piedi di Campbell. «Ecco perché mi è venuto in mente di farle fluttuare. Sembrano più leggere dell'aria.»

A me sembra un po' esagerato, ma l'espressione di Campbell mi rivela che è rapita da Alice.

«Geniale.» Si rivolge a Raymond. «Pensi che potrei vedere i rapporti di vendita delle Jimmy Choo da quando è stata allestita la vetrina?»

«Certo, ma senza entrare nei dettagli, posso già affermare che abbiamo dovuto ordinarne più del solito. Me lo ha detto la responsabile di magazzino ieri. Prima del nostro arrivo, Alice stava esponendo proprio i nuovi arrivi.»

Il viso pallido di Alice arrossisce dall'attaccatura dei capelli alla gola, avvolta da una blusa a collo alto. Sembra ancora più giovane.

«Quanti anni hai?» L'improvvisa domanda di Campbell ci coglie di sorpresa. «Scusa,» e avvampa anche lei. «Non volevo essere brusca.»

Alice ride. «Non c'è problema, me lo chiedono spesso da quando ho tagliato i capelli. Credo sia colpa della frangetta.» Alza lo sguardo, cercando di guardare la folta frangia che le orna la fronte. «Ventisei.»

«Te ne avrei dati diciotto al massimo,» commenta Campbell. «Dove hai studiato?»

«Come?»

«In quale università?»

«Ah, no, non sono andata all'università.» Abbassa il viso. «Non era previsto, per me.»

Campbell le sorride con affetto. «Va bene. Anzi, ciò rende ancora più notevole la tua idea.» Per un attimo guarda me, poi torna a rivolgersi ad Alice e Raymond. «Mi date un attimo?»

Campbell mi toglie di mano il portabicchieri e lo appoggia sul tavolo dell'espositore, poi mi prende per il braccio e mi trascina all'altro capo del negozio di scarpe. Dico trascina perché io rallento. Mi dico che lo faccio per evitare che Campbell si prenda una storta, con quei tacchi, ma è solo per prolungare il momento e godermi la sensazione del suo braccio agganciato al mio.

A volte penso che un boscaiolo in camicia a quadri verrà a revocarmi la mia tessera di uomo.

«La voglio,» afferma Campbell quando siamo a una certa distanza.

Le sopracciglia mi schizzano su per la fronte e lo stomaco si annoda. Non sapevo di cosa volesse parlare, ma di certo non mi aspettavo quello. La sua domanda sull'età assume un senso. «Ehm, beh, tecnicamente tu non sei una dipendente di Moore's, quindi non ci sono problemi se vuoi chiederle di uscire.» So che lavoriamo insieme, e quindi le relazioni sono una cattiva idea, ma il pensiero che Campbell sia dell'altra sponda e quindi del tutto inaccessibile a livello romantico è deprimente.

Campbell mi fissa a lungo senza sbattere le palpebre. Poi mi stupisce di nuovo: «Sei un idiota.»

«Come?»

«Non posso credere che tu l'abbia detto.» Si scosta e incrocia le braccia. La tipica posa da incazzatura. Sono abituato a vederla fare dai miei genitori, ma trattandosi di Campbell... l'effetto è ben diverso.

«Siamo in due.»

Sbuffa una risata. È uno splendore.

«Intendevo dire che la voglio nel mio team. Il team di marketing che sto costruendo per te. Sarebbe più utile per gli arrangiamenti che per le vendite.»

«Oh.» Se fossi uno che arrossisce, a quest'ora sarei color semaforo.

«Già. Oh.» Alza gli occhi al cielo, e quell'espressione così buffa sul suo viso di solito serio mi fa sorridere, e ancor di più quando capisco che c'è ancora speranza con lei.

Lei stringe gli occhi. «Cos'è quel sorriso?»

«Nulla.» Le faccio l'occhiolino, ma continuo a sorridere imperterrito. Come imperterrito è quel principio di erezione che ho nei pantaloni.

«Sembra che tu abbia in mente qualcosa.» Suona cauta, poco compiaciuta dalla mia allegria.

A voler essere onesto, le direi che sono molto felice che, dei due, sia io l'esperto nell'arte del cunnilingus. O che al momento sto cercando di trovare un modo per conoscerci meglio e per spingerla a scalarmi come una pertica in palestra. Da nuda. Ma sono sicuro che dire qualcosa di simile durante il primo giorno di lavoro insieme mi farebbe passare per stronzo. Anche solo pensarci, forse.

Quindi taccio.

«Non so cosa vuoi dire,» affermo invece. Ignoro il suo sguardo di sfiducia e la prendo di nuovo a braccetto, per riportarla da Alice e Raymond. «Andiamo a prendere la tua ragazza, che ne dici?»

Capitolo Sette

Bell

Devo lavorare sulle mie doti di seduzione.

Chase? Non ne ha bisogno.

Dopo che ha compreso il suo errore sul mio interesse per Alice (ancora rido a ripensarci), si è limitato a scortarci entrambe verso il suo ufficio, dove ha sfoderato tutto il suo fascino. Quando ho provato a convincere Alice a passare al reparto marketing, lei si è mostrata riluttante. Poi Chase ha menzionato un aumento di stipendio, ulteriori bonus, un'assicurazione migliore, e... magia! Un gran sorriso è comparso sul volto di Alice quando ha ricevuto una copia dei miei appuntamenti, l'agenda delle riunioni e qualche parola di incoraggiamento dal capo supremo di Moore's.

Chase sa sorridere e ammiccare senza sforzo, e le donne lo adorano. Ma è stato più che professionale quando ha parlato con lei, ha capito cosa aveva bisogno di sentirsi dire per incrementare 'la sua autostima, ne ha riconosciuto le abilità e le ha dato una grande occasione.

Guardarlo abbinare la serietà professionale alla cortesia è stato a dir poco eccitante. Il che è male. Tra di noi c'è già un'intesa che non dovrebbe esistere. È per questo che non gli ho dato il permesso di chiamarmi Bell. Meglio non confondere ulteriormente le acque.

È come se ci conoscessimo da più di due giorni. Forse perché mi ha visto i capezzoli. O perché sa di che colore mi piacciono le mutandine. In ogni caso, non posso essere meno che professionale. Anche se è affascinante e ha il fisico di un nuotatore olimpionico, con capelli scuri appena troppo lunghi, e grandi mani aggraziate...

No. Evitiamo di abbassarci a... ecco, e adesso sto pensando di abbassarmi in ginocchio davanti a Chase Moore. La mia mente perversa mi rema contro. Avrei dovuto dare retta a Leslie e aprire un profilo su un'app di dating. Questa carestia sessuale sta interferendo con il lavoro.

«Grazie per quest'opportunità, signora King, signor Moore,» dice Alice, stringendo al petto il faldone e, per fortuna, strappandomi alle mie fantasie inopportune.

«No, grazie a te, Alice. Mi hai fatto un grande favore, mettendomi a disposizione il tuo grande talento artistico per il bene dell'azienda,» ribatte Chase, conducendola alla porta. «E ricordati, è Chase, non signor Moore.»

Alice, ancora a occhi spalancati, annuisce, ci ringrazia di nuovo e torna a finire il suo turno al negozio di scarpe. Domani si unirà al mio team in sala conferenze.

«Ormai il caffè dev'essersi raffreddato.» Chase indica il portabicchieri che ho appoggiato sul tavolino nel suo ufficio, e prende il cellulare. «Me ne faccio mandare dell'altro dal mio assistente.»

Vorrei protestare, ma conosco la mia squadra. So che ha bisogno di caffeina. «Grazie.»

«Figurati.»

Mentre è al telefono, mi avvicino agli scaffali perlopiù vuoti. Dico perlopiù, perché mentre ieri non c'era altro che mogano lucido, oggi ci sono tre foto su una delle mensole. In una, un Raymond più giovane, di circa trent'anni ma dall'aspetto rigido come sempre, è chino e guarda negli occhi un Chase in età da scuola elementare. L'espressione severa ma affettuosa dell'uomo è in contrasto con il sorriso impertinente di Chase.

A prima vista, la seconda ritrae una rastrelliera di vestiti a caso. Ma a un'analisi più attenta, due paia di scarpe spuntano da sotto i vestiti: un paio di sandali rossi da bambina e uno di logore scarpe da ginnastica da ragazzo.

La terza foto mi fa ridere. Mostra un Chase adolescente, in piedi accanto a una Susan leggermente più giovane. Susan sorride alla macchina fotografica, ma lo sguardo di Chase è spostato di lato verso un'attraente commessa, forse ventenne.

«Come puoi vedere, Raymond e Susan mi conoscono da sempre.»

Sobbalzo; non avevo sentito Chase muoversi dietro di me.

«La nostra conversazione di ieri mi ha ricordato queste foto.» Il suo dito si muove lungo il lato di una delle cornici di ottone.

«Davvero?»

«Sì.» Prende quella di lui e Susan. «Ciò che non puoi vedere in questa foto è mia sorella, accovacciata appena fuori dall'obiettivo, pronta a colpire.»

«Tua sorella? Io vedo solo un adolescente in preda agli ormoni che fa gli occhi dolci a un'ignara commessa.» Guardo meglio la foto, osservando la struttura leggermente più snella di Chase e i capelli più lunghi e arruffati. La sua espressione è solo una versione più matura del sorriso malizioso che rivolgeva a Raymond nella prima foto.

«Sì, stavo pianificando l'ennesimo tentativo di seduzione

con Serena.» Tamburella sulla ragazza nella foto. «Ma non avrei dovuto preoccuparmi. Alla fine ci ha pensato Liz.» Il suo sorriso è carico di malizia. «Ricordi la storia che ti ho raccontato ieri? Beh, questo è il momento prima che lei mi tirasse giù i pantaloni.»

«Oddio. No.» Rido di gusto, immaginando il bel ragazzo sicuro di sé nella foto che viene messo in imbarazzo da una sorellina altrettanto maliziosa.

«Oh, sì. Ma non preoccuparti.» Ripone la cornice sullo scaffale. «Alla fine ho avuto io l'ultima parola.»

«E come mai?»

Infila le mani in tasca e si dondola sui talloni. «Assillavo Serena per un buon mese perché uscisse con me. Anche se avevo diciassette anni e lei ventidue. Ogni volta venivo respinto.»

«Oh, povero te.»

«Sì, il mio tenero cuoricino è stato ferito oltre ogni limite.»

Ridacchiando, gli do una pacca sulla spalla. «Ci credo.»

«Poi Liz mi ha tirato giù i calzoni. E sono scesi anche i boxer.»

«No!» Scoppio di nuovo a ridere. Ma invece di sembrare imbarazzato, Chase sorride. «Allora, perché avresti avuto l'ultima parola? L'hai fatta tornare a casa in mutande o qualcosa del genere?»

Scuote la testa. «No. Non ho nemmeno dovuto escogitare un piano di vendetta. L'ha fatto Serena per me.»

«Cosa vuoi dire?»

«Mi è bastata un'occhiata con i pantaloni abbassati per avere un appuntamento.»

«Davvero?» Scuoto la testa. «Avevi diciassette anni!»

Si avvicina alla porta del suo ufficio, ancora aperta da quando Alice se n'è andata. «Ma avevo diciassette anni e un pisello da ventitré centimetri.»

Con questa frase di circostanza, esce in corridoio. «Vieni?» mi chiama.

«Con quei ventitré centimetri? Verrei eccome,» mormoro.

Lui fa capolino attraverso la porta. «Come, scusa?»

«Niente! Niente!» Con lo sguardo fisso sul suo pacco, esco di corsa e lo supero in direzione dell'ascensore.

Capitolo Otto

Chase

Un ronzio.

«Signor Moore, scusi se la interrompo, ma ho in linea suo fratello.»

Sospiro. Vorrei tornare a ieri, con Campbell nel mio ufficio. Premo il tasto dell'interfono. «George, digli che non ci sono.»

«Certo, signor Moore.»

«Grazie, e ricordati di chiamarmi Chase.»

Nulla. George non rifiuta apertamente, ma non si fa scrupoli ad andare in silenzio radio quando è in disaccordo con me. Pensavo che, visto che è più giovane di me e che è abituato agli ambienti informali, avrebbe acconsentito. Avrei dovuto capire quanto mi sbagliavo, una volta scoperto che è il nipote di Raymond.

Giuro, quel ragazzo si è offeso anche più di suo zio quando gli ho chiesto di chiamarmi per nome.

L'interfono vibra di nuovo.

«Sì, George?»

«Ora la cerca sua madre, signore.»

«Dille la stessa cosa, non sono in ufficio.» Tamburello la penna sulla scrivania. «Anzi, diglielo ogni volta che mi chiamano. Rispondo solo a mia sorella. Tutti gli altri familiari li ignorerò. Capito?»

«Certo, signor Moore.»

«Chase.»

Silenzio.

Cosa diavolo vuole mio fratello? Posso immaginare il motivo della chiamata di mia madre. Ogni tanto le viene in mente di invitarmi a pranzo. Ma probabilmente oggi ha telefonato perché non ho mai risposto a mio padre, e lui l'ha bullizzata al punto da mandarla a fare da intermediaria.

Mamma che chiama subito dopo mio fratello? Lo stesso che non mi ha mai telefonato? Strano.

Prendo la foto di famiglia sulla scrivania e passo le dita sulla crepa del vetro. È diagonale, e separa la mia immagine da quella degli altri.

Che metafora.

Invece del solito risentimento per le mie dinamiche familiari, mi ritrovo a ridacchiare al ricordo di Bell lì dentro con mio padre, che gli teneva testa mentre lui avvampava. Sono passati davvero solo due giorni?

Lei è speciale. Diversa. L'ho capito dal momento in cui mi sono ustionato i capezzoli.

È anche interessata, anche se forse non vorrebbe. Non penso di essermi sognato il suo commento sul mio uccello, ieri. Ho solo fatto il galantuomo e finto di non averlo sentito.

Ho anche finto di non notare gli sguardi che ci siamo scambiati davanti al suo team, i cui membri stavano mangiando i bagel che aveva portato e bevendo il caffè che avevo fatto consegnare. Era come al liceo: sia io che lei distoglievamo lo sguardo quando ci accorgevamo che l'altro ci aveva beccati.

Ieri il dovere mi ha chiamato a risolvere delle questioni di contabilità, ma George, con i suoi nuovi occhiali da vista, si era fatto avanti e aveva fatto fare a Campbell e ai suoi il tour formale di tutti i dipartimenti di Moore's.

Sbatto le palpebre e torno a dedicarmi al foglio di calcolo sullo schermo del computer. Avrei voluto partecipare a quel tour, vedere il viso di Bell mentre ammirava l'eredità della mia famiglia. L'unico luogo in cui mi sia mai sentito a casa.

Osservo l'interfono silenzioso. George ha detto che il giro è andato bene. Quando ho spinto per avere più dettagli, ha solo inarcato le sopracciglia al di sopra della montatura sottile. Bastardo curioso.

Oggi è tornato alla sua scrivania, a passarmi telefonate, e Bell e i suoi sono rintanati nella sala conferenze in fondo al corridoio, a pochi passi da qui. Sono lì dentro da stamattina presto. Mi sono trattenuto nel sentirli passare davanti all'ufficio, perché non volevo sembrare troppo ansioso, o peggio controllante. E ho chiesto a George di mandare loro altro caffè.

Bell ha portato di nuovo i bagel ai suoi dipendenti oggi? Sembra il tipo di capa che si prende cura della sua squadra. Ma mi chiedo come sia quando bisogna rimboccarsi le maniche. È severa e spietata? Calma e rassicurante? È strano che entrambe le ipotesi mi eccitino?

Dal poco che ho visto dell'interazione tra lei e i suoi, ieri, ho percepito rispetto reciproco. Non ha abbracciato tutti, ma il suo sorriso era sincero e le strette di mano amichevoli. I due colleghi, Chris e Ben, lavorano a New York, mentre lei sta a Houston. Ma ha comunque chiesto delle loro vite, delle famiglie. Ha dimostrato interesse. Loro non hanno ricambiato, ma non so se perché a disagio all'idea di farlo con la loro capa, o se non sapevano cosa chiederle. Comunque non ho notato formalità o pose rigide, come quando Stan viene da Moore's. Nelle rare occasioni in cui si degna di farsi vedere.

Scaccio il pensiero della mia famiglia e rimetto la foto a faccia in giù, poi guardo l'orologio. Quasi mezzogiorno. La pila di documenti che devo controllare e la quantità di e-mail e telefonate a cui devo rispondere mi indica che non posso sgattaiolare per andare a vedere come se la cava la King Marketing, anche se vorrei. Ma dopo aver spinto Bell a pensare a me in modo non professionale, non voglio neanche che pensi che l'ho dimenticata.

Una rapida ricerca su Google mi rivela il numero di cellulare di cui ho bisogno.

«Thai's Pad, come posso aiutarla?»

«Vorrei ordinare a domicilio, per favore.»

* * *

Bell

«Potremmo fare qualsiasi cosa, e sarebbe comunque un miglioramento,» dice Ben, facendo una pausa solo per imbottirsi la bocca di noodles. «Insomma, non hanno neanche una pagina Facebook, figurarsi una campagna pubblicitaria.» Il mio strategist fresco di laurea triennale è sconvolto, e sarebbe comico se non fosse indice del lavoro che ci aspetta. «Accidenti, questo tailandese è ottimo.» Deglutisce. «Da dove arriva?»

«Thai's Pad,» rispondo in automatico. Meglio non soffermarmi su come Chase se ne sia ricordato e concentrarmi sul compito. «Chris. Idee?»

Chris si ferma con la mano a metà strada verso un contenitore. «Sai, è strano. Mi piacerebbe sapere come hanno fatto a restare in affari così a lungo.» Afferra la scatola. «Non capisco proprio.»

«Gente ricca di famiglia.» Cerco di non accaparrarmi tutte le delizie tailandesi sparse sul tavolo e mi limito a prendere una porzione di involtini di gamberi con salsa alle arachidi. Non li offro nemmeno. Me li mangio tutti io.

Ben e Chris sono entrambi di stanza a New York. Viaggiano quando ne ho bisogno. Ma è un bene che adorino la città e che ne abbiano fatta la loro casa.

Di solito i clienti si stupiscono per quanto piccoli sono i team che gestisco, ma per me avere troppi cuochi in cucina complica le cose. A prescindere da dove mi trovi e con chi lavori, di solito non si tratta più di due, massimo quattro persone. Anche se devo dire che con Ben e Chris realizzo la maggior parte delle strategie di marketing. Sono il meglio del meglio. Quindi è ottimo che siano del posto, visto che alla King Marketing serve un piano di battaglia concreto per portare Moore's nel Ventunesimo secolo, e pagar loro l'alloggio a New York per un lungo periodo sarebbe costoso.

Alice, che stamattina mi ha intercettato sulla soglia della sala conferenze, con una borsa piena di penne e quaderni neanche fosse il primo giorno di scuola, non ha toccato il cibo e si è rifiutata di smettere di prendere appunti. Però vedo come guarda il curry. Glielo avvicino con le bacchette. Lei sorride colpevole, poi si arrende e scosta il quaderno.

È stata una lunga mattinata. Ieri abbiamo fatto un giro del negozio, ed è così grande che ci è voluto un bel po'. Non ci siamo soffermati su uffici o ristoranti, solo sui reparti di vendita. George, l'assistente di Chase, ci ha fatto da guida. È stato... efficiente. Molto maturo per la sua età. Nel tardo pomeriggio abbiamo buttato giù qualche idea e prima impressione, per poter partire alla grande al mattino.

Ma oggi ci siamo persi a frugare tra le antiquate pubblicità di Moore's e a visionare l'analisi della situazione attuale. L'attività dura da molti anni, più di quelle degli altri miei clienti. Ci sono molte informazioni da analizzare.

«Moore's si è fatta tenere a galla dalla sua reputazione di

una clientela di ricchi e famosi. È uno status symbol. E se anche non hanno account social, le celebrità ne hanno, e per fortuna pubblicano i loro acquisti.» Faccio un cenno a Chris. «Ma hai ragione. Non basta più. Anche i ricchi fanno shopping in modo diverso. Sono più attenti ai trend digitali e inclini ai rapidi acquisti online.» Prendo un gran morso di involtino. Dio, quanto mi mancava la salsa alle arachidi. La migliore del mondo.

Deglutisco e vedo che tutti mi stanno fissando.

«Ti piacciono, eh?» chiede Ben con un sorriso.

Arrossisco. Devo aver emesso un gemito mentre mangiavo. «Sì, beh...» Mi schiarisco la gola e proseguo. «Guardiamo il lato positivo. Abbiamo una tela immacolata. Non dobbiamo sovrapporci ad attività preesistenti e capire cosa tenere, cosa scartare eccetera. Possiamo partire da zero.»

Ieri ci siamo occupati dei beni materiali, oggi invece dell'aspetto corporate. Abbiamo spulciato i numeri e controllato che le informazioni siano aggiornate, per poi paragonarle a quelle della concorrenza.

«Presto incontreremo l'attuale agenzia di marketing di Moore's, Warren&Baron, giusto?»

Annuisco a Chris.

«Mi chiedo cos'abbiano fatto per guadagnarsi lo stipendio,» brontola.

Ben sbuffa una risata e guarda il portatile. «Niente, a giudicare dalla mancanza di informazioni in merito.»

«Sai che non saranno solo in tre, vero?» mi domanda Chris, bloccandomi prima del boccone successivo. «Non saranno felici della nostra presenza, e cercheranno di intimidirci. Anche solo per la superiorità numerica.»

«Sì, ma finché non saprò se Warren&Baron è disposta a collaborare, non voglio dare per scontato che siano nemici. Inoltre, mi hanno assicurato che saremo noi ad avere il pieno controllo delle attività, e non loro.» Ma se W&B si rivelerà ostile o decisa a non affidarsi alla nuova gestione, non sarebbe la prima volta che dovrò tirare fuori la stronza che è in me e diventare autoritaria.

Tamburello sul portatile con la penna e mastico, pensierosa. In silenzio, stavolta. Mando giù e cambio argomento. «Moore's è unica perché vende una varietà incredibile di prodotti, quindi abbiamo diverse opzioni su cui puntare.»

Abbiamo valutato il pubblico di riferimento dell'azienda, i punti di forza e quelli deboli, e ora siamo arrivati alle strategie. Tutte cose che ho già studiato, ma è utile tornarci dopo aver fatto esperienza diretta.

«I reparti che funzionano meglio sono quelli di lusso,» risponde Chris, mettendo via il contenitore vuoto. «Ma tutti gli altri sono in rapido declino.»

«La maggioranza dei clienti del settore lusso sono tra i quaranta e i sessant'anni.» Alice alza lo sguardo dal suo feroce scribacchiare. Quando tutti la guardano, abbassa il viso e arrossisce.

Ben annuisce pensoso. «Un ottimo punto. Moore's si sta praticamente alienando due generazioni, che potrebbero non avere i soldi per gli acquisti di alto livello, ma ci sono molti altri reparti dove potrebbero fare shopping.» Digita sulla tastiera. «Le zone gaming e caffetteria non sono male, ma non penso che siano indicate sul loro sito, che è peraltro molto basico. O se anche ci sono, non si vedono.»

«Allora dedichiamoci a queste aree. Instagram, Facebook, Twitter. Dobbiamo comunque creare un piano social, visto che Warren&Baron non ne ha mai fatto uno.»

Ben e Chris si guardano con le sopracciglia inarcate.

«Lo so. Quando ho parlato con Cha... cioè, con il signor Moore, lui si è dimostrato ben deciso a porre la massima attenzione sull'aspetto social media.»

Il mio mezzo scivolone fa sorridere Alice. Per fortuna i

giovani neolaureati maschi non fanno caso a certi dettagli. Ben dice semplicemente: «Fantastico. Il social media marketing è il mio forte.»

«Lo è di tutti, Ben.» Chris rotea gli occhi. «La King Marketing fa proprio questo.»

«E va bene, sono solo entusiasta, okay?» Si strofina le mani. «Moore's è un colosso. E come ha detto Campbell, abbiamo carta bianca. Un sogno di marketing.»

«Sì, sempre che Warren&Baron ci lasci lavorare,» aggiunge Chris, ottimista come sempre.

«Di quello non ti preoccupare.» Chiudo il portatile e scruto la stanza, attirando l'attenzione di tutti. «A Warren&Baron ci penso io.»

* * *

Uscendo dall'ingresso del Moore's e immergendomi nello smog di New York, la mia mente si riempie di visioni sul servizio in camera mentre mi accoccolo nel mio sontuoso letto d'albergo con un film d'azione in sottofondo.

Questi sogni a occhi aperti si interrompono quando vedo Chase appoggiato a un'automobile parcheggiata a bordo strada.

Il mio primo pensiero? *Accidenti, niente male.*

Il secondo? *Ha dato un nuovo significato a "segugio".*

Non l'ho visto per tutto il giorno. E mentirei se dicessi che non ho notato la sua assenza. Sono un po' arrabbiata con me stessa per la frequenza con cui ho scrutato la stanza o mi sono guardata alle spalle alla ricerca della sua chioma scura e del suo sorriso affascinante. Ci ha mandato il mio cibo thailandese preferito, ma non si è mai fatto vedere. Ho trascorso troppo tempo a preoccuparmi che mi stesse evitando. Tra il mio rimprovero a suo padre e il borbottio sul suo cazzo gigante, non vorrei si fosse offeso.

Quando io e la mia squadra eravamo pronti a chiudere la giornata, l'ansia mi attanagliava. Così, invece di pensare se Chase Moore fosse o meno arrabbiato con me, mi sono organizzata per rilassarmi a letto, in tuta, ascoltando le colonne sonore di Bruce e Arnold che si scambiano battute tra esplosioni di proporzioni gigantesche.

Vino e film d'azione. La serata da sogno di questa ragazza.

«Hai avuto una giornata produttiva?»

La mia risposta è un po' lenta, perché la maggior parte della mia energia cerebrale è occupata ad ammirare il suo corpo alto, avvolto in pantaloni grigi e una camicia a quadri azzurra con le maniche arrotolate.

Avambracci porno. È una cosa seria. Lo giuro.

«Ehm, sì. Sì, lo è stata.» Faccio un gesto verso la macchina. «Cos'è questa?»

«Uno dei tuoi bonus aziendali. Molto meglio di un taxi.»

Annuisco, ignorando con cura i suoi avambracci. «Grazie. Ci vediamo domani.» Mi avvicino alla portiera posteriore dell'auto.

«A dire il vero, più che altro tra due ore.»

Mi fermo, con la mano sulla maniglia, molto vicina al suo sedere, dato che è ancora appoggiato all'auto. «Come, scusa?»

«Sono riuscito a fermare anche Chris e Ben mentre uscivano. Alice non ce la fa, c'è un piano prestabilito.» Finalmente si allontana dall'auto e si gira per aprire la portiera, sfiorandomi la mano. «Ti verranno a prendere tra due ore per la cena da Winston's.» La sua mano libera indica la parte superiore di Moore's. «Il ristorante all'ultimo piano. Ci saranno anche Chris e Ben.»

Fisso l'imponente edificio, ignorando il calore del punto in cui mi ha toccato la mano. Alla fine mi ricompongo e faccio un passo indietro. «Molto gentile da parte tua, ma non è necessario.»

«Insisto. La cena è il luogo perfetto per aggiornarmi su ciò che tu e la tua squadra avete scoperto oggi. Inoltre, George mi ha detto che ieri non hai avuto tempo di visitare i ristoranti durante il tour.»

Questo ha senso. Davvero. Ma non posso fare a meno di reagire. «Posso mandarti via e-mail gli appunti che abbiamo preso e vedere Winston un'altra volta.»

L'angolo della sua bocca si solleva in quel suo modo spontaneo, e questa volta quando la sua mano si allunga per toccare la mia, è intenzionale. «Perché ho la sensazione che tu non voglia passare del tempo con me, Campbell?»

Il modo in cui pronuncia il mio nome sembra una preghiera. Non sono stata molto brava a pregare Gesù Bambino ultimamente, ma in questo momento, con la mano di Chase su di me e il mio nome sulle sue labbra, il mio cervello sta gridando *Alleluia*.

«No, non è questo. Io...»

«Allora cos'è?»

Non gli ho tolto gli occhi di dosso e giuro che non si è mosso, ma all'improvviso sembra molto più vicino e la sua domanda è troppo indagatrice. Il fatto che io voglia disperatamente rispondere di sì mi rende diffidente.

«Ben e Chris vengono?»

Annuisce.

La delusione serpeggia e io la scaccio. Non ho bisogno di passare altro tempo da sola con Chase Moore. Inoltre, ha ragione. Non ho ancora visto i vari ristoranti all'interno del centro commerciale, e Winston's dovrebbe essere il più conosciuto.

Risoluta, mi schiarisco la gola e mi allontano dal suo tocco. «D'accordo per la cena, allora. Sarò pronta tra due ore.» Lo aggiro evitando il contatto visivo, poi scivolo sul sedile di pelle fresca. Mi chino in avanti per dare all'autista l'indirizzo del mio hotel, sempre senza guardare Chase. Ma questo non mi impedisce di sentire il suo sorriso divertito attraverso i finestrini oscurati.

Sono nei guai.

Capitolo Nove

Bell

Quando penso a Winston, mi viene in mente Churchill. Il che non mi fa venire l'appetito. Tuttavia, il Winston's da Moore's è tutta un'altra storia.

Dal soffitto pendono grandi lampadari dorati, grondanti cristalli. Non ci sono tovaglie di lino, ma solo tavoli di legno tirati a lucido, apparecchiati con porcellane candide e calici di cristallo. Il vecchio parquet risplende sotto la luce fioca, con candele in candelabri di ottone che illuminano i tavoli. L'arredamento e la vista mozzafiato della città dalle finestre panoramiche lo rendono un luogo magico.

Stranamente, non è affollato. Né ora né quando ci siamo seduti a cena due ore fa.

Quando faccio notare a Chase la mancanza di clienti mentre il cameriere ci sparecchia i piatti, lui mi risponde semplicemente: «È il motivo per cui ho scelto questo posto.»

Ecco, appunto.

«Grazie a tutti per aver cenato con me stasera con così poco preavviso. Apprezzo molto che abbiate riorganizzato i vostri piani precedenti per aggiornarmi.»

Chris e Ben annuiscono entusiasti e scacciano le sue preoccupazioni. «No, amico, è stato fantastico,» dice Ben, il sorriso più ampio che mai. «Molto meglio di quello che avevo programmato.»

Per non essere da meno, Chris aggiunge: «Quando vuoi. Prima o poi dovrò portare qui la mia ragazza.»

«Scusatemi, avrei dovuto estendere l'invito ai vostri accompagnatori. Mi assicurerò di dire al direttore che avete una prenotazione aperta. A spese mie, ovviamente.»

«Wow, davvero? È fantastico.» L'entusiasmo da ventenne di Ben si fa sentire.

Chris gli dà un pugno sul braccio. «Prima ti serve un vero e proprio "più uno", Re dell'X-box.»

Ben sbuffa. «Non criticare le mie abilità di gioco, amico. A nessuno piacciono i piagnoni.» Si liscia la camicia e passa le mani sulla cravatta sottile. «Inoltre, posso rimediare un appuntamento quando voglio. Al giorno d'oggi le ragazze amano il look da nerd'.»

Chase ridacchia, un suono deliziosamente basso e rimbombante. «Buono a sapersi, Ben.» Mi fa l'occhiolino prima di rivolgersi di nuovo ai miei dipendenti. «Se non vi dispiace, ho ancora alcune cose da discutere con la signora King prima della riunione di domani. Ma ho già chiamato l'auto perché vi porti a casa.»

«Wow, grazie. Fantastico.» Ben getta il tovagliolo sul tavolo. «Niente metropolitana a tarda notte.»

Prima che io possa trovare una scusa per andarmene con loro, Ben e Chris mi dicono di passare una buona serata e stringono la mano a Chase, poi escono dal ristorante.

Io e Chase Moore siamo soli.

Mi afferro le ginocchia sotto il tavolo e sogno di assegnare ai miei due giovani dipendenti la prossima azienda di igiene femminile sul mercato come ritorsione per avermi abbandonato. Ignorando la mia agitazione, Chase si limita a guardare Ben e Chris che se ne vanno prima di rivolgere l'attenzione su di me.

«I tuoi dipendenti ti ammirano e ti rispettano.»

«Oh.» Non è quello che mi aspettavo dicesse. «Grazie.»

«Sembri sorpresa.»

Faccio spallucce. «Non ero sicura di cosa volessi parlare, quindi non mi aspettavo un complimento.»

«Dovresti sempre aspettarti dei complimenti.»

Roteo gli occhi, ma sorrido.

«Dico sul serio.» Fa una pausa come se fosse incerto, prima di continuare. «Sei bellissima stasera.» Con disinvoltura si sposta dal suo posto dall'altra parte del tavolo alla sedia accanto a me, che Chris ha lasciato libera.

All'inizio mi sento sollevata. È stato di fronte a me tutta la sera e i suoi occhi da vicino sono ipnotici. Ti fanno dimenticare cose che dovresti ricordare. Ma quando si sistema al mio fianco, in modo che io sia di nuovo l'unica cosa nel suo campo visivo, solo molto più vicina, sento le pulsazioni aumentare.

«Grazie.» Distolgo lo sguardo e lo abbasso sul vestito blu che Susan mi ha fatto indossare. È davvero incantevole. «Moore's vende solo il meglio.»

«Non è il vestito.» Mi sorride. «Anche se potrei dare a Susan un aumento per avertelo fatto prendere.» Il suo sorriso diventa più dolce, gli occhi più intensi. «Saresti bellissima con qualsiasi cosa.»

Non so cosa rispondere, quindi non dico nulla. Ma questo non impedisce al mio corpo di vibrare. Non provavo questo tipo di attrazione da... beh, non l'ho mai provata. Per dirla con le parole dell'immortale Re, "I'm all shook up", sono tutta scossa. Quando c'è di mezzo Chase, perdo lucidità. Per tutta la giornata di ieri e per tutta la cena, a ogni sorriso e a ogni ammiccamento audace, ho sentito che stavo dimenticando i motivi per cui la professionalità è così importante per me.

«Allora... tuo padre. È... interessante.»

Chase si lascia andare a una breve risata. «Non credo che nessuno definirebbe mio padre interessante. È noioso e stereotipato come tutti gli altri vecchi uomini bianchi della sua generazione.»

Il suo sguardo diventa distante e mi sento un'idiota per aver tirato in ballo Stan, ma devo saperlo.

«Si inserirà nella nuova ristrutturazione del Moore's?»

Chase mi lancia un'occhiata interrogativa.

«Voglio solo preparare la squadra se dovessimo aspettarci altri contributi da parte sua.»

Sorridendo, Chase scuote la testa. «No, Stan-the-man non fa un lavoro produttivo. L'unico input che gli piace dare è quello che hai sentito l'altro giorno. Commenti scortesi, giudizi e un atteggiamento sciovinista.»

«Oh.» Mi agito sulla sedia. «Mi dispiace.»

«No, no. Spiace a me. Avrei dovuto scusarmi per il suo comportamento. Non volevo rovinare la serata parlando di mio padre.»

«Ops.»

Ridacchiamo entrambi. Le nostre risate si spengono lentamente mentre ci fissiamo alla luce delle candele. Le ombre che tremolano nei suoi occhi non fanno altro che evidenziare il calore e il fuoco che gli sono naturali. Sarebbe facile sollevare il palmo della mano verso la sua guancia, sentire il lieve accenno di barba sotto i polpastrelli. Far scorrere le dita fino a quel maledetto incavo alla base del collo.

Sbatto le palpebre, interrompendo il pensiero. Cosa sto facendo? Devo andarmene.

Come se percepisse la mia imminente ritirata, Chase si

lancia in un nuovo argomento. «Allora, tu e i tuoi ragazzi siete pronti per organizzare un incontro con Warren&Baron?»

La tensione si allenta grazie al suo tono scherzoso e amichevole e io mi sistemo sulla sedia, senza rendermi conto che le mie gambe erano già pronte per alzarsi. «I miei ragazzi? Intendi il mio team di marketing altamente qualificato, con una formazione di prim'ordine e pluripremiato?» Gli faccio un sorrisetto. «Sì, siamo pronti. O lo saremo. Non c'era molto su cui lavorare in termini di marketing.»

Lui ridacchia e il suono mi trasmette un brivido caldo in tutto il corpo. «Negli ultimi mesi sono riuscito a eliminare o a cambiare la maggior parte delle inefficienze antiquate che affliggevano Moore's. Ma i precedenti gestori hanno appaltato il nostro marketing a Warren&Baron, e il contratto dura ancora un anno. Potrei rescinderlo e pagare una penale, ma dato che Moore's sta già cercando di riprendersi da un calo delle entrate e non abbiamo ancora un ufficio marketing interno,» e mi fa uno dei suoi occhiolini seducenti, «ho pensato che sarebbe stato meglio lavorare con loro, invece di licenziarli.»

Annuisco. «Mi sembra una cosa sensata dal punto di vista commerciale.»

«Perché ho l'impressione che tu voglia aggiungere un "ma" a questa affermazione?» Quest'uomo ha un milione di tipi di sorrisi e quello che mi fa ora è scherzoso.

«Ma,» proseguo, sorridendogli, «Warren&Baron è un'agenzia tradizionale. Si occupa di aziende consolidate che non cercano o hanno bisogno di espandersi in altri settori. Più che altro di pubblicità referenziale. Onestamente, non sono sicuro del motivo per cui Moore's li abbia assunti: non hanno un vero e proprio background nella vendita al dettaglio. E non sono sicuro di come si comporteranno con la nuova squadra.» Mi indico. Senza volerlo, le mie dita sfiorano la pelle sotto la clavicola. Gli occhi di Chase seguono il movimento e il suo sguardo si sofferma.

Il silenzio che ci circonda fa crescere la tensione che si è accumulata tra noi dal nostro primo saluto.

«Non lo so, Campbell,» mi dice, con quella voce da hotline, «credo che sottovaluti il tuo fascino.» Deglutisce e la mia bocca si socchiude alla vista del pomo d'Adamo che si si muove lungo la gola. «Io vorrei giocare con te.» Alza lo sguardo. Per una volta, le sue labbra carnose non sono tese in un sorriso. Al contrario, il viso è fisso e gli occhi fissano i miei con un'intensità che mi fa muovere le cosce sulla sedia.

Cosa sta succedendo?

Si china in avanti. «Giuro che venderei le mie azioni solo per sapere cosa stai pensando in questo momento.»

«Faresti una fortuna come operatore sessuale telefonico.» Oddio. Terra, inghiottimi.

Lui inclina la testa all'indietro e ride, esponendo il collo. La vista mi spinge a mettere da parte l'imbarazzo e a leccarmi le labbra: ogni pensiero di professionalità e autoconservazione viene meno mentre la mia mente immagina la mia lingua che scivola lungo quella gola.

«È buffo, potrei dire la stessa cosa di te e del tuo sexy accento del sud.»

Le sue parole mi sconvolgono a tal punto che esclamo: «Faremmo dell'ottimo sesso telefonico.»

L'intensità torna a farsi sentire quando si avvicina e mi passa un dito sulla fronte e sulla guancia. «Oh, Campbell. Faremmo del sesso fantastico, punto.»

Chase

Due piccioni con una fava, ho pensato quando ho organizzato questa cena di lavoro. Avrei potuto vedere come stava andando il nuovo piano di social media e passare più tempo con l'intrigante signora King.

Non avevo pensato che mi sarei trovato con un'erezione rampante. Ma è esattamente quello che è successo stasera.

Tutto è iniziato nella hall dell'hotel, dove l'ho aspettata. Le porte dell'ascensore si sono aperte e Campbell è uscita con quel vestito blu.

Asimmetrico, o qualcosa del genere. Susan l'ha definito così. All'epoca non ci ho fatto molto caso. Occupato a mandare qualcuno a portare una selezione di scarpe per Campbell, non ho notato che lo stava provando. Ora penso che il modo in cui l'orlo del vestito inizia proprio sotto il ginocchio e sale fino all'altra gamba a metà coscia è una delle cinque cose per cui sono più grato al momento.

Dall'uno al quattro sono il piano del tavolo che nasconde la reazione del mio uccello a quell'asimmetria.

Probabilmente sarei riuscito a controllare il piccolo Chase (anche se, detto tra noi, non c'è niente di piccolo in lui, non so se mi spiego), visto che il piano del tavolo nascondeva anche le gambe peccaminose di Campbell, lentigginose per il sole del Texas e formose come quelle di una qualsiasi modella di Victoria's Secret.

Ma poi ha iniziato a parlare, e accidenti, ha una mente due volte più sexy del corpo.

Ne ho avuto un assaggio durante il tempo trascorso insieme. Un commento qui, un'osservazione perspicace là. Persino il modo in cui si è comportata di fronte a quel cretino di mio padre. Campbell non è una persona che si siede e lascia che le cose accadano. Ha visto del potenziale in Alice e l'ha accalappiata. Si è resa conto che Stan era un idiota e lo ha richiamato. E questa sera era in piena modalità business, ha guidato il suo team di marketing e mi ha aggiornato sulla strategia di social media che hanno costruito nel poco tempo trascorso qui e sulla proposta di un testimonial. Qualcuno che indirizzi una base di fan già consolidata verso Moore's.

Io e il mio amico siamo davvero impressionati.

Mi sono detto di continuare a parlare di affari. Che avrei mantenuto un atteggiamento professionale. Che non avrei oltrepassato il limite. A malincuore ho pensato a Thomas, Stan e alle sue minacce a Liz.

Normalmente, l'eco della voce di Stan nella mia testa avrebbe reso la mia erezione da Superman più raggrinzita dello scroto di Mike lo Sphynx. Ma non stasera.

È come se Campbell King fosse la sua kryptonite.

Perché poi ha parlato di sesso telefonico. E questo dopo che l'ho sorpresa a canticchiare di nuovo *All Shook Up*.

«Vieni a casa con me, Campbell.» L'ordine prorompe dal mio subconscio, al diavolo le conseguenze.

Lei si lecca di nuovo le labbra e sono così sicuro che stia per dire di sì che il mio cazzo sta quasi per vibrare per l'attesa.

«Io...» Sbatte forte le palpebre, poi si raddrizza sulla sedia. «No. Mi dispiace, ma io...» Si schiarisce la gola e prende la borsa appesa al bracciolo della sedia. «No e basta.» Si alza e io faccio altrettanto, anche se sarà dolorosamente ovvio quanto desiderassi che la sua risposta fosse sì. Così la imito, prendo un tovagliolo e lo tengo in posizione strategica per salvare la faccia.

«Mi dispiace se ti ho messo a disagio.» Frustrato da me stesso, mi passo una mano tra i capelli con la mano libera. «Pensavo che la cosa non fosse unilaterale. Voglio dire, da quando mi hai bruciato il petto con il caffè...»

«Ti sei girato troppo in fretta!»

Rido. «Okay, da quando mi sono *girato troppo in fretta* e mi hai bruciato il petto con il caffè...»

Incrocia le braccia. «Provo...» La mia mente si blocca nel tentativo di esprimere a parole quello che ho provato.

«Qualcosa,» sussurra.

Quasi non la sento, ma quella parola mi riempie di *qualcosa*. Qualcosa di potente a cui non riesco a dare un nome. Bisogno? Speranza?

Campbell si allontana dal tavolo, agganciando la tracolla della borsa alla spalla. «Grazie, signor Moore. È stata una cena meravigliosa e io e il mio team abbiamo apprezzato molto la sua compagnia e le sue intuizioni.»

Inclino la testa per godermi la vista di lei in piedi, con l'orlo del vestito che ondeggia. «Farò venire l'autista.» Lascio cadere il tovagliolo per prendere il telefono.

«Oh, non c'è bisogno, davvero.» Fa qualche passo indietro, verso l'ingresso del ristorante.

Sto per lasciarla scappare, per permettere che il pesante flirt e le allusioni di questa sera restino un caso isolato. Insomma, cerco di non essere un coglione invadente. Finché non abbassa lo sguardo. Sul mio pacco.

Di per sé, che guardi non è un grosso problema, visto che il mio cazzo sta disperatamente cercando di liberarsi dai pantaloni in misto cashmere. Sono sicuro sembri che io abbia un tubo di piombo nei calzoni (e in effetti è così). Ma quello che fa quando mi guarda ha un effetto devastante... Le si spalancano gli occhi, il petto si gonfia e la bocca si apre. La lingua diabolicamente sexy guizza fuori a leccare il labbro inferiore prima che i denti vi si piantino. Come se stesse cercando di contenersi, di trattenere il desiderio che le scorre nel corpo.

La parte migliore? Non distoglie lo sguardo. Rimaniamo in piedi per un momento, io che la guardo e lei che fissa la mia erezione.

Poi questa donna intelligente, sexy e straordinariamente bella sospira e stringe le gambe, rivelate da quel vestitino.

«Vieni a casa con me, Campbell,» non posso fare a meno di ripetere, anche se odio la disperazione nella mia voce. Non sono mai stato disperato, nemmeno una volta in vita mia. Ma d'altra parte, non ho mai incontrato Campbell King prima.

Passa un momento. Un momento delizioso in cui non riesce a distogliere lo sguardo dal mio uccello. Ma poi mi guarda negli occhi, e quello che vede deve piacerle, almeno quanto quello che ho nei pantaloni, perché dice una parola. Una sola parola che sta per cambiare tutto.

«Sì.»

Capitolo Dieci

Bell

Che idea stupida.

Me lo ripeto ancora e ancora, ma prendo comunque la mano che Chase mi porge mentre usciamo dal ristorante. Lascio che mi conduca in ascensore e, durante la discesa, che mi inchiodi alla parete con le braccia.

«Baciami,» dice.

Per un attimo mi chiedo perché non mi baci lui e basta. Perché non mi prenda come vuole, cosa evidenziata dall'enorme erezione che mi punta contro.

«Ma solo se lo vuoi. Non intendo metterti pressioni.»

E poi mi rendo conto che non vuole semplicemente lasciare che accada. Né che mi senta costretta. Può aver fatto la prima mossa con quell'invito verbale, ma il contatto fisico spetta a me. E accidenti, il fatto che mi lasci le redini rende il tutto ancor più dolce.

E lo voglio. Tanto. Abbastanza da darmi della stupida e fregarmene. Da sollevare le braccia, sfiorargli i fianchi e prendergli il viso tra le mani, fino ad alzarmi in punta di piedi e portare la bocca sulla sua.

A quel tocco, gemiamo entrambi. È dolce, delizioso. Ci divoriamo, le lingue si assaporano, i respiri si fondono. È il bacio più sensuale del mondo. E non sto esagerando.

Ma voglio di più.

Per un attimo, baciarlo placa il bisogno, ma poi lo ingigantisce. Mi sento come una tossicodipendente che ha avuto un assaggio ma vuole la dose completa. Sollevo una gamba e gliela ancoro attorno al fianco, afferrandogli le spalle. Così ho la leva giusta per strofinarmi su di lui, forte.

Mi sto strusciando su Chase Moore, il proprietario di Moore's, il mio nuovo cliente. Per l'esattezza, sto strusciando il mio pube umido sulla sua erezione di marmo in un ascensore del suo palazzo. Nei recessi della mente, dietro la nebbia della follia sessuale, so di capire quanto sia sbagliato. Sciocco. Ma quando il mio clitoride si preme su di lui, non mi importa più.

Sono stufa di curarmene. Di trattenermi. Di mascherare aspetti chiave di me stessa dietro una facciata professionale e un atteggiamento stoico. Voglio sentire tutto.

E così faccio. Sento il suo uccello strofinarsi sul mio clitoride a ogni movimento dei fianchi, la forza delle sue spalle sotto le mani, e il calore che mi invade le vene rivela quanto sono vicina all'orgasmo.

«Cazzo, Campbell,» dice Chase, scostando la bocca dalla mia per tempestarmi la gola di baci bollenti.

Sì, lì. Baciami lì.

Grugnisce e posa con maggior decisione le labbra sul punto della mia gola dove si sente il battito, e mi rendo conto di aver pensato ad alta voce.

Mi mordicchia sotto l'orecchio, e di nuovo mi strofino contro di lui. Non serve altro.

«Sto per venire, cazzo, vengo...» cantileno, e tutti i miei

muscoli si serrano. Lui non si ferma, preme contro di me mentre ondate di piacere mi invadono, e prolunga l'orgasmo fino a farmi cedere le gambe. Poi mi cinge con le braccia e mi sorregge.

Solo ora mi rendo conto che sono stata io a strusciarmi, a montarlo, ad agitare il bacino neanche fossi Elvis a Las Vegas, mentre fino a questo momento lui ha tenuto le mani sulla parete.

L'imbarazzo soverchia il calore dell'orgasmo. Sono appena venuta in ascensore con il mio nuovo cliente, e ho fatto tutto io.

Mi scosto, abbasso la gamba che ancora gli tengo attorno al fianco e trovo il coraggio di guardarlo negli occhi. Vorrei non averlo fatto. Abbiamo entrambi il respiro accelerato, ma se almeno io so di apparire soddisfatta, la bocca di Chase è contratta, e lievi rughe di tensione gli incorniciano gli occhi.

«Scusa,» mormoro.

Le sue sopracciglia si contraggono, e un'espressione confusa gli percorre il viso. «Tesoro.» Il vezzeggiativo mi fa stringere il cuore. Mi sfiora con il dito la mascella, fino all'angolo della bocca. «Perché ti stai scusando?»

«Io...»

L'ascensore trilla, e le porte si schiudono. Nella hall, gli occhi di Raymond incontrano i miei da sopra le spalle di Ben e Chris. Mi allontano rapida da Chase e passo sotto il braccio che ancora mi imprigiona. Mi sistemo i capelli e liscio il vestito. Quando Ben e Chris si voltano, sono abbastanza presentabile. Scendo dall'ascensore e mi tremano un po' le gambe.

«Cosa ci fate ancora qui?» La mia voce è un po' troppo gioviale. Il volume troppo alto. Spero che non se ne accorgano. Non guardo Raymond, perché non voglio vedere la disapprovazione sul viso del severo manager a cui mi sono subito affezionata.

«Stavamo andando e abbiamo incrociato Raymond.» Ben gli

dà una pacca sulla spalla. «È un grande. Dovremmo farlo diventare il volto di Moore's. Che ne pensi?»

«Penso che piuttosto Raymond preferirebbe licenziarsi.» Chase sorride all'espressione stoica del manager. «Non fa proprio per te, vero, Raymond?»

Torno a guardare Chase, che appare molto più rilassato mentre ci raggiunge. Si è tolto la giacca e se l'è gettata sul braccio, a nascondere l'inguine. Sapendone il motivo, mi si scaldano le orecchie.

Raymond china il capo. «Come dice lei, signor Moore.»

«Come dice lei,» ripete Chris con una risatina. «Sicuro, amico? Sei la definizione di come Moore's dovrebbe presentarsi al pubblico.» Squadra Raymond, e l'anziano signore inarca un sopracciglio con fare di sufficienza.

Mi faccio avanti. «Mi piace come pensate, ragazzi, ma se vogliamo dare un volto ai negozi, preferirei qualcuno di più propenso al ruolo. Non voglio mettere a disagio uno dei dipendenti storici e più fidati dell'azienda.»

Cosa che sto facendo io proprio ora.

«Hai ragione come al solito, boss.» Ben tende la mano a Raymond. «Grazie per il punto di vista da insider, amico. È stato un piacere conoscerti.»

Raymond esita, poi gli stringe la mano, che il giovane strategist scuote con entusiasmo. «Piacere mio, signore.» Sopporta un altro saluto da Chris, poi si volta verso Chase. «Posso fare altro prima di andare, signor Moore?»

Chase sospira a fondo. «Chase, Raymond. Chiamami Chase.» Guarda l'orologio. «E no, per l'amor di Dio, hai già fatto tardi. Ti ho detto di non fermarti mentre eravamo a cena. Torna a casa.»

«Come desidera.» Raymond china il capo verso i ragazzi e mi stupisce con un inatteso baciamano. «Buona serata, signora

Bell.» Quel gesto all'antica è delizioso, ma lo è ancor di più il successivo occhiolino.

Un'ammiccante strizzata d'occhio dal rigido manager. Non trattengo un sorriso, anche se mi si scaldano le guance. «Buonanotte, Raymond. E grazie.» Mi fa un ultimo cenno con il capo e si volta per andarsene.

Chris sospira. «Sicuri che non possiamo usarlo? Sarebbe perfetto.»

Rido. «Sicurissima, Chris.»

«Beh, ora che avete finito anche voi, vuoi venire in auto con noi due?» mi chiede Ben.

Ci metto un attimo a capire che non si riferisce a ciò che abbiamo fatto in ascensore, ma quando ci riesco, colgo l'occasione. Chiamatemi codarda, ma se vedo una via di fuga, ne approfitto. «Certo. Ottima idea.» Lancio una breve occhiata a Chase senza guardarlo negli occhi. «Grazie per la cena.»

Il fascino di Chase è sparito, e al suo posto c'è un teso fastidio. So che è rivolto a me. Imitando le movenze di Raymond, inclina la testa. «No, grazie a te, Campbell.»

Lo lascio lì, con le braccia e la giacca ancora davanti a sé, rigido. Lo sento guardarmi mentre esco da Moore's cercando di non barcollare sulle mie Jimmy Choo nuove.

* * *

Chase

Mi sto sforzando di non farmi influenzare. Di ignorare l'imperterrita erezione che ho nelle mutande. Certo, farsi beccare a pomiciare dai dipendenti non è il massimo per fare buona impressione, ma accidenti, siamo adulti. E penso che se ne sia accorto solo Raymond.

Ricordatemi di non giocare mai a poker con lui.

In ascensore, mi sono dovuto imporre di tenere i pugni serrati sul freddo metallo per non venirmi nei miei costosi pantaloni Tom Ford. Se avessi ceduto e l'avessi toccata, l'orgasmo sarebbe stato una conclusione scontata.

Un tipo di macchia che preferirei non dover spiegare alla lavanderia.

Ma perché ha detto di essere dispiaciuta? Non capisco. Avrebbe dovuto dire prego, perché me ne sto qui con la tenda davanti al pacco, ma quello è stato uno dei momenti più sexy della mia vita, ed eravamo persino vestiti.

Qualcuno tossisce.

Sbatto le palpebre e mi riscuoto dalla trance in cui mi sono trovato negli ultimi minuti. Fisso la porta da cui Campbell è appena uscita. Cosa che, di recente, faccio spesso.

La guardia notturna, Jeff, mi scruta cauto. Ottimo, ora i miei dipendenti mi ritengono un pervertito perché fisso una donna che se n'è andata, e ce l'ho pure duro.

Scuoto disgustato il capo e mi dirigo verso l'uscita laterale e il parcheggio dipendenti. Guidando verso casa, noto a malapena la città che mi scorre accanto. Ho la mente occupata da onde di capelli color mogano e scintillanti occhi scuri. Per fortuna sono in modalità pilota automatico, perché arrivo a casa senza neanche accorgermene. Ben fatto.

Prendo l'ascensore e raggiungo il mio appartamento da scapolo.

Mi lascio cadere sul divano e contemplo come, negli ultimi giorni della mia vita, tutto sia cambiato.

Si tratta di Campbell King? Perché mi sembra che la mia vita sia stata riavviata, ancor più di quando mio fratello ha rivelato la sua natura di stronzo costringendomi a prendere le redini dell'attività di famiglia?

We Are Family delle Sister Sledge mi suona dalla tasca. Estraggo il cellulare e rispondo. «Ehi, sorellina. Come va?» Il senso di colpa si fa strada: so che ciò che ho fatto con Campbell potrà essere usato da mio padre contro di me.

«Oooh, sei nei guai!» cantilena Liz.

«Che bello. Che altro c'è?» Appoggio i piedi al tavolino. Non può essere così grave se *cantilena.*

«In realtà non ne sono sicura. Ovviamente, prima di farti l'imboscata al lavoro l'altro giorno, papà ha brontolato a lungo. Ma quando è tornato a casa era tutto soddisfatto. E sappiamo entrambi che uno Stan soddisfatto non porta a nulla di buono.»

Mi acciglio. «Cosa ci fai a casa loro?» Liz ha un suo appartamento che sfrutta mentre finisce l'università, ma spesso trascorre i finesettimana dai nostri genitori. Le parole di Stan su come Liz sarebbe devastata se lui la tagliasse fuori mi riecheggiano nella mente.

«Domani io e la mamma siamo a un pranzo di beneficenza. Sono riuscita a convincerla a fare una donazione a favore di un progetto di arte per bambini. Ovviamente secondo papà sono tutte cazzate, ma penso sia importante che i giovani che vivono in situazioni di disagio abbiano accesso all'arte.» La voce è carica di passione, e io sorrido. «E poi è un'ottima occasione per spiare papà per conto tuo. Potresti dimostrare un po' di apprezzamento per il mio sacrificio, non trovi?»

Quanto le voglio bene. «Ti prenderò un pony.»

Lei ride, cosa che mi fa pensare a Campbell. Hanno entrambe risate stupende.

«Non mi serve un pony, fratellone. Ma potresti fare anche tu un'offerta per il progetto.»

«Si può fare.»

«Ottimo.» Fa una pausa, e quando riprende, il tono non è più allegro. «Sai, papà non è davvero contento.»

«Quando mai lo è stato?»

«Sì, ma...» Sospira. «Non ti viene mai voglia di sistemare le cose? Di avere una normale famiglia felice?»

Accidenti. Chiudo gli occhi. «Sai che non accadrà mai, Liz. Non basta desiderarlo. Non possiamo cambiare nostro padre.»

«Immagino tu abbia ragione.» Un'altra pausa. «Forse, invece che darmi un assegno per i bambini potresti farmi un favore e cercare di uscire a cena con Thomas, qualche volta. Ora che non è più l'erede designato, potrebbe essere meno uno stronzo.»

L'infinito ottimismo di Liz è una delle sue caratteristiche che ho più care. Ma a volte non riconosce le cause perse, anche se ci è cresciuta insieme. Quindi faccio l'unica cosa che mi venga in mente: rispondo in modo indiretto. «Lasceresti i bambini senza soldi pur di organizzare una cena?» Uso un tono più profondo e severo. «Vergogna, Liz. Vergogna.»

Lei, come speravo, ridacchia. «Speravo mi avresti viziata come fai sempre concedendomi entrambe le cose.»

«Considera già firmato l'assegno.»

Non parla più di Thomas o della cena, per fortuna.

Dopo avermi aggiornato su scuola, amici e appuntamenti (argomento su cui amo sfotterla, visti i Millennial in jeans attillati da hipster con cui ama uscire), Liz mi saluta e riattacchiamo.

Prima che possa mettere giù il telefono, lo schermo si accende di nuovo e la suoneria standard riempie l'aria. Thomas. Prima in ufficio, poi al numero privato. Che non ricordo di avergli mai dato. Il fatto che non abbia una suoneria dedicata dimostra quanto poco mi importi di lui. Per un attimo penso a Liz e al suo desiderio, un giorno, di andare tutti d'accordo. Che forse io e Thomas ci lasciamo alle spalle i passati conflitti d'infanzia con una risata.

Poi mi riprendo e ignoro la chiamata.

Come se percepisse il mio umore cupo, Mike lo Sphynx mi salta in braccio e, con quei suoi artigli affilati, si assicura che il mio uccello se ne stia buono.

«Cazzo,» sussulto quando si mette comodo. Indossa una delle maglie per gatti che gli ho comprato. Una camicia a scacchi di flanella. Ho cercato di dargli un'aria più virile, poveraccio. Avevo pensato anche a una giacca di pelle con le borchie, ma mi sono poi detto che avrebbe urlato più che altro Village People. E poi la flanella è più calda.

Appoggio la testa allo schienale e chiudo gli occhi. La giornata era partita bene. E invece eccomi qui, da solo, sul divano, con un pene ferito, ad accarezzare la mia patata pelata.

Fantastico.

Capitolo Undici

Bell

Quando si fa qualcosa di disdicevole come avere un orgasmo sui pantaloni del nuovo cliente, ci si aspetterebbe di avere difficoltà a dormire.

Non è così.

Mi sono svegliata riposata e soddisfatta prima che imbarazzo e vergogna mi portassero alla realtà. Questo misto di emozioni ha un effetto di déjà vu.

Ho represso il tutto, ho ordinato il servizio in camera e ho lavorato dalla stanza d'albergo come una vigliacca. Ho persino messo il cartello *Non Disturbare* sulla maniglia e ho avvisato in reception di mandare alla segreteria telefonica tutte le chiamate.

Ero arrabbiata con me stessa. Sapevo che non avrei dovuto farlo. A una donna basta un passo falso per scoprire il fianco al ridicolo e perdere ogni forma di credibilità lavorativa. Non è giusto, ma è così. Il mio passato lo dimostra. Un passato che pensavo di essermi lasciata alle spalle.

Ma la cosa buffa del passato è che non gli piace rimanere sepolto.

Questo diventa chiaro due giorni dopo l'incidente in ascensore, quando entro nella sala riunioni al sesto piano di Moore's, pronta per l'incontro tra l'agenzia di marketing in carica e il mio team.

Chase mi aveva avvisato di aver cacciato alcuni della vecchia guardia, quando aveva preso il posto al comando. Aveva anche accennato al fatto che alcuni dei rimanenti, come l'agenzia di marketing ancora sotto contratto, non sono entusiasti dello stile del giovane Moore.

Ero pronta. Ci sono già passata, con agenzie che non espandono la propria conoscenza verso le nuove frontiere online di forum e social media. Aziende ancora concentrate sulle pubblicità cartacee e televisive.

Per due giorni ho cercato di evitare Chase e, al tempo stesso, di affinare il piano del team, creando diversi mock-up per attrarre vari target demografici attualmente alienati da Moore's, e progettando immagini per i social grazie ad Alice e alle sue idee per gli allestimenti. Conosco la proposta a fondo e sono preparata a qualsiasi domanda.

Quello per cui non sono preparata è che il mio passato impatti con tale forza con presente e futuro.

«Io ti conosco,» dice una donna bella ma severa appena raggiungo il grande tavolo ovale.

La conosco anche io. Mi blocco alla vista di quella chioma bionda che deve costare centinaia di dollari al mese di manutenzione, alla classica french manicure, alla costosa valigetta di cuoio con le iniziali che ha piazzato in mezzo al tavolo, ingombrando lo spazio di tutti.

Mi trovo a mormorare *Devil in Disguise* di Elvis, poi mi schiarisco la gola. «Sì,» rispondo semplicemente, concedendomi un attimo per riprendermi dalla sgradita sorpresa. Ho fatto ricerche su Warren&Baron. I loro clienti presenti e passati. Le strategie antiquate. Ma non ho pensato di chiedere un elenco dei nomi di chi fa parte della squadra dedicata alla strategia di Moore's. Perché se avessi visto quello di Denise Hampson, mi sarei preparata.

Mi siedo accanto ad Alice, che appare tanto entusiasta quanto in preda alla nausea. Un po' come io dopo aver visto Denise, anche se spero di essere più abile nel dissimularlo.

Chris è seduto di fronte a me e sta ricontrollando la presentazione sul portatile, con Ben di fianco.

Sono felice di aver curato in modo particolare il mio aspetto oggi; indosso un completo che ho portato con me dal Texas e non uno di quelli acquistati da Moore's. Ha un taglio maschile, con pantaloni e una giacca a doppio petto verde scuro. L'orlo dei calzoni è corto, e mostra il mio unico paio di Manolo Blahnik. Le scarpe delle grandi occasioni, quelle che porto quando devo farmi forza.

Gli uomini lo fanno con le cravatte. Le donne con le scarpe.

Chase ci raggiunge e io mi volto verso di lui. E accidenti, è uno schianto.

Si guarda intorno, soffermandosi un attimo di troppo su di me. Traggo un profondo respiro e cerco di non lasciarmi influenzare.

«Okay, direi che ci siamo tutti. Bene. Possiamo iniziare.» Chase non si siede ma resta in piedi a capotavola, rivolto verso gli uomini e le donne di fronte a me. «Come sapete, mi occupo della gestione quotidiana di Moore's e ho ricevuto l'assenso al controllo da parte della maggioranza degli azionisti. E come probabilmente avrete sentito dire, ho fatto alcuni cambiamenti significativi nell'organizzazione aziendale.» Mi indica con un cenno del capo. «Denise Hampson, questa è Campbell...»

«Dougherty,» lo corregge Denise, usando un nome che non utilizzo da otto anni. Finalmente sta capendo come e dove ci siamo conosciute. Le lucide labbra rosse si torcono in un sorrisetto.

L'ultima volta che ho visto Denise Hampson è stato otto anni fa, da Douglas Marketing, l'agenzia per cui ho lavorato subito dopo la laurea. Lei era la mia collega e coinquilina di cubicolo, quella che si è presa il merito di tutto il mio lavoro e poi mi ha accusata di andare a letto con i clienti. Al tempo sono rimasta seduta in silenzio di fronte al mio capo, troppo sconvolta per difendermi. Ora però non tacerò.

«King, in realtà. Campbell King,» ribatto fissandola imperterrita. Lei sbatte le palpebre e osserva il mio anulare spoglio; la mia correzione la confonde.

«Sì,» prosegue Chase con un lieve cipiglio. «Della King Marketing. La signora King si occuperà di un reparto marketing indipendente di Moore's e gestirà ciò che è stato fatto per la ditta attraverso Warren&Baron, oltre che delle nuove direttive prese.»

Segue una pausa teatrale, durante la quale lascia che Denise e i suoi compari rimuginino su ciò che ha appena detto. «Il focus della King Marketing sarà creare una strategia social, di cui siamo dolorosamente carenti. La signora King e la sua squadra,» e indica con un sorriso Alice, che avvampa, «lavoreranno con voi per guidarci verso il prossimo step. Avranno un ruolo di consulenti e di agenzia di marketing.»

Devo renderne merito alla vecchia Denise: ha ancora un'ottima faccia da stronza a riposo. «Capisco.» Quando guarda Chase, un muscolo le guizza sotto l'occhio sinistro. Quando si degna di rivolgersi di nuovo a me, il tic si ferma e lei assottiglia lo sguardo.

Merda. Ci siamo.

«Lavoravo da Douglas Marketing con la signora Dougherty.» Si ferma, nel vano tentativo di darsi un'aria dispiaciuta. «Perdonatemi, intendo la signora *King*, qui, qualche anno fa.»

Le splendono gli occhi al ricordo di quel periodo. «E anche se non ho avuto, come alcuni miei colleghi e clienti, il piacere di lavorare *in privato* con lei, so che è molto *creativa* in ciò che fa.»

I presenti devono notare la strana atmosfera. Fronti si corrucciano, teste si inclinano nel tentativo di decifrare le frecciatine di Denise. Per una volta, la mia pelle chiara non mi tradisce, e riesco a mantenere il viso impassibile. Probabilmente perché non avverto l'imbarazzo che pensavo avrei provato alle parole di Denise. Al suo posto c'è solo gelida rabbia.

Come si permette? Come osa non mostrare alcun rimorso per le sue azioni di tanti anni fa? Come può avere l'audacia di insinuare che il mio lavoro sia stato meno che ammirabile? Come cazzo si permette?

«Lo è,» dice Chase. E quando lo guardo, mi stupisco di vedere che il suo consueto atteggiamento affabile è sparito. Gli occhi sono duri e puntati su Denise. Non l'ho mai visto così teso. «La signora King è stata davvero creativa nell'ultima settimana, e dal nostro primo contatto, lei e il suo team hanno già creato una presentazione, con tanto di previsioni di fatturato legate al nuovo marketing di Moore's. Qualcosa che Warren&Baron ha mancato di realizzare, nonostante la richiesta di oltre un anno fa.»

Dicono che si debba essere superiori, non abbassarsi al livello dell'avversario, non godere dei suoi fallimenti.

Al diavolo.

Faccio un gran sorriso raggiante a Denise. La sua poker face si incrina e le labbra scarlatte si contraggono come un ano in preda a uno spasmo.

Prendo il telecomando del proiettore dal tavolo, mi appoggio allo schienale e accavallo le gambe. «A tal proposito, direi che potremmo iniziare con la presentazione. Così aggiorno tutti,» dico rivolta alla sala, e poi a Denise: «Sarà un piacere.»

* * *

Chase

La voce di Campbell si leva nitida nella stanza mentre fa scorrere le slide e scende nei dettagli del piano marketing. Buffo, l'accento è quasi sparito. La cadenza del sud si nota a stento, e mi chiedo se sia una cosa conscia. È chiaro che ci siano trascorsi scomodi tra lei e Denise.

Non che possa biasimarla. Ho sempre detestato lavorare con quella donna. Il problema non è solo la sua incompetenza, che mi fa chiedere come possa essere da tanto tempo in una posizione così di spicco. È il suo atteggiamento che mi dà ai nervi, sia a livello professionale che personale. Come ho detto alle persone riunite, Warren&Baron ha mancato di fare il minimo sindacale per Moore's. A cui aggiungerei le sgradite avance di Denise, una donna sposata. Se non fosse stato per il dannato contratto, li avrei scaricati in un batter d'occhio.

A questo punto conosco bene il piano della King Marketing, quindi fingo di ascoltare la presentazione di Campbell, anche se in realtà sto guardando lei. Qualcosa che cerco di non fare da quando sono arrivato. Ero persino un po' in ritardo, e ho iniziato la riunione subito per evitare che i miei occhi (o il mio uccello) si concentrassero troppo su di lei.

È un bene aver atteso, perché sta bene. Molto bene. Tra i capelli rossi e l'abito verde, Campbell sembra il Natale in primavera, e mi piacerebbe spacchettarla mentre mi dice quanto sono stato un bravo bimbo.

Cazzo. La vedo male.

Denise interrompe Campbell a metà frase. «Molto carino da parte tua mettere su questo spettacolino, Campbell. Ma Warren&Baron gestisce il marketing di Moore's da anni, e in virtù della nostra vasta esperienza, sono certa che il signor Moore,» e mi guarda, «*senior* sarà più a suo agio con ciò che io e il mio team abbiamo preparato. Questa è New York, dopotutto, non il Kansas. A Moore's serve...»

Prima che possa intervenire e dire a Denise dove lei e il suo team possono infilarsi la loro non richiesta presentazione, rischiando di far spendere un capitale a Moore's per aver interrotto in anticipo il contratto, Campbell si fa avanti.

«Cosa servirebbe di preciso a Moore's, Denise? Altre pubblicità antiquate? Una scarsa interfaccia sul sito web? Voi di Warren&Baron vi accontentate di stare a guardare mentre Moore's viene sepolta sotto le vostre limitate strategie tradizionali, rischiando la bancarotta?» Più parla, più marcato diventa l'accento, e subito mi chiedo come sarebbe a letto.

Chase, concentrati.

«Perché se ritieni siano queste le necessità di Moore's, allora sì, continuate pure con i vostri piani preistorici,» prosegue Campbell. «Forse è ciò che vuole il signor Moore senior, visto che è più vicino in età alla tua generazione.»

Denise trattiene il fiato, e Ben e Chris nascondono il sorriso dietro il portatile.

«Ma come puoi vedere,» Campbell si guarda intorno con fare teatrale, «lui non è qui.» Fissa Denise con uno sguardo che mi fa pensare voglia farla a pezzi. «Se vuoi fingerti un uomo e fare a gara a chi ce l'ha più lungo, Denise, ci sto. Ma ricordati, io non vengo dal Kansas, ma dal Texas. Dove tutto è più grosso.»

Trattengo la risata che minaccia di sfuggirmi e la maschero da accesso di tosse, con tanto di pugni sul petto. La scenetta non dev'essere molto convincente, perché Denise mi guarda malissimo. Campbell sa badare a se stessa. Ed è una cosa sexy da morire. Ha gli occhi in fiamme, il petto che si alza e abbassa appena, e uno sguardo tagliente che ha un effetto sui miei piani bassi, cosa che non pensavo possibile vista l'artigliata di Mike di due sere fa.

Prima che Denise possa esplodere, cosa che sento vorrebbe fare, visto come ha gli occhi fuori dalle orbite e gli artigli piantati nel tavolo, intervengo. «Credo ci sia un malinteso.» Tutti si voltano verso di me, anche se a Campbell e Denise ci vuole un attimo per smetterla di minacciarsi di morte con gli occhi. «Sono io al comando. Non mio padre, non mio fratello. Io.» Fisso Denise con le palpebre socchiuse. «Se qualcuno ritiene che i trascorsi rapporti con mio padre abbiano un qualche influsso, si sbaglia di grosso.» A queste parole lei si acciglia, e quell'espressione non le dona. Ha le labbra così strette che ogni ruga diventa più profonda. «Dopo di me, la seconda in ordine di autorità in questa stanza è la signora King, oltre al suo team, quando si tratta di marketing. Il contratto tra Moore's e W&B non ci impedisce di assumere un'altra agenzia per la consulenza e la gestione delle operazioni di marketing.» Continuo a scrutare Denise. «Se questo è un problema, informerò i miei legali che Warren&Baron non rispetta il contratto.»

Cala il silenzio. Denise si sforza di rilassare la posa, e i suoi colleghi sembrano imbarazzati dal suo sfogo, ma nessuno dice una parola.

Campbell si schiarisce la gola. «Nella prossima slide...»

Le sorrido quando riprende da dov'era stata interrotta. I lineamenti sono composti in un'espressione di educata indifferenza mentre informa l'altro team di marketing di cosa faranno nei prossimi mesi. È pacata, distaccata e molto professionale. Voglio scoparmela ancora di più.

Denise sbuffa per qualcosa che Campbell dice, attirando il mio sguardo.

C'è qualcosa che non quadra. Non è solo rivalità tra concorrenti, ma non so cosa sia. Ma lo stesso istinto che, in seconda superiore, mi ha fatto capire che la mia prima avventura sarebbe stata con Gwen Hayes, e che quella donna non solo avrebbe colto l'occasione di dare voti alle dick pic, ma avrebbe addirittura pagato per farlo, ora mi dice che Denise non ha finito di creare problemi.

* * *

Prima di andarsene, tutti tranne Denise salutano Campbell.

Penso che i presenti concorderebbero nel dire che Denise è un palo in culo.

«Questo è il tuo nuovo indirizzo e-mail. Voglio che crei una password solida. Meglio se con lettere, numeri, simboli e un misto di maiuscole e minuscole,» dice Campbell ad Alice, che annuisce. «Ora stai attenta, perché sto per dirti qualcosa che sarà utile tanto a te quanto alla mia azienda, okay?» Alice fa un altro cenno del capo; Campbell le prende la mano e si assicura che la ragazza la guardi negli occhi. «Mai, mai dare la tua password a qualcuno, capito?» Quando Alice annuisce e basta, Campbell le stringe la mano. «Sono seria, Alice. Nessuno. Se fatichi a ricordarla o succede qualcosa al sistema, Moore's ha un responsabile tecnico molto affidabile che te ne darà una temporanea, ma poi dovrai cambiarla subito in una che nessuno conosce.»

Percependo la sincerità di Campbell, Alice finalmente parla: «Sì, signora King. Lo prometto.»

Campbell le dà una pacca sulla mano. «Benissimo, Alice. Ma chiamami Bell. Ti servirà anche un codice di accesso per tutti i computer aziendali, che sia diverso dalla password. Per il lavoro, usa solo computer aziendali. Nessun device personale, hai capito?»

Alice si illumina. «Avrò un computer?»

Campbell sorride. «Sì, e anche un nuovo smartphone.»

«Porca miseria.» Alice si mette la mano sulla bocca e arrossisce alla bassa risata di Campbell.

Accigliato, mi sposto all'altro capo della stanza, mentre Campbell prosegue sulla sua predica ad Alice sui pin per il cellulare e sui vari protocolli e procedure di sicurezza.

Ben e Chris hanno deciso di mettersi comodi e di usare la parte posteriore della sala per una sessione di brainstorming. Stanno discutendo di font quando li raggiungo e mi siedo con loro.

«La sicurezza è un problema così rilevante nel marketing?» chiedo. «Le altre agenzie hanno cercato di hackerarvi i sistemi?» Non capisco l'urgenza di Campbell nello spiegare le misure precauzionali ad Alice.

«Oh, non è per le altre agenzie.» Ben torna a guardare il portatile. «Più che altro per la protezione dei dipendenti.»

Chris si unisce alla conversazione, guardando Campbell e Alice e parlando a voce bassa. «Pare che quando Bell era agli inizi, sia stata incastrata e licenziata per qualcosa che non ha fatto. Qualcuno ha avuto accesso al suo computer o qualcosa del genere. L'agenzia non aveva codici personali.» Scuote il capo. «Ora è fissata con la sicurezza. Controlla che tutti abbiano password individuali in modo da poter collegare il lavoro a chi l'ha svolto, con data e tutto. Che io sappia, è l'unica cosa per cui Bell si incazza: quando qualcuno non segue le regole.»

«Ed è un bene,» riprende Ben. «Qualche mese fa, il suo assistente ha cercato di fregare informazioni e passarle per sue. Ha addirittura tentato di aprire una sua agenzia sfruttando i clienti di Bell.» Ridacchia. «Che coglione.»

«Però lei l'ha liquidato in fretta, vero?» Chris deve essersi rivolto a Ben, perché ridacchiano come se fosse una loro battuta ricorrente.

«Avete finito di ridere per i pettegolezzi, ragazzi? Tanto per cambiare, potreste fare del lavoro vero,» dice Campbell dall'altro capo della stanza, con un sorrisetto obliquo, divertita nell'averci scoperti a chiacchierare come marmocchi.

«Sissignora,» ride ancor di più Chris, e Campbell alza gli occhi al cielo. Chris torna all'opera, sorridente.

Archivio le informazioni con tutte le altre che ho raccolto. Ma pare che, con ogni nuovo dettaglio, il puzzle che è Campbell King diventi più grande, e non più chiaro.

Capitolo Dodici

Bell

Mi merito un drink.

Dopo la prima riunione con Warren&Baron, ho stabilito che sia Chris a gestire ogni futura discussione con Denise. Gli ho fatto promettere di stare attento quando si tratta di lavoro e sicurezza, probabilmente alimentando il pettegolezzo già in corso. Lui non era entusiasta, ma ehi, sono io il capo, e faccio quello che mi pare.

Tranne Chase Moore. Lui non posso farmelo. O almeno, non più di quanto abbia già fatto in ascensore.

In un primo istante, vedere Denise ha inondato la mia libido dell'equivalente metaforico di una secchiata d'acqua gelida. Ma Chase l'ha riaccesa al punto che, dopo che Denise se n'è andata furibonda, è bastato uno sguardo per causare il disgelo. Per fortuna, prima di raggiungere il punto di ebollizione sessuale, mi sono dovuta dedicare ad aggiornare quelli di Warren&Baron sui vari compiti e su come dividerseli con il mio team.

Così me la sono svignata in Texas per una settimana, con la

scusa di dover risolvere un problema dell'ultimo minuto con un cliente.

Ora sono tornata nella città che non dorme mai, e anche se è passato un po' dall'ultimo contatto fisico con Chase, anche solo a pensarci mi porta a stringere le cosce con un brivido.

Forse mi sarei dovuta fermare più a lungo in Texas. Almeno fino a domenica sera. Invece sono tornata a New York venerdì mattina, su richiesta di Alice. Non sono stata una brava mentore, a lasciarla ad affrontare gli squali di Warren&Baron con il solo supporto di Chris e Ben. Prendere l'aereo già stamattina mi era sembrata una buona idea. Dopotutto, ho avuto una settimana per ripristinare le mie difese contro quella bestia sexy che è Chase Moore.

Ero sicura di me. E molto, molto stupida.

Non ho detto a Chase che sarei rientrata presto. Anzi, gli ho mandato solo e-mail brevi e concise, mettendolo in copia invece che contattandolo direttamente. Ho pensato di mantenere un profilo basso: andare a pranzo con Alice, valutare obiettivi e incarichi, poi prendermi due giorni e mezzo per godermi la città che ancora amo, prima di affrontare l'uomo su cui mi sono strusciata in ascensore.

Solo che, dopo pranzo, Chris, Ben e Chase si sono presentati per una riunione improvvisata. Non so neanche cosa ci facesse lì Chase: ha detto due parole in croce. E lo so bene, visto che gli ho fissato la bocca per tutto il tempo, reprimendo l'istinto di montarmelo come un animale.

Sì, mi merito un drink, o anche più di uno.

Parecchi, diciamo.

Non posso dimenticare che la questione con Moore's è temporanea. E lo è anche Chase. Per quanto i panorami e persino l'odore della città mi calmino e mi facciano sentire a posto con il mondo in un modo che l'afa di Houston non ha mai raggiunto, devo ricordarmi che questa non è più casa mia, e perché non lo è.

Sono appollaiata sullo sgabello, con le gambe che ondeggiano avanti e indietro. Alice mi ha consigliato questo bar quando le ho detto che volevo bere qualcosa. Angel's Share è un locale informale che si raggiunge attraversando un ristorante giapponese nascosto nell'East Village. Sopra al bancone decorato c'è un affresco tra l'inquietante e l'interessante. È una versione macabra dei dipinti di quei cherubini rinascimentali, con angioletti e diavoletti svenuti. Per il resto, sembra un posto uscito dagli anni Venti, quando c'era bisogno di bische clandestine. Luci soffuse, cocktail peculiari e jazz in sottofondo.

L'idea non è male, e mi ritrovo a pensare come un posto del genere potrebbe funzionare da Moore's. Forse come parte di Winston's, con un ingresso separato per gli orari tardivi. Un bar che serve cocktail dell'epoca in cui Moore's è stato fondato. I social media l'adorerebbero.

Prendi questa, Denise.

Bevo un altro sorso, un brindisi alla mia idea geniale, e mi gusto il sapore dolce e leggermente aspro del Flirtibird. È uno dei cocktail dell'Angel's Share, un misto di succo di yucca e agave con aggiunta di una bevanda giapponese a base d'orzo che mi ricorda il whiskey. Di solito preferisco i liquori in purezza, ma visti gli avvenimenti degli ultimi giorni con Chase, questo mi sembrava adeguato.

«'Sera, signora.» La voce proviene da dietro di me. È sensuale, con un tono profondo che conosco troppo bene. Lascio che le vibrazioni di quella voce mi percorrano il corpo, poi mi giro lentamente sullo sgabello.

Profondi occhi azzurri incontrano i miei. Indossa una maglietta, jeans e uno di quei suoi sorrisi da rubacuori, abbinato a una strizzata d'occhio.

«Cazzo,» sussurro, leccandomi il cocktail dalle labbra. Il

sorriso di Chase si appanna e gli occhi diventano foschi alla vista della mia lingua. Sapendo che devo fargli lo stesso effetto che mi fa lui mi rende selvaggia. Vorrei afferrargli la maglietta e trascinarmelo contro di fronte a Dio e all'inquietante diavoletto del dipinto. Basta uno sguardo, e la mia determinazione si infrange: devo avere Chase tra le cosce, e subito, altrimenti morirò.

«Ciao! Tu devi essere Campbell!» Una voce giovane e vivace mi strappa da quegli illeciti sogni a occhi aperti.

Alla destra di Chase c'è una ragazza che saltella e mi tende la mano.

«Ehm, ciao.» Gliela stringo, e lei la agita entusiasta.

«Mi ha parlato tanto di te. Sono felice che tu ci abbia raggiunti per bere qualcosa.»

«Bere qualcosa?» Il mio cervello non sembra in grado di metabolizzare ciò che sta succedendo. Ho gli occhi fissi sul braccio della donna, infilato nell'incavo del gomito di Chase. Il mio primo pensiero? Potrei metterla al tappeto. Il secondo? Lui parla di me? Il terzo? Che cazzo gli è venuto in mente di baciarmi in ascensore se ha una ragazza?

«Sì, *mia sorella* Liz, qui, non vedeva l'ora di conoscerti.» Il sorriso consapevole di Chase rivela che mi ha letto nella mente.

Stronzo.

Mi schiaffo in faccia un sorriso; ora riconosco la ragazza che ho visto nella foto sulla scrivania di Chase. «E io sono molto contenta di incontrarti.» Ripenso a ciò che mi ha detto. «Mi aspettavate?»

Chase interviene. «Potrei aver chiesto ad Alice dei tuoi programmi per la serata.»

Liz sbuffa. «Diciamo piuttosto che hai chiamato la camera d'hotel di Campbell, e quando non ti ha risposto sei andato a bussare alla sua porta. E quando, di nuovo, non ti ha risposto, hai chiamato Alice e hai preteso di sapere dove fosse.» Chase le scocca un'occhiataccia, e lei distoglie lo sguardo. «Solo per dire, eh.»

Non so cosa rispondere. Sono figlia unica, quindi i bisticci tra fratelli mi confondono. Liz sta dicendo la verità o punzecchia solo il fratello? Meglio non indagare.

«Perché non prendiamo un tavolo?» Chase indica l'unico da quattro libero, alle sue spalle.

Per non essere scortese, soprattutto con una Liz così spumeggiante, scendo dallo sgabello. Ma non vado molto lontana, perché lei mi afferra il braccio.

«Oddio, i tuoi stivali! Da sogno!» esclama, abbassando lo sguardo.

Stasera, pensando che sarei stata da sola, ho indossato dei semplici jeans, una canotta e gli stivali. Sono un regalo di ringraziamento da parte di Cavendish's, per quando sono riuscita ad aumentarne il fatturato e a mettere in atto l'espansione delle sedi. Cuoio color cognac, decorati con uccelli rossi e neri, insieme a fiori bianchi e foglie verdi. Sono stivali vintage artigianali, e costano più delle mie nuove Jimmy Choo.

Per quanto ami la grande città, adoro i miei stivali da cowboy. Sono una ragazza del sud, e certe cose non cambieranno mai.

Sporgo il piede per farglieli vedere meglio. «Grazie. Me li ha regalati un cliente per un lavoro ben fatto.»

«Allora dovrò pensare a qualcosa di altrettanto fico per ciò che stai facendo per Moore's,» dice Chase, conducendoci al tavolo.

«Vacci piano, cowboy,» scherzo. Mi siedo, cocktail alla mano. «Il tuo *team* mi ha già preparato un pacchetto di benvenuto.» Lo fisso in modo plateale, poi scrollo le spalle. «Inoltre, non ho ancora fatto molto.»

«Ma lo farai,» si fa avanti Liz. «Chase mi ha detto dei tuoi piani. Penso che sia ciò di cui ha bisogno il negozio di famiglia.»

Definire così quel capolavoro di lusso e stravaganza che è Moore's mi fa sorridere. Così come Liz. È energica. Non saprei come altro descriverla, perché è lì che praticamente saltella sulla sua sedia. I lunghi capelli biondi sono raccolti in una crocchia disordinata, e a ogni movimento le ciocche fuggiasche oscillano. Indossa un grazioso abitino di cotone con sandali, ed è struccata. Sembra tutto molto casual, ma il vestito è di alta qualità. E potrei aver visto quei sandali su *InStyle*, con tanto di cartellino del prezzo: ottocentocinquanta dollari.

«Temo di essere in svantaggio,» le dico. «Tu sai tutto di me, e io di te solo che ti chiami Liz e hai la sfortuna di essere la sorella di Chase.» Gli strizzo l'occhio, e lui sbatte le palpebre stupito. *Prendi questa, bel ragazzo.* «Parlami di te, Liz.»

Lascio che le parole della ragazza mi scorrano addosso. Mi spiega della sua laurea in Storia e del suo interesse nella pittura astratta. Ogni tanto lancio occhiate di sbieco a Chase, ma fingo di ignorarlo.

Cosa posso dire? Sono multitasking.

«Devi passare da Moore's e parlarmi delle tue idee per gli allestimenti. Sei una dei soci, e con il tuo background artistico sono certa che avrai utili consigli. Ho da poco acquisito come collaboratrice una vetrinista, ma è nuova nel mestiere. Però ha un ottimo occhio.»

Chase ride. «Sì, la mia ex commessa di scarpe, Alice.»

«Addetta alla vendita, fratello. Non essere sessista.»

«Non sia mai.» Chase solleva le mani in segno di resa.

Invidio questa loro spontanea complicità.

L'ora successiva scorre via liscia, con Liz che se la ride per la storia dell'avvocato Baffone. Chase però rimane in silenzio. Liz promette di passare in negozio la prossima settimana, e Chase paga il conto. Cerco di oppormi per circa un secondo, poi alzo gli occhi al cielo.

Liz mi sfiora il braccio e distoglie la mia attenzione dal fratello. «Cosa stai canticchiando?»

«Sto canticchiando?»

Chase sbuffa una risata. «Sì, lo fai sempre.»

«Davvero?» Accidenti. Lo so. Solo che non mi ero mai accorta di quanto fosse evidente.

«Un'altra canzone di Elvis?» La sua semplice domanda mi rivela che ha prestato attenzione al mio ridicolo vizio, e non posso che esserne felice.

«Ehm, sì. È *Little Sister.*»

Chase e Liz ridono, io arrossisco.

«Quella non la conosco,» riprende lui.

«Sei esperto di Elvis?» Liz gli pungola il fianco. «Cioè, okay che sei vecchio, ma non pensavo così tanto.»

«Ehi, un attimo,» la interrompo, perché non permetto che si insulti il Re. «Elvis è un classico. Una leggenda. Chiunque abbia buon gusto musicale lo conosce.»

Liz sposta lo sguardo tra Chase e me, l'espressione divertita. «Lei mi piace,» afferma, rivolta al fratello, ignorando la mia precedente indignazione per la sua mancanza di rispetto verso il Re.

Il mio cuore si scalda alle sue parole, perché anche lei mi piace. Poi però il muscolo traditore che ho nel petto salta un battito quando Chase annuisce e mormora: «Anche a me.»

Cala un breve silenzio. Liz ci salva dall'imbarazzo e ci riporta in carreggiata. «Non vengo in negozio da una vita. Ci andavo con mia madre, ma...» Fa spallucce. «Ormai è passato un po' di tempo, tra i miei impegni con la scuola e i suoi con la beneficenza. Ormai mi faccio scegliere i vestiti direttamente da Susan.» Mi fa cenno di avvicinarmi e sussurra: «Non dirlo a nessuno, ma odio lo shopping.»

Mi scosto e butto fuori un respiro. «Non saprei. Un segreto

del genere, detto dall'erede di un magnate dello shopping...» Guardo Chase e sorrido. «Vostro padre lo sa?»

Il mio intento di leggerezza fallisce, perché i loro sorrisi svaniscono. Mi prenderei a calci per essermi dimenticata che il padre è in effetti uno stronzo di prima categoria.

Sto per scusarmi quando Liz ride. «Nulla di cui preoccuparsi. Le mie scarse doti nello shopping sono solo una goccia nell'oceano della delusione di mio padre.»

Rido con lei, ma al suo pari, è un gesto forzato.

«A tal proposito, sono abbastanza sicura che Stan si sia placato dopo aver visto gli ultimi numeri,» dice Liz a Chase. «Forse ti risparmierai un faccia a faccia con papino, dopotutto.»

«Un altro?» Reprimo un brivido. Non so come faccia Chase a gestire quell'uomo, padre o meno. «Quanto spesso visita il negozio?»

«In che senso *un altro*?» Liz lancia uno sguardo al fratello. «Vuoi dire che Bell era presente quando lui ha fatto la sua scenata un paio di settimane fa?» Fa il broncio e gli dà un pugno sul braccio. «Perché non me lo hai detto?»

Di nuovo, ho detto la cosa sbagliata.

Chase sospira quasi affranto.

«Scusa, non volevo turbarti,» dico a Liz, prima che Chase possa rispondere. «Vostro padre si è... presentato, tutto qui.»

Prima che Liz possa fare altro che roteare gli occhi, Chase interviene. «Non farci caso, Lizzy. Concentrati sulla laurea.»

Lei gli dà una pacca sulla spalla. «Argh, non chiamarmi Lizzy.»

Continuano a pungolarsi in quel modo familiare e affettuoso che ho sempre immaginato essere tipico dei fratelli. È palese che lui tenga molto alla sorella. Un altro tratto di Chase che trovo attraente.

E ora che la conversazione si è ripresa dopo il mio scivolone su Stan, dovrei andarmene prima di pestare l'ennesimo metaforico merdone.

Mi schiarisco la gola per attirare la loro attenzione. «Grazie per i drink,» dico a Chase. «E per la piacevole compagnia,» aggiungo rivolta a Liz. Spingo indietro la sedia e mi alzo. «Ora dovrei andare.»

Chase salta su. «Ti riporto in hotel.»

Apro bocca per ribattere, visto che l'offerta è pericolosa, ma Liz mi batte sul tempo. «Ottimo! Questo mi facilita le cose.» Si alza anche lei. «Ho appuntamento qui con un amico tra cinque minuti, e non volevo essere scortese.» Prende la grossa borsa a sacco nera dallo schienale. «Voi andate pure. Io aspetto il mio amico al bancone.»

Una curiosa comunicazione non verbale si svolge tra i due fratelli. Resto lì, un po' imbarazzata, con i miei stivali costosi, a pensare a un modo per evitare il passaggio. Non mi viene in mente niente.

Non so se la mia mancanza di idee derivi dal cervello in tilt o dal subconscio che vuole scoprire se Chase rende interessanti i giri in auto quanto quelli in ascensore.

Il mio subconscio è una sgualdrina.

Capitolo Tredici

Chase

Mia sorella si merita davvero un pony. So che Liz non ha appuntamento con alcun amico. Ma si è immolata per me. Lo sguardo che mi ha lanciato rivela che sono in debito con lei. Di nuovo.

Mi coglie una fitta di panico quando penso a cosa rischia se dovessi in qualche modo incasinare Moore's.

Ma non lo farò. Non posso.

«Che bello è stato incontrarti, Bell.» Liz abbraccia Campbell. Quando si fa indietro, mia sorella mi lancia un'occhiata furtiva prima di tornare a rivolgersi a lei. «Non permettere a mio fratello di farla franca con qualcuna delle sue cazzate.» Poi mi soffia un bacio e raggiunge quasi saltellante il bancone.

«Tua sorella è una grande,» dice Campbell, ancora intenta a fissare Liz.

«Non ne hai idea.» Mi strofino il petto per placare il panico.

«Deve aver preso da vostra madre.»

Scoppio a ridere, il panico sparisce e si lascia dietro solo il buon umore. Stan può considerare Campbell una via per il fallimento, ma ovviamente la sua opinione è antiquata quanto lui.

«Dai, andiamo.» Le prendo la mano e usciamo. Campbell si acciglia a quel mio gesto, e temo di aver esagerato. Ma poi, come se fosse scattato un interruttore dentro di lei, il cipiglio sparisce e le sue dita si serrano intorno alle mie.

Ci sorridiamo a vicenda, poi imbocchiamo la porta e scendiamo le scale. Mi rendo conto di non essere mai felice come quando Campbell è con me. Riesce sempre a enfatizzare le cose buone e a far sbiadire quelle negative. Una parte di me si chiede se ciò non dovrebbe spaventarmi un po', ma non me ne frega proprio un cazzo.

Invece mi concentro sul successo di averle preso la mano. Con lei, sento che tenersi per mano sia solo una delle molte battaglie da vincere prima della fine della guerra.

E dopotutto, l'amore è un campo di battaglia.

* * *

«Il mio albergo è da questa parte,» dice Campbell, indicando a sinistra con il pollice mentre io sterzo verso destra.

«Lo so.» Tengo lo sguardo in avanti e cambio marcia.

La sento stringere gli occhi. «È un "lo so" nel senso *Me ne sono momentaneamente scordato e ora faccio inversione*, oppure *Non ho mai avuto intenzione di portarti in albergo*?»

Mi infilo nel traffico cittadino. Adoro quel suo tono infastidito. «Più che altro un *Andiamo a finire quello che abbiamo iniziato in ascensore*.» Con la coda dell'occhio, la vedo spalancare la bocca in una O perfetta. Gemo. «Cristo, Bell.» Inchiodo a un ingorgo e mi volto verso di lei.

Le passo il pollice sul labbro inferiore. «So che ti nascondi da me dopo quella sera da Winston's.» Lei si irrigidisce alle mie parole, ma non le nega. «Non devi avere paura. Dico sul serio, chiedimelo e farò inversione. Ti porterò al tuo hotel e ti guarderò entrare nella lobby. Da sola. Non ti farò altre pressioni. E dirmi di no non interferirà con il lavoro.» Le sfioro di nuovo il labbro e la guardo negli occhi. «Non sono quel tipo di uomo.»

Sento i pensieri ronzarle in testa. Resta seduta in silenzio e si adagia appena al mio tocco. «Non voglio rapirti, è solo che...» Mi passo la mano tra i capelli e cerco le parole giuste. Il suo sguardo è eccitato ma anche incerto, persino smarrito. Proprio quando inizio a sentire rifiuto e sconfitta agitarmisi nel petto e sono sul punto di cambiare rotta, lei sporge la lingua e mi lecca il polpastrello del pollice. Le altre mie dita, posate sulla sua guancia, si contraggono.

«Cazzo, Bell.» La attiro a me con rapida forza. Le nostre bocche impattano, e non c'è niente di poetico. Il bacio è tutto denti e labbra e ansiti, ed è sensuale da morire. È più di una settimana che voglio baciarla. Lei mi infila la mano tra le cosce e mi massaggia la patta; la cerniera mi gratta l'uccello. Ma va bene così, ne ho bisogno. Senza quella scossa di dolore, sarei già venuto anche solo per la lussuria che emana da Campbell.

Il mio ginocchio colpisce la leva del cambio e la cintura di sicurezza mi trattiene quando provo a sporgermi di più verso di lei. Ben presto il suono dei clacson strombazzanti mi strappa da quella folle foschia sessuale. L'ingorgo si è sciolto, e i newyorkesi non sono pazienti con gli automobilisti lenti.

Mi scosto in fretta, ingrano la marcia e parto, per poi svoltare a destra verso il parcheggio del mio palazzo. Niente posteggiatore, stasera. Non ci tengo a rivelare a qualcuno le condizioni in cui ci troviamo. Ringrazio tutte le dick pic non richieste che mi hanno permesso di acquistare un posto in garage e parcheggio, mi slaccio la cintura di sicurezza e mi tendo verso Campbell. Lei mi ferma mettendomi una mano sul petto e fa un sorriso seducente. Fa scorrere lenta la mano lungo il mio torace e inizia a dedicarsi alla fibbia della mia cintura.

«Non preoccuparti, tesoro, possiamo andare su...»

«Shhh,» mormora, senza distogliere lo sguardo dall'erezione che mi tende i jeans. Sento il sorriso nella sua voce quando parla. «Preferirei dedicarmi a te. Dopotutto, è il tuo turno.» Il mio uccello guizza libero quando abbassa la cerniera, e quella sua splendida bocca carnosa si spalanca come i suoi occhi.

«Sicuro che siano solo ventitré centimetri?»

«Ecco, veramente...» Mi sfugge una risatina nervosa, che si trasforma in un gemito quando lei si lecca le labbra.

Ogni protesta sul farlo in macchina si spegne, soprattutto quando mi sfiora la punta dell'uccello con il pollice, spalmando la goccia di fluido sulla pelle sensibile.

Con calma, come se non sappia se io stia per cacciarle il cazzo in bocca in cerca di sollievo, china la testa. Mi sfugge un sibilo a denti stretti al primo tocco di labbra. Sempre in preda a emozioni contrastanti, le poso con delicatezza le mani sul capo e le affondo le dita tra i capelli, in cerca di maggior contatto.

«Mmm,» mormora, e la vibrazione mi percorre l'uccello fino alle palle.

Resisto al bisogno di spingere, ma il mio culo si serra al ritmo dei suoi movimenti. Inizia a fare su e giù, la mano che avvolge ciò che non le sta in bocca.

Dapprima va lenta, e succhia con calma. Ma poi i suoi gesti diventano più duri, intensi, mi fanno ribaltare gli occhi in preda a una sensazione travolgente. Cazzo, non è mai stato così.

Non tanto perché mi sta facendo un pompino in macchina, dove qualsiasi passante potrebbe vederci. E non dipende neanche dalla sua abilità, che comunque è decisamente *wow*. Si tratta di lei. Campbell. Con il suo intelletto brillante, l'atteggiamento sbarazzino, quei dannati stivali da cowboy con gli uccellini. Nel giro di poche settimane, mi ha rovinato, e io...

«Cazzo, sto per venire.» Cerco di scostarla, ma lei si oppone e succhia con più vigore, più a fondo. I suoni che emetto non sono umani, e il mio orgasmo le esplode in gola.

Passa un'ora.

Okay, forse un minuto.

Il mio cervello torna pigramente a funzionare, e io apro gli occhi. Sposto il capo sul poggiatesta per guardare la donna che mi sta distruggendo nel migliore dei modi. Gli occhi castani sembrano neri nella penombra del garage, come grandi pozze di mezzanotte. Si mordicchia il labbro inferiore, così sollevo la mano per passarvi di nuovo il pollice. Quel contatto mi fa fremere l'uccello sfiancato. Farà meglio a riprendersi in fretta, perché non abbiamo per niente finito.

Fari illuminano per un istante l'abitacolo quando qualcuno supera la mia auto. Campbell abbassa la testa, e io scommetterei tutte le mie azioni di Moore's che adesso è rossa in viso.

So che dev'essere a disagio, così sollevo i fianchi e mi sistemo il cazzo nei pantaloni, per poi scendere dall'auto. Sono più lento del solito, con i muscoli intorpiditi dall'orgasmo epico. Quando raggiungo la portiera di Campbell, lei è già scesa.

Senza guardarmi negli occhi dice: «Da qui posso prendere un taxi.»

Oh, no. Non penso proprio.

Le inclino il viso verso l'alto. «Ehi, donna in carriera, non ci provare. Ho dei programmi su come ricambiare il favore.»

«Hai difficoltà a contare, eh?» ridacchia nervosa. «Uno per te, uno per me. Non c'è niente da ricambiare.» Il suo sguardo incontra il mio, ma è ancora distante. Non mi piace.

Lascio cadere la mano dal suo viso, mi sporgo verso di lei e le sfioro il collo con le labbra. «Forse non sono del sud, ma mi piace considerarmi un gentiluomo,» le sussurro all'orecchio. «Sono abbastanza sicuro che l'attuale tasso di conversione siano *due* orgasmi femminili per ogni orgasmo maschile.» Le mordicchio il lobo, e lei trasalisce, quindi lo succhio e mi sposto verso la sua bocca. «E un Moore paga sempre i suoi debiti.»

Le sfioro le labbra con le mie. È un bacio diverso dai precedenti. Voglio che sappia che questo non è solo sesso, non è solo uno sfizio da togliersi o una tacca da segnare nella cintura. Voglio conquistarla, affascinarla, corteggiarla. Faccio per dirglielo, ma vengo trafitto dalla sua espressione ardente. Ha gli occhi ancora chiusi per assaporare il bacio.

Prima che schiuda le palpebre, un lento sorriso le incurva la bocca. Ancora una volta, la sua bellezza mi sconvolge.

«Okay allora, uomo in carriera. Risolviamo il tuo debito.» Mi supera e ancheggia verso l'ascensore, aspettandosi che la segua.

Lo faccio, ma non perché è ciò che lei immagina. Non capisce, e accidenti, neanche io. Ma non occorre dare un senso a tutto ciò che c'è tra noi per sapere che la seguirei dappertutto.

* * *

Bell

Mi concentro sulla porta scintillante dell'ascensore e metto un piede calzato da stivale davanti all'altro nel tentativo di calmarmi.

Pompino in auto? Cos'ho, diciott'anni?

Al momento mi è sembrata una buona idea, ma alla vista dei fanali mi sono fatta prendere dal panico.

Cioè, tecnicamente eravamo parcheggiati, ma il punto rimane. E poi... ventitré centimetri? Ho così male alla mascella che secondo me sono di più.

Raggiungo l'ascensore troppo presto. Aspetto che Chase mi raggiunga rifiutandomi di guardarlo. Ancora su di giri per averglielo succhiato neanche fossi un aspirapolvere, non sono sicura che non lo cavalcherò qui e ora neanche fossimo nel Far West.

Cristo, ma sentitemi. Sono così eccitata che mi scappano le metafore.

Ho resistito all'istinto di saltargli addosso da quella prima telefonata. Da quando l'ho inondato di caffè bollente. E non parliamo dello stato delle mie mutandine nuove mentre mi guardava provare i vestiti. Certo, ci sono stati dei momenti di cedimento. La cena. L'ascensore...

Ma mi sono ricomposta!

Ho volato per mezza nazione ed evitato le sue telefonate con voce sexy, santo cielo. Distanza. Tempo. Due cose che pensavo avrebbero diminuito l'inopportuna, sopraffacente attrazione per Chase Moore.

Non ha funzionato.

E poi mi è toccato guardarlo scherzare con la sua sorellina prima di farmi prendere per mano verso la sua auto.

Una ragazza ha dei limiti.

A tal proposito... Il suo calore corporeo invade il mio spazio personale quando si china in avanti e passa la tessera nel lettore dell'ascensore. Superiamo la soglia, e lui passa di nuovo la chiave prima di premere il pulsante per l'ultimo piano. Poi infila la mano nella mia.

Non sono mai stata una da dimostrazioni pubbliche d'affetto, neanche quelle semplici come tenersi per mano. Ma per qualche motivo, se è lui a farlo, il gesto mi tranquillizza. La sensazione della pelle di Chase, anche solo il lieve sfiorare del suo palmo, mi fa sorridere e non capisco perché.

Ci sono molte cose che non capisco delle reazioni del mio corpo, quando si tratta di lui. Ma sono stufa di lottare, di sprecare tante energie nel vano tentativo di evitarlo e di razionalizzare il mio comportamento che di razionale ha ben poco. Basta parlare, e più... beh, sapete cosa intendo.

«Stai di nuovo canticchiando Elvis?»

Sbatto le palpebre e mi concentro sul sorrisetto di Chase.

«Ehm...» Buon Dio. Sì, lo stavo facendo. Mi si scalda la faccia al ricordo di cosa di preciso stessi canticchiando.

Chase ride e mi attira a sé. Ora il contatto non è più solo di palmo contro palmo. Il mio petto è contro il suo, e ogni sua parte interessante preme contro di me. L'ascensore trilla e la porta si apre. Non distolgo lo sguardo, ancora rapita dal sorriso di Chase.

«*A little less conversation, a little more action,* dicevi?» La sua voce è roca. Si china e mi bacia la punta del naso. «Mi piace come pensi, Bell.» Canta qualche strofa del brano, e la sua voce da hotline è ancora più devastante quando modulata in una melodia. Ma è ciò che fa subito dopo a suggellare l'affare. A cambiare il tono da dolce a sexy.

Mi fa l'occhiolino.

Quel cazzo di occhiolino.

E andiamo.

Prima che lui se ne renda conto, lo spingo fuori dall'ascensore e mi arrampico su di lui neanche fosse un albero.

Gli avvolgo le gambe attorno alla vita, e incastro gli stivali da cowboy dietro la schiena. Gli tuffo le mani tra i capelli e lo attiro a me per divorargli la bocca.

Continuo a baciarlo, respirando a stento, mentre qualcosa nella mia mente mi suggerisce che Chase fatica a stare in piedi. Non mi importa. Voglio farlo impazzire, infilarmi sotto la sua pelle come lui ha fatto con me.

Forse possiamo esorcizzare quest'attrazione attraverso i nostri corpi. E se così non dovesse essere, da quel che ho visto mentre glielo succhiavo poco fa, sarà comunque fantastico.

Piroettiamo nell'atrio come un tornado in Oklahoma. Chiavi cadono, lampade si infrangono, un gatto sibila...

Un attimo, cosa?

«Cazzo, Mike!» Chase inciampa su qualcosa che suona come una tigre incazzata. All'improvviso siamo per aria. Chase cerca di lanciarmi in avanti, e io apprezzo i suoi sforzi quando atterro seduta su un qualche mobile imbottito. Ma l'apprezzamento evapora quando qualcosa di duro mi si schianta sulla testa.

«Ma cosa...»

«Merda, Campbell, tutto bene?»

Per un istante, entrambi valutiamo la situazione.

Chase è sdraiato di pancia davanti a me, con le braccia allargate. Io sono seduta scomposta su una poltrona molto soffice, e ho una cornice in grembo. Ancora scombussolata dalla botta in testa, volto la fotografia dal vetro crepato.

«... è un cazzo.» Sbatto qualche volta le palpebre per assicurarmi di non avere le traveggole. Forse ho un trauma cranico.

Chase ridacchia e si rialza. «Ecco. Sì, lo è.»

Lo guardo ancora perplessa. «Perché hai incorniciato la foto di un pene e l'hai appesa al muro?» E non un pene qualsiasi. Questo è enorme ed eretto e molto venoso.

Si avvicina alla mia poltrona e mi tasta la testa in cerca di tagli o bernoccoli. Ne trova uno, ma niente sangue, così si accuccia davanti a me e mi posa le mani sulle cosce. «Me l'ha data mia sorella.»

«Tua sorella ti ha mandato la foto di un cazzo?» Sì, decisamente un trauma cranico.

Solleva una mano e se la passa tra i capelli. «Sì,» ridacchia.

Prima che possa pensare a un'altra domanda per dare un senso al fatto che sua sorella gli manda dick pic e lui le incornicia, un sacco beige pieno di sassi balza sulla foto che ho in grembo.

«Miao.»

Oh, pardon, mi sono espressa male. È un gatto. Un gatto ossuto e spelato.

La medaglietta sul collare dondola avanti e indietro prima di posarsi sul petto liscio.

«Mike Hunt,» leggo ad alta voce, poi spalanco gli occhi. «Lo hai chiamato Mike Hunt.» Suona come *my cunt,* fichetta, ed è... perverso.

Chase mi osserva in modo strano, come un bambino che ha punzecchiato un alveare e si aspetta la puntura.

Abbasso lo sguardo verso la dick pic su cui è appollaiata quella patata senza peli di un gatto.

«Una patata sul tuo cazzo,» dico in tono piatto.

Poi scoppio a ridere.

Capitolo Quattordici

Chase

La risata di Campbell.

Quella posso sopportarla.

Soprattutto visto che l'ho lanciata senza tante cerimonie attraverso la stanza, facendo cadere una grossa cornice dal muro e dritta sul suo cranio. Per non parlare del mio gusto discutibile in fatto di ornamenti da parete e di bizzarri animali domestici. Tutto sommato, una risata è il meglio in cui potessi sperare.

Dopo un po', il respiro di Campbell torna regolare. «Okay, una cosa per volta.» Si asciuga lacrime di ilarità dagli occhi, poi sfiora la cornice che ha in grembo. «Perché tua sorella ti ha dato la foto di un pene, e perché hai sentito di doverla appendere al muro? In una bella cornice, per giunta.»

«Hai mai sentito parlare di Pick a Dick?» Le tolgo di dosso Mike e prendo la cornice.

«Scusa?»

Ridacchio. «Si tratta di un'app dove le donne postano le dick pic non richieste che ricevono. Poi altri membri danno un voto da uno a dieci.»

«Oh, sì, ne ho sentito parlare allora. La mia avvocata Leslie me l'ha menzionata. Ha detto che mettere zero alle foto che i tizi le mandano sulle app di dating è meglio che denunciarli.» Osserva la foto e inarca le sopracciglia. «Questo in foto è il tuo?»

«Ehm, no.» Volto la cornice e la appoggio al muro. «Questa è la prima foto pubblicata sul sito. L'ha mandata un qualche stronzo a mia sorella. È ciò che mi ha dato l'idea di fondare la app.»

«Aspetta.» Si sporge in avanti. «L'hai creata tu?» I suoi capelli ramati ondeggiano quando scuote il capo. «E com'è che non lo sapevo?»

«L'ho creata, ma non sono stato il proprietario a lungo.»

«Perché? Tutte le ricerche che ho fatto prima di occuparmi di Moore's ti mostrano come imprenditore oculato. Non ha senso mollare un'app del genere così presto. È ancora molto popolare.»

Faccio spallucce. Non voglio scendere nei dettagli. Una dick pic in testa e una patata glabra sono abbastanza per una serata. «Comunque sì, l'ho ideata io. Pensavo fosse un buon modo per far pareggiare i conti alle donne. Soprattutto dopo quella schifezza di app che è Hot or Not.»

«Wow.»

«Ecco perché mia sorella mi ha dato la foto. Ha detto che era come quando la gente incornicia il primo dollaro guadagnato dal loro negozio.»

Ride. «Adoro sua sorella.»

La sua sincerità mi fa sorridere.

«Okay, questo spiega la dick pic.» Sposta lo sguardo su Mike, che si sta leccando lo scroto liscio accanto ai suoi piedi. «Ora parliamo del gatto.»

Come se sapesse che stiamo parlando di lui, Mike si ferma a metà leccata e torna in braccio a Campbell, con le zampe ossute in bilico sulle sue cosce. Entrambi inclinano il capo e si scrutano curiosi. È esilarante.

«È un gatto glabro. Uno sphynx. Ottimo per gli allergici.» Gratto Mike tra le orecchie. È come toccare del pollo crudo.

«Sei allergico ai gatti?» Cauta, Campbell posa la mano sulla schiena di Mike. Quando lui fa le fusa, inizia ad accarezzarlo piano.

«Ecco, no. Ma non è un prerequisito per avere uno sphynx.» Di nuovo, evito di menzionare la mia ex. Bell sa cambiare idea facilmente, e non voglio darle una scusa per raffreddarsi dopo che siamo arrivati tanto lontano, tra ascensori e giri in auto.

«Mmh.» Inarca un sopracciglio e un sorrisetto sexy le increspa le labbra. «E il nome?»

Mi sento come un ragazzino beccato con un giornaletto porno, così sorriso timido al pavimento. «Insomma, se devo avere una patata glabra, tanto vale dargli un nome appropriato.»

Mike si adagia al suo tocco e fa fusa più rumorose; il sorriso di Bell diventa adorante. Quel bastardo si sta intromettendo nella mia vita sessuale, al momento.

«Com'è morbido.» Lei si china in avanti per coccolarlo. Mike non perde tempo e si strofina contro il suo petto. «Che tenerone che sei.»

Quel maledetto felino mi fissa mentre Campbell lo accarezza. Giuro che sta ridendo di me.

Stronzetto.

«Una volta avevo un animale domestico.» Bell si fa malinconica. «Un cane.» Continua a coccolare Mike. «Da allora mi sono sempre considerata una persona da cani, ma Mike è fantastico, vero?»

Ora lo sta cullando tra le braccia, come un bambino dalla pelle flaccida e brutto come la morte. Ma il sorriso sulle labbra di Campbell mi impedisce di essere troppo geloso.

«Solo un cane?» Ripenso al numero di randagi che mia

sorella ci ha portato a casa nel corso degli anni. Finché gli animali rimanevano nell'ala della casa riservata ai bambini e i miei genitori non dovevano occuparsene, a loro non importava molto di quali e quanti ne avessimo.

«Sì, si chiamava Elvis.» Continua a guardare Mike. «Era meraviglioso.»

«Elvis? Mi stai prendendo in giro.» Anche se questo spiegherebbe la sua affinità con le sue canzoni. Una risatina leggera scaccia la tristezza nella sua voce. «No. Io e la mamma abbiamo sempre amato Elvis Presley. Era un po' la nostra passione.» La tristezza ritorna. «Ho preso il piccolo Elvis quando avevo nove anni. Ma quando sono andata al college, non mi è stato permesso di portarlo con me. Ho dovuto lasciarlo a casa.» Abbraccia Mike. «È morto mentre ero via.»

Immagino una versione più giovane della donna che ho davanti, con il cuore spezzato e lontana da casa. La visione mi fa arrabbiare, anche se non so bene perché. «È uno schifo.»

«Sì. Ma è stato tanto tempo fa.» Mike le lecca le guance e lei sorride, sfiorandogli il naso con la punta del suo.

«E ora?» domando, meravigliandomi di questo lato più dolce di Campbell. «Perché non prendi un animale domestico?»

Scrolla le spalle. «Non lo so. Passo il tempo tra un piccolo appartamento a Houston e la vecchia casa dei miei genitori fuori da una cittadina in campagna. Inoltre, visto che lavoro e viaggio molto, non credo che sarei una buona padrona.»

A giudicare dalle fusa che ronzano dal petto di Mike, non sono d'accordo. Chi avrebbe mai pensato che Campbell fosse una coccolona? Preferirei essere io, e non quel traditore del mio sphynx, a trovarmi tra le sue braccia.

Il solito solco di concentrazione tra le sue sopracciglia si è attenuato mentre accarezza il sacchetto di ossa che ha in grembo.

«Quindi i tuoi genitori sono ancora a Houston?»

«No.» La sua voce è sommessa. «Sono morti qualche tempo fa.»

Fantastico. Prima le ho fatto parlare del suo cane defunto e ora dei suoi genitori. *Ben fatto, amico, ben fatto.* «Mi dispiace, non volevo essere così indiscreto.»

«Non fa niente.» Un'ombra le oscura gli occhi per un momento. Mike si sposta e le lecca di nuovo il viso, riportandole un sorriso.

Va bene. Il gatto può restare.

«Mi dispiace,» ripeto, non sapendo cos'altro dire. «Per i tuoi genitori, intendo.» Non deve essere stato facile perderli entrambi.

«Davvero. Non c'è problema.» Alza lo sguardo verso di me, e la sua espressione è sincera. «Sono passati otto anni. Anche se mi mancano ancora, sono stata fortunata ad avere dei genitori come loro. Mi volevano bene. Mi hanno amata tantissimo. Quando ho ottenuto la borsa di studio per la Columbia, non volevo lasciare il Texas. Lasciare loro. Poi un giorno sono tornata a casa e ho trovato tutte le mie valigie pronte con un biglietto aereo in cima, come una ciliegina su una coppa di gelato.» Si volta verso Mike. «Quel biglietto aereo era una cosa importante per loro. Ero la loro unica figlia, ma non solo: non avevamo molti soldi. Ma non volevano che rinunciassi al mio sogno di New York.»

«Sembrano fantastici.» E così diversi dai miei.

Il suo sguardo si fa distante, e immagino che stia pensando a loro. Un piccolo sorriso le sfiora le labbra. «Già. Lo erano. Avevano già una certa età quando mi hanno avuta, quindi forse non correvano quando giocavano con me né mi facevano volare da un'attività all'altra, ma c'erano per le cose importanti. Mi hanno insegnato a distinguere il bene dal male. L'importanza del duro lavoro. A imparare dai miei errori.» Si irrigidisce e si raddrizza sulla poltrona, facendo saltare Mike a terra. «Sai, dovrei proprio andare. Si sta facendo tardi.»

Mi chiedo come faccia a non farsi venire un colpo di frusta emotivo.

Quando si alza, le metto le mani sulle spalle. «Okay, cosa è successo?»

Non mi guarda negli occhi. «Niente, ho solo...» Butta fuori un lungo respiro. «Senti, sai che non è una buona idea. *Lavoriamo insieme.*»

Ha ragione. So che ha ragione. Ma questo non mi spinge a fare la cosa più intelligente e a compiere un passo indietro. Forse sono viziato e abituato a fare a modo mio. Forse ho troppa fiducia in me stesso. O forse qualcosa dentro di me sa che Campbell è diversa. Potremmo *essere* diversi. Più di un incontro di una notte. Più di due persone unite dalla vicinanza e dall'opportunità. Solo... *di più*.

«Senti. Mi piaci. Sei...» Dio, mi sento come un adolescente, in lotta per trovare le parole per trasmettere quello che provo senza spaventare lei o me con la loro intensità. «Non ho mai conosciuto nessuno e ho bisogno di... beh, cazzo, non so esattamente di cosa ho bisogno, ma so che dobbiamo smetterla di girarci intorno e fare qualcosa di concreto.» Ci indico con un cenno.

«Girarci intorno?» Ridacchia prima di tornare seria. «Lavoriamo insieme,» ripete. «Cioè, tecnicamente lavoro *per* te, anche se ho la mia azienda.»

«Sei preoccupata di quello che penserà la gente?» Non sono stupido; so che il mondo è ingiusto nei confronti delle donne. Dopotutto, è per questo che ho inventato la mia app. Ma forse sono l'unico ad avere sentimenti abbastanza chiari da pensare che, insieme, questo non avrebbe importanza.

«Odio dirlo, perché è ingiusto e un cliché, ma è vero. Per gli uomini è *diverso* che per le donne. Se qualcuno sapesse che noi,» e agita le mani, «insomma, sai cosa intendo, sarei io a dover affrontare pettegolezzi e insinuazioni. Non tu.» Ha ragione. Non voglio che abbia ragione, ma ce l'ha. «Non direi *mai* nulla se tu non volessi.»

Il solco è tornato tra le sue sopracciglia, come se stesse pensando. Le passo un dito tra gli occhi e lungo il naso, distendendo il cipiglio.

«Senti, è venerdì. Non dobbiamo andare da nessuna parte e non abbiamo niente da fare per i prossimi due giorni. A meno che tu non voglia tornare di nuovo a Houston.»

Mi sorride. «No. In realtà avevo programmato di rimanere per il weekend.»

«Bene.» Mi avvicino e la sua testa si inclina per mantenere il contatto visivo. «Dammi due giorni. Cazzo, *dacci* due giorni. Niente lavoro, niente colleghi. Solo due persone che si piacciono e che vogliono passare più tempo insieme.»

Il silenzio si tende tra noi e io darei la mia palla destra per sapere cosa le sta passando per la testa in questo momento. In ogni caso, mi è sempre piaciuta di più la sinistra.

Alla fine, il sospiro che emette mi solletica la parte inferiore della mascella. «D'accordo.» Si china in avanti e mi bacia l'incavo della gola. «Due giorni.»

Curvo le spalle in avanti e poso la fronte sulla sua. «Due giorni,» ripeto, lasciando che il sollievo mi assalga. Non so cosa avrei fatto se non avesse accettato.

Si tira indietro. «Probabilmente dovrei andare allora.»

«Scusa, cosa?» Il colpo di frusta emotivo esiste. Giuro.

«Hai detto due *giorni*, giusto?» chiede con atteggiamento calmo. Non c'è traccia dell'incertezza o del desiderio di un momento fa.

«Ehm, sì.»

«Okay. Allora tornerò in hotel stasera e tu potrai venirmi a prendere domattina. Avremo sabato e domenica.»

«Sì. Buona idea.» La detesto, quest'idea, altro che buona.

Campbell mi fa un ampio sorriso.

Il mio uccello sta piangendo in questo momento.

Non è che voglia una scopata veloce. Voglio dire, sì, *ovviamente* sono attratto dal suo corpo. Da qui le lacrime del mio cazzo. Tuttavia, sono diventato schiavo dell'idea di Campbell e me nel momento in cui il caffè caldo mi ha bruciato i capezzoli. E ancora di più quando ha aperto la bocca. Quando mi ha mostrato quanto è intelligente, divertente e gentile. Dannazione, sembro una cartolina di Hallmark. Comunque sia. La voglio. *Tutta* lei. Quindi, se non andarci a letto stanotte, o addirittura per i due giorni che mi ha concesso, è quello che ci vuole, allora posso sopportarlo. Voglio dire, sono settimane che ho male alle palle. È diventata la norma.

«Va bene, ti riaccompagno all'hotel e poi ti vengo a prendere per la colazione. Non un brunch. Colazione.» Allungo la mano e le sfioro la guancia, sorridendole. «Se ho solo due giorni, intendo sfruttarli al massimo.»

Sempre sorridendo, annuisce.

Lascio la mano e mi scosto un po'. «Prepara una borsa se ne hai bisogno perché non tornerai in hotel fino a domani sera. Sarà un appuntamento che durerà tutto il giorno.» Guardo il soffitto, pensieroso. «Ti piace lo sport? Il teatro? Posso vedere se riesco a rimediare qualche biglietto, se vuoi. Magari un picnic nel parco, è il periodo perfetto. Merda.» Mi passo una mano tra i capelli. «Okay, dammi la notte, sono sicuro di poter trovare qualcosa per sfruttare al meglio il nostro tempo.»

«Ti serve la notte?»

«Sì, così avrò il tempo di pianificare. Ma ti farò sapere prima di domani, così avrai un'idea di... cosa stai facendo?»

Campbell è a metà del corridoio verso la mia camera da letto prima che si fermi e si guardi alle spalle. «Hai detto che ti serviva la notte.»

«Ah, sì?»

«Quindi ti sto dando la notte.» Inclina la testa di lato, proprio come quando guardava Mike. «A meno che tu non voglia che io rimanga.» Le sue labbra si incurvano.

«Restare per la notte?» Cosa sta succedendo? Ho perso il controllo della situazione. Di nuovo.

«Sì,» dice, annuendo lentamente, come se fossi un po' tardo. E lo sono. Lo sono di sicuro. Giuro che è l'unica che può farmi questo effetto. In un certo senso lo adoro.

«Ma pensavo che volessi iniziare domani,» le faccio notare.

«Infatti. Ma poi hai fatto un'osservazione valida sul fatto che due giorni non sono molti e che hai bisogno della notte.» Mentre parla, le sue dita passano sulla clavicola. Avanti e indietro. «Ah. Sì, è vero. Corretto.» I miei occhi sono incollati alle sue dita che scorrono lentamente sul petto, tra i suoi seni.

«E se pensi che ti permetterò di pianificare tutta la mia giornata di domani senza alcun contributo, sei pazzo, signor Moore.» I polpastrelli si appoggiano al bottone dei suoi jeans.

Il mio uccello ha smesso di piangere e al momento sta pregando che tutto questo porti dove lui pensa.

«Quindi,» continua, giocherellando con il bottone, «se rimango, possiamo organizzare il nostro appuntamento e passare più tempo insieme. Molto pratico, non credi?»

«Sì, efficiente.» Annuisco. «Concordo.» E annuisco di nuovo. «L'efficienza è un bene.»

Si gira e continua a camminare verso la mia camera da letto.

«Aspetta.»

Un sopracciglio si inarca quando mi guarda da sopra la spalla. «Sì?» Il tono è pigro, seducente.

Il mio uccello salta sull'attenti.

Traggo un respiro e tendo le mani. «Voglio solo essere sicuro di aver capito bene.»

Si gira di nuovo verso di me. «Okay.»

«Passerai la notte qui.»

Un lato della sua bocca si solleva. «Sì.»

«Faremo sesso.»

Un sorriso autentico. «Sì.»

«E domani passeremo tutto il giorno insieme. *Due* giorni interi insieme.»

Lei apre la bocca, ma io la interrompo. «E due notti.»

«Sì.» Ridacchia piano. «Due giorni e due notti.»

«Bene, allora.» Prima che possa sottoporre me o il mio uccello ad altre frustate emotive, faccio due passi e la prendo in braccio, sorridendo quando lei avvolge subito le gambe intorno alla mia vita come prima.

«Allora è meglio che li faccia fruttare.» Mi assicuro che Mike sia sul divano (e lo è, e si sta leccando, nientemeno) prima di portarla in camera.

«Oh, ne ho tutta l'intenzione,» sussurra, il respiro caldo sul mio collo. «E all'ultimo conteggio, sono ancora sotto di uno.»

La faccio sdraiare sul letto e mi stendo su di lei mentre canticchia *A Little Less Conversation*. Le mie labbra vibrano contro il suo collo e sorrido, ripromettendomi di darle tutta l'azione possibile.

* * *

Bell

Due giorni, ha detto.

Le sue labbra continuano il loro viaggio lungo il mio collo, sulla clavicola.

Due giorni di *questo*.

Gli ho chiesto di fare marcia indietro. Di lasciarmi tornare in albergo. Di iniziare domani. E lui ha accettato. Senza fare domande (anche se con un'esilarante espressione di disappunto).

Ma quando l'ho sentito valutare i vari tipi di "appuntamenti" che avrebbe potuto organizzare per noi durante il fine settimana, ho vacillato. Era agitato, come se il destino del mondo dipendesse dal fatto che lui riuscisse a far bene questi due giorni. E tutto ciò che lo riguardava in quel momento mi portava qui. Alla sua camera da letto. Alla sua bocca che si muove lungo il mio corpo.

Due giorni.

La mia mente vaga sulle conseguenze di questa notte. Lunedì mattina in ufficio? Il nostro contratto? Il mio cuore? Un morso sotto la mia clavicola e torno al presente.

Conseguenze? Quali conseguenze?

«Bell... cazzo, sei uno spettacolo.» Scivola lungo il mio corpo, mi afferra i fianchi e mi infila le dita nelle tasche posteriori dei jeans. «Devo assaggiarti.»

Non ho intenzione di dirgli di no.

Slaccio in fretta i jeans e tolgo gli stivali in una volta sola. Le sue mani prendono il sopravvento, mi stringono la cintura e mi sfilano i jeans dalle gambe, girandoli al contrario. Mi alzo a sedere, afferro la mia canottiera con entrambe le mani e la strappo via. Sto per slacciare la chiusura del reggiseno, ma il suo tocco sulla coscia mi ferma.

Alzo lo sguardo da quella mano grande e forte, appoggiata sulla mia pelle chiara, verso i suoi occhi. Sono abituata al suo ammiccare, al suo sorriso, al suo sopracciglio leggermente inarcato. Tutte queste espressioni mi fanno sciogliere le mutande. Ma ora, senza distrazioni, senza le nostre indecisioni, gli occhi di Chase sono seri. C'è una profondità che di solito non rivela. Sebbene sia completamente vestito, Chase Moore si mette a nudo. Vedo il suo desiderio, ma anche il suo dolore. È ferito. Come me. E anche se questo mi turba e mi fa venire voglia di iniziare ad accatastare mattoni tra noi, mi fa anche desiderare di più.

È molto più coraggioso di me.

«Sei perfetta. Lo sai, vero?» La sua voce è sommessa, ipnotica, fluttua sopra il rumore inquieto della città in sottofondo. «Voglio tutto di te. *Tutto.*» La sua mano sulla mia coscia si stringe all'ultima parola con un'intensità palpabile.

Non sono sicura di essere in grado di dargli tutto. Ma gli concederò due giorni.

Continuo a togliermi il reggiseno, liberando il peso dei miei seni dalla loro reclusione. Getto il pizzo da parte, senza mai interrompere il contatto visivo con Chase. Quando tocco l'orlo delle mutandine, le sue mani coprono le mie. Si inginocchia e si china in avanti, e io divarico le gambe per accogliere le sue spalle larghe. Mi lancia un'altra occhiata significativa prima di abbassare la testa, trascinando il naso sul mio pube ricoperto di pizzo e inspirando profondamente.

«Che delizia,» mormora, baciandomi il clitoride attraverso le mutandine una, due volte, prima di tirare finalmente giù la barriera di pizzo.

Sollevo i fianchi per aiutarlo; voglio che mi divori. Invece, il suo sguardo si blocca tra le mie gambe. La lingua fa capolino tra le labbra, come se immaginasse di assaggiare la mia carne. Il mio desiderio. Passano alcuni istanti e lui si limita a guardare. Una parte di me pensa che dovrei essere imbarazzata, ma tutto il resto è eccitato dal suo interesse, dalla sua intensa attenzione. Sto per cedere e chiedere la sua bocca quando finalmente si china in avanti, sfiorando quel punto sensibile con la lingua. Dal basso verso l'alto, gira intorno al mio clitoride con un movimento secco e veloce. Non sta giocando. La sua lingua è ferma contro di me, mi assapora.

«Dio...» Abbasso la schiena sul letto e chiudo gli occhi, permettendogli di dominare il mio corpo. Mi fa scorrere le mani dietro le cosce per poi afferrarmi i fianchi, tenendomi in posizione mentre mi divora.

Deve essere così che ci si sente quando si perde la testa. Tutto il mio mondo, ogni pensiero e sensazione, è incentrato sulla bocca di Chase che si muove contro di me. Sono disperata, la mia pelle è in fiamme, il mio stomaco si stringe.

Mi infila un dito dentro mentre mi succhia il clitoride. Sono vicina all'orgasmo, cazzo. Segue un secondo dito e lo piega appena, strofinandolo sul fascio di nervi dentro di me.

In un secondo, la sensazione languida e inebriante evapora e i miei muscoli si irrigidiscono. «Chase. Dio. Non fermarti. Non fermarti, ti prego.» Mi accorgo a malapena che le mie dita, prima strette nelle lenzuola, ora sono tra i suoi capelli e che ho stretto le gambe intorno a lui in una morsa. Come fa a continuare a...

«Cazzo!» La mia schiena si inarca e ogni muscolo del mio corpo si tende mentre il calore mi attraversa il corpo. «Vengo, vengo, oddio, vengo...» La mia cantilena continua, così come il mio orgasmo. E Chase è lì, proprio lì, a strapparmi le ultime sensazioni fino a quando il mio corpo non cade floscio e sazio contro le lenzuola.

Lentamente, torno a me stessa, alla sensazione di Chase che mi bacia lungo il corpo. Si prende tutto il tempo necessario per accarezzarmi l'ombelico, per trascinare i denti sul mio fianco, baciare la parte inferiore del seno. Gli afferro di nuovo i capelli e li tiro delicatamente. Lui percepisce il mio desiderio e solleva il capo, strisciando fino al mio viso. Adoro le sue labbra. Baci morbidi e sensuali, ricoperti dal sapore del mio piacere, sexy e indecente e perfetto.

Mio Dio, il sesso non è mai stato così. Ma d'altra parte, non è mai stato con Chase.

Voglio di più.

«Ti prego.»

Sento il suo sorriso contro la bocca. «Ti prego cosa, tesoro?» Mi porta le labbra all'orecchio. «Dimmi cosa vuoi.»

«Questo.» Mi abbasso e gli stringo l'uccello attraverso i jeans. Il suo gemito mi vibra contro l'orecchio.

Lui è ancora vestito mentre io sono nuda e vogliosa.

Gli strattono la maglietta, e lui se la toglie. Le mie mani vagano avide per il suo corpo. La pelle liscia e i muscoli tonici si muovono quando si sposta su di me, il tessuto ruvido dei jeans mi sfiora il clitoride sensibile e mi fa inarcare.

«Guardati. Sei così bella,» mormora come ipnotizzato, mentre ancora una volta mi bacia lungo il corpo. Mi dà un ultimo bacio prolungato tra le cosce prima di alzarsi ai piedi del letto e slacciarsi la cintura.

È insaziabile. E per due giorni è *mio*.

Prendo il controllo, gli spingo via le mani e finisco con la cintura, abbassandogli in fretta pantaloni e boxer giù per le gambe. Si toglie le scarpe e scalcia via tutto. Scendo dal letto e mi inginocchio, poi glielo prendo in bocca. Molto più a fondo di quanto potessi fare in macchina.

«Cristo,» geme, vacillando per un istante. Si tiene in equilibrio mentre io continuo a succhiare con forza, per dargli qualcosa di simile a quello che mi ha donato nel nostro breve tempo insieme.

Tocca a lui ancorare le mani tra i miei capelli mentre io mi dedico a lui, la bocca sull'uccello, le mani su natiche e fianchi.

«Cazzo, Bell. Aspetta.» Fa un passo indietro e io lo lascio andare con uno schiocco. «Dentro di te,» ringhia, cullandomi il viso.

«Sì. Lo voglio. Dio, lo voglio.» Mi giro e torno a strisciare sul letto mentre lui va al comodino e prende un preservativo. Lo guardo toccarsi un paio di volte, e poi, senza distogliere lo sguardo, lo indossa.

Mi allontano da lui in ginocchio, con il culo rivolto al bordo del letto dove si trova lui, guardandolo da sopra la spalla. In attesa.

«Cristo, Bell.» Il suo palmo scivola sul mio sedere. «O mi salverai o sarai la mia morte.» Poi fa un passo avanti e spinge dentro di me quell'uccello enorme, aggrappandosi ai miei capelli. A ogni stoccata mi infiamma dentro, fino a quando non restiamo solo io e lui e questo incredibile bisogno che ci unisce.

Proprio quando sento il panico salirmi nel petto, il bisogno di ritirarmi emotivamente e lasciare che sia quello che deve essere, solo una bella scopata, lui inizia a stimolarmi il clitoride, regalandomi l'orgasmo più intenso della mia vita.

Prima che il mio corpo crolli per l'assalto delle sensazioni, Chase mi solleva il busto, tenendomi contro il suo petto mentre continua a penetrarmi, prolungando l'impetuosa tempesta di piacere che si abbatte sul mio corpo.

Quando le onde si placano, si tende contro di me e mi stringe le spalle, venendomi dentro.

Crolliamo sul letto, i respiri pesanti fusi nella notte. Passano alcuni minuti prima che la mia mente cominci a ricomporsi. Il letto si muove quando Chase si allontana per un attimo, probabilmente per occuparsi del preservativo. Non mi muovo. Non riesco.

Un attimo dopo torna, prende il mio corpo ancora debole tra le braccia e mi bacia la tempia.

«Due giorni non saranno sufficienti, Bell.»

Non rispondo. I suoni della città tornano a filtrare nella mia mente. Prendo coscienza del corpo di Chase avvolto intorno a me. Il calore, i muscoli duri, il ritmo costante del suo cuore.

Il panico che mi ha minacciato prima si è placato. Ma non abbastanza da far tacere il mio ultimo pensiero prima di addormentarmi. *Due giorni è tutto ciò che posso dare.*

Capitolo Quindici

Bell

Fingere di dormire è estenuante. Ieri sera sono crollata dopo il terzo round. L'oblio del sonno beato indotto dall'orgasmo è stato meraviglioso. Ma non appena i rumori della città si sono destati, mi sono svegliata anch'io e ora la mia mente non smette di girare.

Otto anni fa sono morti i miei genitori. Nel mio dolore, ho accettato di dare alla mia collega Denise il progetto finito a cui stavo lavorando per poter tornare a casa per il funerale.

Rientrata a New York, ho scoperto che si era presa il merito del mio lavoro. Quando ho provato a dire la mia, lei ha cercato di rovinarmi.

Ero stata stupida, sopraffatta dal dolore e, francamente, troppo ingenua per pensare che qualcuno se ne sarebbe approfittato. Consegnare il progetto aveva dato a Denise una scusa per usare il mio computer, non solo per prendersi il merito, ma anche per inviare e-mail ridicolmente sexy ai nostri clienti dal mio account. Alla luce di tutto ciò, la mia denuncia dell'appropriazione indebita di lavoro è caduta nel vuoto. Con le lamentele dei clienti che si susseguivano, sono stata licenziata. Scortata fuori dall'edificio dalla sicurezza, con un marchio d'infamia sul mio nome.

Capisco che questo è diverso da quello di cui sono stata accusata anni fa. Sono il capo di me stessa. Nessuno mi licenzierà dalla mia azienda. Potrei perdere il contratto con Moore's, ma sopravviverei. La King Marketing sopravviverebbe. Ma si tratta pur sempre della mia reputazione. Una reputazione che ho dovuto riparare cambiando il mio cognome quando altre società di marketing mi hanno messa in cattiva luce dopo le bugie che Denise ha diffuso su di me e le e-mail sconce inviate dal mio account.

Chase e io possiamo essere adulti consenzienti e coinvolti, come hanno dimostrato gli orgasmi multipli della scorsa notte, e nessuno di noi due è in competizione con l'altro sul lavoro, ma la situazione è comunque pericolosa.

Che ci piaccia o no, una donna che va a letto con qualcuno con o per cui lavora viene giudicata dieci volte più duramente di un uomo. Soprattutto quando quell'uomo è bello e ricco.

La cosa ancora più spaventosa è che questa volta potrebbe essere in gioco non solo la mia reputazione professionale, ma anche il mio cuore. Al momento batte a mille mentre penso ai vari scenari imbarazzanti che mi aspettano quando questa storia tra me e Chase andrà a rotoli.

Scenario numero uno: Chase è seccato che io sia ancora qui al mattino. Me ne vado e il lunedì mattina è imbarazzante. Mi licenzio o, più probabilmente, lui mi licenzia.

Scenario due: dopo i nostri due giorni, perde interesse. Devo mantenere un contegno mentre lavoriamo insieme per circa un mese, e lui esce con altre donne. Mi licenzio o, più probabilmente, lui mi licenzia.

Scenario tre: non voglio prolungare il nostro rapporto oltre i due giorni concordati. La sua rabbia si ripercuote sul lavoro. Mi licenzio o, più probabilmente, mi licenzia.

Scenario 4: io...

«Buongiorno.»

Fantastico. Chase è sveglio. E sa che lo sono anche io.

La mia finzione non è servita a nulla.

Dischiudo un occhio e mi godo la fantasia mattutina che mi si presenta davanti. Chase, steso sulla schiena, con i capelli ritti in testa, un'ombra di barba e gli occhi assonnati.

Non è mai stato così bello.

«Buongiorno,» borbotto, visto che probabilmente ho l'alito cattivo.

I suoi occhi sonnacchiosi si illuminano nel posarsi su di me. Oltre all'alito mattutino, ho le pieghe del cuscino sul viso e non parliamo delle sbavature di mascara sotto gli occhi.

«Indovina un po'?» mi chiede, con la sua solita voce sexy che è dieci volte più intensa quando è ancora roca di sonno.

«Cosa?»

«Ho un alito mattutino devastante.»

E in un attimo mi ritrovo a ridacchiare, la tensione che avevo accumulato dentro di me si allenta e tutto sembra essere a posto.

«Ti capita spesso di fingere di dormire al mattino?»

Gli lancio un'occhiataccia. «Molto divertente.»

Lui, infame, sorride con aria di sufficienza. «Scommetto che stavi contando gli ultimi orgasmi.»

Sbuffo.

«Rivivendo il miglior sesso della tua vita. Sai, il sesso di poche ore fa.» Indica un punto del materasso tra noi. «Proprio qui.»

«Il miglior sesso della mia vita, eh?»

Si appoggia alla testiera con le mani dietro la testa. «Sì.»

«Ci sentiamo un po' arroganti, vero?»

«Arrogante? Io?» Mi sorride. «No, sono solo sicuro di me.»

«Ah-ah.» Abbraccio il cuscino e vi appoggio il mento. «In realtà stavo pensando alla patata.»

Chase si raggomitola, tossendo una risata. «Cosa?»

«Lo sai.» Abbasso la voce con fare ammiccante. «La patata.»

«Patata,» ripete, come se non riuscisse a credere a quello che sto dicendo.

«Sì.» Mi avvicino di più. «Patata liscia e bagnata.»

I suoi occhi scorrono sulla mia schiena esposta, sul lenzuolo drappeggiato sul sedere. Il sorriso svanisce lentamente, mentre il lenzuolo intorno alla sua vita inizia a sollevarsi.

«Mmh... patata.» Praticamente faccio le fusa.

Chase si lecca le labbra e io scoppio a ridere.

«Aspetta. Cosa? Cosa c'è di così divertente?»

Continuo a ridere, con la faccia nel cuscino, ma faccio un cenno con il pollice in direzione della porta.

Dove Mike Hunt è attualmente seduto, a gamba tesa, a farsi il bidet.

«Argh. Mikey. Che cazzo, amico?» Afferra uno dei numerosi cuscini e lo lancia contro il gatto. «Mostra un po' di decoro.»

Io rido finché Chase non mi strappa il guanciale e mi colpisce sul sedere. Quello che segue è una perversa lotta con i cuscini tra un uomo con l'alito mattutino e una donna con gli occhi da procione, entrambi nudi e in piena vista di una patata bagnata e senza peli.

Alla fine, ho aggiunto altri due orgasmi al mio conto.

Non è stato un brutto modo di iniziare la giornata.

* * *

Chase

Questa mattina spacca.

Nemmeno Mike che mi spiava dall'ingresso mentre ero

immerso a fondo dentro Bell durante l'ora del pisolino mattutino è riuscito ad attenuare questa sensazione di euforia.

La creaturina mi guarda mentre aspettiamo Campbell in cucina. Gli ho già dato da mangiare, ma probabilmente devo a quello scroto su zampe uno o due biscottini per essere stato il precursore di una battaglia di cuscini da nudi.

Voglio dire, andiamo. Questa è una cosa da registrare. Gli uomini fantasticano sulle lotte di cuscini in mutande, ma partecipare davvero a un incontro con una donna sexy e nuda? Ho vinto, amico. Ho vinto.

«Sei pronta?»

E a proposito di fantasie maschili...

«Cosa c'è?» Abbassa lo sguardo, facendo scorrere una mano sulla mia camicia bianca Tom Ford che indossa, tenuta ferma da una delle mie cinture Louis Vuitton.

Essendo un discendente di magnati del lusso, i miei vestiti sono sempre stati alla moda. Ma fino a questo momento, potevano anche essere degli stracci.

E se guardo troppo a lungo quelle splendide gambe esposte e lentigginose, che finiscono in quegli strambi stivali da cowboy che sono la quintessenza di Campbell, non lasceremo mai questo appartamento. Il poco sangue rimasto nel mio testone è impegnato ad aiutare la mia mente a evocare scenari sexy in cui quegli stivali sono appoggiati sulle mie spalle. Questo particolare pensiero non aiuta la situazione ai piani bassi.

«Chase?»

Chiudo la bocca e cerco di allontanare le fantasie. «Sì?»

Lei inclina la testa di lato, e i capelli le ricadono su una spalla. «Tutto bene?»

«Sì.»

«Allora perché stai guardando il pavimento?» C'è una vibrazione nella sua voce, e scommetto che è dovuta al divertimento.

Vorrei vedere quanto si divertirebbe con un palo di oltre venti centimetri nelle mutandine.

Mi schiarisco la gola e cerco di darmi un contegno. «Mi sto solo assicurando che Mike non abbia combinato nessun pasticcio.» Come se si fosse accorto che l'ho tirato in ballo, Mike si gira a culo nudo verso di me e se ne va.

Dando a Bell quello che spero sia uno sguardo annoiato e indifferente, faccio un gesto verso la porta dell'ascensore. «Andiamo?»

Non deve credere alla mia scusa né al mio sguardo, perché rotea gli occhi e si avvicina a Mike. Se quel dannato gatto avesse i peli, in questo momento starebbe inarcando un sopracciglio compiaciuto.

«Fai il bravo, Mikey,» dice, chinandosi per accarezzarlo. Giuro, è come se non volesse lasciare l'appartamento, agitando il culo in quel modo.

Mike fa le fusa, guardando ancora nella mia direzione.

Stronzo.

Ma anche se devo sistemarmi mentre la mia ragazza mi accarezza la patata, questa mattina è comunque fantastica. Perché Bell è qui. Ho due giorni interi con questa donna meravigliosa. E anche se è stata una lotta convincerla ad accettare, sto sfruttando al massimo il tempo che abbiamo.

La giornata non fa che migliorare quando, senza alcun preavviso, lei infila la mano nella mia prima di entrare in ascensore con me.

«Meno male che tuo padre non ci vedrà,» osserva, appoggiandosi a me mentre premo il pulsante per l'ingresso.

Io rabbrividisco, facendola ridere. «Ops, scusa.»

«Sì, che ne dici di *non* parlare di mio padre per i prossimi due giorni?»

Mi stringe la mano. «Rovina un po' l'atmosfera, non è vero?»

«Si può dire così. Stan è come l'anti-Viagra.»

Ride di nuovo, e i seni vibrano contro il mio braccio. Io gemo.

Guardando con attenzione il rigonfiamento dei miei jeans, dice: «Forse potrebbe servirti un po' di anti-Viagra.»

Le porte dell'ascensore si aprono e Bell fa per uscire, ma io la tiro indietro.

«Il mio cazzo non può farci niente.» La appoggio con la schiena al muro, sostenendola con le braccia. «C'è qualcosa in te e negli ascensori che lo fa scattare sempre sull'attenti.»

«Sull'attenti?» Una risata sommessa mi solletica il collo. «È una frase orribile, signor Moore.»

Insieme, come se fosse una coreografia, le mie mani scivolano lungo la parete metallica dell'ascensore fino al suo culo, mentre le sue salgono a cingermi il viso e io chino la testa verso la sua.

«Signor Moore?»

Mi fermo, le labbra a un soffio da quelle di Bell, e sospiro.

Volto il capo a sinistra e vedo Duke, il portiere della reception, che ci tiene aperta la porta dell'ascensore, badando bene a tenere lo sguardo distolto.

«Salve, Duke.»

«Buongiorno, signor Moore,» ribatte, continuando a guardare altrove. «Oggi c'è bel tempo.»

Bell ridacchia, mi accarezza l'erezione come ha fatto con Mikey un minuto fa e afferra una delle mani che ancora le stringono il sedere. «Sì, Duke. Tempo splendido. Un'ottima giornata per una passeggiata in città.» Mi trascina fuori dall'ascensore e nel sole accecante che filtra dalle finestre dell'atrio.

«Sì, signora.»

Lei si ferma. «Niente signora, Duke. Solo Bell.»

«Bell?» Le sopracciglia grigie e cespugliose di Duke si uniscono e sembrano quelle di un grosso bruco anziano.

Annuisce una volta. «Sì, Bell.» Sorride e allunga la mano. «Piacere di conoscerti, Duke.»

Duke la prende tra le sue e ricambia il sorriso. «Anche per me è un piacere, Bell.»

E proprio così, un'altra persona si è lasciata conquistare dal suo fascino.

Bell mi strattona la mano e mi tira verso le porte. «Andiamo, lumacone. Sono secoli che non passeggio per la città, e non avrei potuto chiedere una giornata migliore.»

Saluto il portiere e le tengo aperta la porta. «O una compagnia migliore.

Bell sbuffa una risata. «Questo è ancora da vedere, signor Moore. Cosa avevi in programma?»

Un requiem suona e ci fa bloccare entrambi. In fretta e furia, estraggo il telefono dalla tasca e rifiuto la chiamata.

«Un requiem? Chi ha l'onore di questa suoneria? Il padre-che-non-deve-essere-nominato?»

Sorrido e scuoto la testa; non voglio parlare della suoneria aggiunta di recente per mio fratello.

Le lascio la mano e le accarezzo la guancia, gli zigomi. «Non è nessuno di cui dobbiamo preoccuparci.»

Poi il mio braccio scivola intorno alle sue spalle nello stesso momento in cui il suo si avvolge intorno alla mia vita.

Il sole splende, la brezza è fresca e ho una ragazza sexy con me.

Niente può rovinare questa giornata.

Capitolo Sedici

Chase

La giornata è andata gloriosamente a rotoli.

Sapete quanti ristoranti ci sono a New York? O anche solo a Manhattan?

No? Beh, neanche io, ma sono un sacco. Giuro.

E tra tutti questi ristoranti che attirano la folla di Millennial, incluso me, la mia famiglia è riuscita a beccarmi. O meglio, io a beccare loro.

Ho portato Bell a fare un brunch alla Boucherie nel West Village. Un po' pretenzioso, ma è il locale migliore.

Ora mi dico che avremmo fatto meglio ad andare da McDonald's e tanti saluti.

«Che succede?» Campbell mi tiene una mano sul petto, il corpo contro il mio, tra le mie braccia. Siamo in fila dietro un terzetto di ragazze alla postazione della hostess; le tre bloccano la vista di Campbell del ristorante, ma non la mia.

«Niente. Tutto a posto.» E così è, per il momento. Riesco a distinguere mio fratello, che per fortuna ci dà le spalle. «Forse dovremmo andare da un'altra parte.»

«Davvero?» Bell sbatte le palpebre. «Ma eri così entusiasta quando ti ho detto che non ero mai stata qui. Hai detto che volevi farmi provare qualcosa di nuovo.»

La nostra limitata copertura salta quando la hostess prende tre menù e conduce le giovani al loro tavolo.

Volto le spalle a Thomas nel tentativo di schermarci dalla sua vista. «Lo so, ma...»

«Chase?»

Cazzo. Abbasso la testa per un attimo, poi mi arrendo all'inevitabile e mi giro verso mio fratello. Thomas, le sopracciglia corrugate nel suo classico cipiglio, alza lo sguardo dal tavolo. Mia madre gira sulla sedia, verso Bell e me.

Cerco di sorridere, ma temo sia più che altro una smorfia.

Thomas fa quel suo stupido, fastidioso sorriso affascinante. «Sei proprio tu.»

Non si limita a un cenno della mano o del capo, come ha fatto per tutte le nostre vite. No, il bastardo deve alzarsi, badando a riporre il tovagliolo sulla sedia, che spinge indietro mormorando un educato "Chiedo scusa" a nostra madre, per poi raggiungerci.

È come leggere un manuale su come essere il perfetto stronzo pomposo.

«Come stai?» Mi tende la mano, e se non la prendo, sarò io a passare per stronzo.

Lascio riluttante Campbell e gliela stringo.

Fratelli. Che si stringono la mano. Siamo proprio rovinati.

«Bene.»

Guarda Campbell, poi di nuovo me. Sospiro internamente. All'esterno, sorrido e faccio le presentazioni.

«Campbell, questo è Thomas Moore.»

Lei sposta lo sguardo tra noi, come se cercasse di capire la dinamica. «Tuo fratello,» afferma, come se il nostro comportamento non lo rendesse chiaro. Quando annuisco, lei gli porge la mano. «L'ho riconosciuta dalla foto nell'ufficio di Chase.»

«Foto?» domanda lui, guardandomi perplesso.

Grandioso. Non sia mai che il bastardo mi ritenga un sentimentale. «Roba lasciata lì da Stan.»

«Oh.»

Sembra deluso. Probabilmente sperava di subodorare qualche debolezza per convincermi a vendere la compagnia.

«Signor Moore?»

Sia io che Thomas ci voltiamo verso la hostess, che regge due menù.

«Signor Chase Moore?»

Faccio un passo in avanti, assicurandomi di prendere la mano di Bell.

La giovane impiegata sorride. «Il tavolo è pronto.» Inclina il capo nella direzione opposta rispetto al tavolo di Thomas, per fortuna. «Se volete seguirmi...»

«Certo.»

«Non occorre,» interviene mio fratello, spostando lo sguardo su Campbell. «Venite a sedervi con me e la mamma. Siamo appena arrivati anche noi. Ci farebbe piacere.»

«Non preoccuparti,» ringhio. «Non voglio interrompere un momento in famiglia.»

Tocca a Campbell assumere un'espressione interrogativa.

«Chase,» interviene una familiare voce femminile.

Con un sospiro, mi volto verso la donna. «Ciao, mamma.» Metto un braccio sulle spalle di Bell e la attiro a me, non so se per rassicurare lei o me.

Ma chi voglio prendere in giro? È per me, questo gesto. Ho paura di una donna in un tipico completo azzurro di Chanel. È un tale stereotipo che non dovrebbe essere alla moda, ma è Chanel, e lo indossa mia madre, quindi lo è. Lei guarda Campbell con un sottile sopracciglio sollevato. «Su, venite a sedervi con noi.» Quindi ruota sui tacchi delle costose scarpe in tonalità nude e torna al tavolo.

Fantastico.

* * *

Bell

Imbarazzante.

La parola mi si ripete in loop nella testa. Questo è molto diverso dalla serata con Liz. In confronto alla sua compagnia, qui sembra di stare al funerale dell'amante segreto di qualcuno.

La madre di Chase, Emily Moore, raddrizza le posate e liscia la tovaglia bianca davanti a sé. Per la terza volta in altrettanti minuti.

Chase fissa la saliera come se gli avesse fatto un torto personale, e solo la vista del contenitore frantumato possa soddisfarlo. Non ho più la sensibilità nelle dita, visto che sta incanalando quella stessa aggressività da trucco mentale Jedi nella stretta mortale che ha sulla mia mano. Per fortuna nessuno vede le mie dita morte, visto che sono intrecciate alle sue e nascoste sulla panca che condividiamo.

«Allora...» Thomas si schiarisce la gola, rompendo infine il silenzio. Quel terribile silenzio imbarazzato. «Non hai risposto alle mie chiamate.»

Le dita di Chase pulsano forti sulle mie, poi mi lascia andare e si concentra sul fratello. «Chissà perché.»

Thomas sospira, e non è un suono piacevole. È come un genitore frustrato che cerchi di insegnare a un poppante a usare un cucchiaio. «Senti, lo so che...»

«Buonasera, sono Stacey e sarò la vostra cameriera. Posso portarvi qualcosa da bere mentre guardate il menù?»

«Un Bloody Mary.» Quasi lo urlo, e me ne rendo conto

perché la madre di Chase sobbalza. Abbasso il volume. «Un Bloody Mary, per favore.»

«Certo.» Stacey si appunta il mio ordine sul blocco. «Altro?»

«Per me dell'acqua,» risponde la signora Moore, le labbra tese in un sorriso forzato.

«Anche per me,» mormora Thomas.

Sto per cambiare l'ordine e copiare il loro. Insomma, se vogliono gestire l'imbarazzo da sobri, posso adattarmi.

Poi Chase interviene. «Solo acqua, mamma? Che novità.»

La signora Moore sbatte le palpebre, Thomas stringe gli occhi, Stacey inarca le sopracciglia di fronte all'aura rabbiosa emanata da Chase. Dio, quanto voglio quel Bloody Mary.

La furia di Chase sembra evaporare quando si rivolge alla cameriera. «Un Bloody Mary anche per me, Stacey.» Le sorride e le fa l'occhiolino, sfoderando tutto il suo fascino. Stacey si rilassa visibilmente, si segna l'ordinazione e gira sui tacchi per andare in cucina.

«Non era necessario,» lo ammonisce Thomas. E anche se concordo con lui, mi ricordo di essere nel Team Chase. Senza contare che non voglio attirare troppa attenzione su di me. Chase mi ha presentata solo come Campbell King. Preferirei non lasciare che due degli azionisti di Moore's facciano scoppiare i miei due giorni di bolla scoprendo che mischio affari e piacere.

Inoltre, Thomas ha un'aria di sufficienza che detesto.

Altro silenzio. Dio, non ne posso più.

«Mi piace il suo abito,» butto lì.

Chase si irrigidisce al mio fianco, mentre Thomas sorride e abbassa lo sguardo su quello che è in effetti un impeccabile completo sartoriale, ma lo interrompo prima che possa parlare. «Scusi, mi riferivo a sua madre.»

Chase tossisce, ma so che sta solo nascondendo una risata.

Sapete come certe donne hanno la cosiddetta una faccia da

stronze a riposo? Ecco, Thomas a riposo ha la faccia da palo in culo. Il che è triste, perché è un bell'uomo. Capelli scuri acconciati alla perfezione, mascella scolpita, spalle larghe, fisico alto e atletico. Tutte cose che piacciono alle donne. E che, prima di Chase, anche io avrei apprezzato. Ma rispetto al fratello minore non c'è gara. Negli ultimi otto anni sono uscita solo con uomini seriosi e impettiti, pensando che la loro mancanza di fascino in qualche modo mi proteggesse dal rischio di fidarmi troppo presto di loro. È difficile fidarsi di un robot. O innamorarsene.

Scaccio la rivelazione e sposto gli occhi sulla signora Moore. «Il suo completo, dicevo. Il colore le dona molto.» E sebbene fosse solo un modo per riempire il silenzio, è in effetti la verità. La signora Moore ha una bellezza classica. Zigomi alti, viso a forma di cuore, pelle abbastanza liscia come capita ad alcune donne mature che ti fanno chiedere se sia merito della genetica o del chirurgo. I capelli biondo cenere appaiono così naturali che, se non fosse per la sua età, penserei fosse il suo vero colore; sono raccolti in uno chignon elegante. Niente trucco pesante o rossetto vistoso, solo una delicata palette di sfumature neutre e un lucidalabbra rosa.

Lo stupore le attraversa il viso. «Grazie, signora King. Molto gentile da parte sua.»

Agito la mano che finalmente ha riacquisito sensibilità. «La prego, mi chiami Bell.»

Un sorrisetto le incurva le labbra. «Bell. Che diminutivo grazioso.» Apre la bocca, la richiude, poi la apre di nuovo. «Allora devi chiamarmi Em. È molto che nessuno lo fa, ma mi è sempre piaciuto.»

Mi vedo una versione più giovane e spensierata di lei, simile a sua figlia Liz, che risponde al nome di Em con una risata. L'immagine mentale mi fa sorridere davvero per la prima volta da quando io e Chase ci siamo seduti al loro tavolo.

«Em sia, allora.»

Thomas riesce ad avere un'espressione educata e di disapprovazione al tempo stesso. Inizia a dispiacermi per lui. Non dev'essere comodo vivere con quel palo su per il culo. Chase sembra confuso, che è già meglio che furibondo. Non intendo chiedermi perché il suo turbamento mi metta così a disagio. Invece mi dico che sono solo arrabbiata e infastidita dal fatto che Thomas si stia intromettendo nei due giorni che mi sono data per godermi la compagnia di Chase senza sensi di colpa o vergogna.

Mi occupo di marketing. Posso far andare le cose come voglio io. E in questo momento, desidero solo che Chase si rassereni.

Faccio l'innocente e sbatto le ciglia rivolta a Thomas. «Quindi posso chiamarti Tom?»

Chase si lascia sfuggire una risata strozzata, la prima che gli sorga alle labbra.

«No.» La disapprovazione di Thomas non è così educata, ora.

«Tommy?»

«No.» Le narici fremono, cosa che chissà perché mi diverte. E diverte anche Chase, a giudicare dal sorriso che ha in faccia.

«T-Moore? Tom Bomb?»

«No.» Questa volta ringhia.

Sospiro per la sua incapacità di stare allo scherzo, ma direi che l'ho punzecchiato abbastanza. Ho ottenuto ciò che volevo, dopotutto: far sorridere Chase. Accidenti, persino Em sembra divertita.

«Ha sempre insistito perché si usasse il suo nome completo, anche da bambino,» dice lei, come a scusarsi per il figlio.

«Perché è quello il mio nome,» ribatte lui imbronciato.

Mi mordo il labbro per non ridere, perché è sempre buffo quando un uomo adulto mette il muso.

«Se volevate chiamarmi Tom o Tommy avreste dovuto mettere quello sul certificato di nascita.»

L'atteggiamento di Thomas non è cambiato, ma almeno Chase non appare più così teso. Gli prendo di nuovo la mano sotto il tavolo, grata che non me la stritoli.

«Non saprei, fratello,» dice con il suo solito sorriso. «C'è sempre Tallero. Suona bene.»

«Ecco le vostre bevande.» Stacey posa degli alti bicchieri guarniti con sedano, bacon e olive ripiene di formaggio erborinato davanti a Chase e me, poi serve l'acqua agli altri.

Chase beve un lungo sorso del suo Bloody Mary. «Accidenti, che buono.»

«Ottimo,» confermo dopo averlo assaggiato a mia volta. O meglio, tracannato. Okay, me ne sono scolato metà, e adesso sbatto forte le palpebre per evitare che gli occhi lacrimino.

«Il miglior Bloody Mary di Manhattan,» afferma Stacey con un sorriso, ignorando deliberatamente l'atmosfera tesa al tavolo. «Avete già guardato il menù o preferite aspettare?»

«Ancora un minuto,» risponde Thomas.

Stacey fa un cenno con il capo e se ne va.

Grandioso. Se ritardiamo ancora un po' l'ordinazione, questo brunch non finirà mai. Non che non sembri già eterno. Sbocconcello la guarnizione del mio drink. Tra il bacon, il sedano e le olive, direi che copro tutti i principali gruppi di alimenti; conta come brunch in bicchiere.

«Ora, se solo ti degnassi di ascoltare...» Thomas guarda male il fratello.

Il sorriso scivola dal viso di Chase.

«Ho provato a informarti che Moore's...»

«Stai. Zitto.»

Spalanco la bocca per lo sguardo omicida e il tono velenoso di Chase. Lui si sporge verso il fratello. «Hai perso il diritto di *informarmi* di qualsiasi cosa riguardi Moore's quando hai scaricato l'azienda di famiglia con tutti i suoi problemi e te ne sei lavato le mani, settimane fa. Non ti permetto di telefonarmi, aspettandoti che ascolti qualsiasi cazzata tu reputi importante. Hai perso quel diritto anni fa, quando te ne sbattevi di quello scarto del tuo fratello minore per leccare il culo di Stan neanche fosse la tua passione.»

Questa volta sono io a strozzarmi con una risata.

«Chase, caro,» prova a placarlo Em, tendendo la mano attraverso il tavolo per posarla sulla sua.

Chase si ritrae all'istante. «No.»

Em si blocca. La tristezza nei suoi occhi mi colpisce, ma Chase non la nota, o ne è immune.

«Non chiamarmi "caro", *Em.* A parte non aver obiettato al farmi prendere la gestione di Moore's, che non è granché come appoggio, non ti sei mai schierata dalla mia parte in tutti questi anni. Quindi non fingere che questo incontro improvvisato sia qualcosa di diverso da un tentativo di riportarmi nei ranghi di ciò che il figlio prediletto vuole.»

Suddetto figlio prediletto mette di nuovo il broncio. Evito lo sguardo di tutti e prosciugo quel che resta del Bloody Mary. Purtroppo, succhio troppo forte dalla cannuccia. Il forte rumore attira su di me la rabbiosa attenzione di Thomas.

«Stan aveva ragione su una cosa, fratello. Appena ti sei seduto al comando di Moore's, ti sei fatto distrarre dalla prima bella donna che ci hai trovato.»

Mi paralizzo. Alcol e spezie non scacciano il gelo che le parole di Thomas mi causano.

Poi prosegue: «Come sta andando la campagna di marketing, *Bell*? La King Marketing ha tutto ciò che le serve per ridare vita a Moore's? Spero tanto che ti paghi bene per i tuoi sforzi. Anche quelli *sotto la scrivania.*»

Em annaspa e fissa a occhi sbarrati il figlio maggiore. «Thomas...»

Per un istante, Thomas sembra sconvolto. Ma non ne sono certa, perché sono troppo occupata a cercare di ricordarmi come si respiri. Puntini neri mi si formano nel campo visivo. Ecco, questo è ciò di cui avevo paura.

Quando riesco a riprendere fiato, Chase mi trascina via dal tavolo, quasi andando a sbattere contro la povera Stacey.

«Congratulazioni, Thomas,» gli dice, prendendo il portafogli. «Alla fine sei diventato nostro padre.»

Questa volta colgo l'espressione di Thomas. Sembra sul punto di vomitare.

«Ecco.» Chase infila due banconote da cento dollari nella mano della cameriera. «Scusa se ti abbiamo occupato il tavolo. Questo dovrebbe bastare per il tempo che ci hai dedicato e i drink.»

La morsa ferrea torna a serrarmi la mano.

Mi conduce fuori dal ristorante.

Capitolo Diciassette

Chase

Appena fuori dalla quieta tranquillità del ristorante di lusso, la cacofonia della città mi colpisce. La mano di Bell stretta nella mia è l'unica cosa che impedisce alle emozioni che mi si dibattono dentro di implodere.

Sono a metà del quartiere quando mi rendo conto che Bell mi sta strattonando per fermarmi.

«Che diavolo è successo là dentro?» ansima quando lo faccio.

Un newyorkese di fretta le sbatte contro, e io mi volto per schermarla, spingendola vicino al muro e via dal traffico pedonale.

Cerco di placare il respiro, ansante quanto il suo. Per lo sforzo, la rabbia, la sofferenza, chissà. «Quella,» e indico dietro di noi con la testa, «era un'imboscata, pare.»

«Un'imboscata?» Il sorrisetto di Bell si incrina, poi svanisce quanto si accorge che sono serio. «Pensi davvero che Thomas ed Em l'abbiano fatto apposta?» Quando non rispondo, sbuffa. «Come avrebbero potuto sapere che saresti stato lì, Chase? È assurdo.»

Che prenda le loro difese mi irrita da morire. Tanto quanto la sua logica. Non conosce la storia della mia famiglia. Non conosce loro. Non avrebbe mai neanche dovuto incontrarli.

«Oh, sono sicuro che Thomas e la tua nuova migliore amica *Em* siano stati in grado di trovare un modo,» ringhio.

Bell fa un passo indietro e sfila la mano dalla mia. «Aspetta, sei arrabbiato con me? Perché mi tratti come se fossi la cattiva di questa storia?»

Fletto le dita. Mi manca il contatto con lei. Traggo un profondo respiro per riprendermi dalla sua lontananza. Non mi piace quanto in fretta il suo tocco mi calmi. Ma odio ancor di più che lei si ritragga da me.

«Ho partecipato al brunch più sgradevole della storia del brunch, senza neanche arrivare a mangiare, finito con tuo fratello che insinua che io sia un qualche tipo di sgualdrina del marketing, che poi è l'esatto motivo per cui non volevo iniziare qualcosa con te, e sei incazzato con *me*?»

Cazzo. «No. Ovviamente no.» Mi passo la mano tra i capelli e tento di calmarmi. «Scusa, sono solo... è che... io e mio fratello non andiamo d'accordo.»

«Davvero? Chi l'avrebbe mai detto.» Il sarcasmo accentua la sua cadenza del sud. Si pianta le mani sui fianchi. Quando non parlo, inarca un sopracciglio, sfidandomi.

Tossisco. «In realtà non vado d'accordo con tutta la mia famiglia.»

Fa un sospiro esasperato. «E Liz? Ieri sera mi siete sembrati molto uniti.»

Il ricordo della serata di ieri, delle risate tra Bell e Liz mi tranquillizza. «Okay, ma solo con lei.»

Inclina la testa di lato in quel suo modo adorabile, come fa sempre quando cerca di capire qualcosa.

«Liz prova lo stesso per gli altri membri della famiglia?»

«Ah, no, in realtà no.» Sono solo io la pecora nera. Quello mai all'altezza. «A parte mio padre, che perlopiù la ignora, Liz va d'accordo con mia madre e mio fratello.» Faccio una pausa e ricordo Liz che definisce Thomas uno stronzo. «Penso. Non gliel'ho mai chiesto. Non ne parliamo mai quando siamo insieme.»

«Capisco.»

Immagino. È troppo intelligente, troppo sveglia per non notare che sono io la mela marcia. L'ultima scelta per la gestione dell'azienda. Quello che si fa prendere la mano, laddove Thomas resta freddo e pragmatico. Oggi è stata l'ennesima occasione in cui lui ha fatto bella figura. Il figlio prediletto vince ancora.

«Thomas è un po' uno stronzo.»

Il suo commento mi stupisce al punto da strapparmi una risata.

Piega la testa dall'altro lato con un sorriso su quelle splendide labbra. «Cosa? È uno di quei casi in cui tu puoi insultare la tua famiglia, ma nessun altro deve permettersi?»

Tendo la mano e la infilo sotto la sua, ancora appoggiata al fianco. Mi fa piacere che, invece che lasciar ricadere le braccia, le sollevi a cingermi il collo. «No, no. Insulta pure.» La stringo più forte, e per fortuna me lo lascia fare. Mi permette di sfiorarle la punta del naso con il mio.

A quel punto sorride davvero, e il suo corpo è a contatto con il mio. «Che ne dici se, invece che perdere tempo dietro a tuo fratello, andiamo a prenderci dei tacos per colazione?»

«Tacos per colazione?» Il mio sorriso si allarga. Incredibile che riesca a farlo, dopo un incontro con Thomas. «Sicura? Potrei trovare un posticino da Wolfgang's per un brunch tardivo eccezionale.»

«Nah. A chi servono le tovaglie di lusso quando puoi avere carta stagnola e chorizo?»

«Signora King, ora sì che ci capiamo.»

E anche qualcosa in più.

* * *

Un lungo sorso di cola placa il piccante del chorizo. Bell aveva ragione: questo è ciò di cui avevamo bisogno.

Siamo seduti su una panchina in Central Park; per una volta, il silenzio è sereno mentre alterniamo occhiate ai passanti e morsi di tacos piccanti.

«Sono eccezionali.» Sollevo quello che ho in mano. «Non posso credere di non averli mai assaggiati prima.»

«E io non posso credere che la bancarella sia ancora lì dopo tutti questi anni.» Si pulisce una goccia di salsa dal mento. «Mi è mancata New York.»

Il suo sorriso è contagioso, così come la sua gioia per essere tornata in città. Ma qualcosa mi turba.

«Non capisco. Se ami tanto la Grande Mela, perché tornare in Texas?»

Tace, e sospetto di aver colpito un nervo scoperto. Se io non voglio entrare nei dettagli sulla mia famiglia, lei si chiude a riccio quando si parla di lei e del suo trasferimento al sud.

«Il lavoro che ho trovato dopo il college non è andato a buon fine,» spiega infine.

«Ma ci sono tante agenzie qui. Con la tua formazione ed esperienza, anche se neolaureata, avresti potuto trovare facilmente un altro impiego.»

Scrolla le spalle, poi, con un ultimo grande morso, finisce il taco. Ha la bocca così piena da non riuscire a parlare. Invece si alza e raggiunge il bidone più vicino, dove getta stagnola e bicchiere prima di spostarsi verso uno street artist, mettendo così fine alla conversazione.

Mi caccio in bocca quel che resta del taco e la seguo, cercando di bandire il fastidio. Non mi sarei aperto sul resto della mia famiglia se non li avesse incontrati. Ma visto che è successo, dovrei essere grato che voglia ancora godersi i due giorni che abbiamo concordato, invece che scappare verso la più vicina stazione della metro.

Devo ricordarmi qual è il mio piano. Rendere il giorno e mezzo che ci rimane così incredibile da spingere Bell a volerne di più. I segreti possono attendere.

* * *

Bell

«Okay, ora cosa facciamo?» chiedo dopo che Chase ha buttato l'involto del taco.

Lui mi scruta per un attimo, come a dirmi che si è accorto che ho cambiato argomento, ma mi dà comunque l'opportunità di rispondere alla sua domanda precedente. Mi limito a fissarlo di rimando finché sospira e si guarda l'orologio.

«Avevo in programma di noleggiare uno yacht per salpare lungo l'Hudson.» Si sfila il cellulare dalla tasca. «Chiamo per vedere se c'è posto.»

Per quanto l'idea mi piaccia, visto che, da brava persona normale, è qualcosa che non ho mai fatto, sento che Chase non ha ancora superato l'imboscata della sua famiglia. O la mia mancata risposta. La sua postura è rigida, il sorriso non gli raggiunge gli occhi.

Per motivi ignoti, ho bisogno di tirargli su il morale.

Forse mi sento in colpa perché durante il brunch ho pensato di piantarlo in asso. Non ne sono fiera. Ma sinceramente, se Chase non mi avesse trascinata via dal tavolo quando l'ha fatto, gli sarei strisciata sopra per raggiungere la porta, lasciandolo al suo destino e alla sua famiglia. Oppure, più probabile, mi sarei sporta sul tavolo per togliere quell'aria compiaciuta dalla faccia di suo fratello a suon di schiaffi.

«Ho un'idea migliore.» Lo prendo a braccetto e gli appoggio il mento alla spalla.

Un po' del sorriso gli sale agli occhi. «Ah sì?»

Annuisco. «Fidati, ti piacerà.»

Aggrotta la fronte, e in risposta sbatto le ciglia.

«Okay,» ridacchia, e il cipiglio si attenua. «Fai strada.» Indica il sentiero davanti a noi, che ci condurrà fuori dal parco.

Lo ricompenso con un bacio sulla guancia e ci conduco nella direzione giusta, lieta che l'ombra ossessiva del dramma familiare e i silenzi imbarazzanti siano solo ricordi. Dalla morte dei miei genitori, ho imparato ad amare la mia vita solitaria, libera da scomode dinamiche di parentela. Anche quando erano vivi, non ce n'erano. Alla loro età, erano troppo stanchi, troppo saggi o entrambe le cose.

Di colpo vengo spinta di lato.

«Ehi, amico, attento.» Chase si ferma e sorregge il ragazzino che gli è andato a sbattere contro, poi si accuccia. «Tutto bene?»

Il bambino spalanca gli occhi e annuisce; i capelli scuri sono tutti in piedi. Avrà cinque o sei anni.

«Ethan!» grida un altro bimbo, correndoci incontro. «Scusi, signore.» Mette una mano sulla spalla di Ethan. Dev'essere suo fratello. Stessi occhi, stesso mento, stessa zazzera, ma qualche anno in più.

«Non preoccuparti.» Chase sorride e si rialza. Il bambino più grande prende Ethan per mano e lo riporta sul prato. Ethan, con la mano libera, saluta Chase.

«Che carino,» dice rispondendo al saluto con sguardo pensieroso.

Guardando i due fratellini, mi chiedo se Thomas si sia mai preso cura così di lui. Se l'abbia tenuto per mano. L'espressione malinconica di Chase mi convince che sta pensando la stessa cosa.

Quando ero piccola, ero invidiosa dei miei amici, con tutti i loro fratelli e sorelle e gli affollati pranzi del Ringraziamento. Ovviamente vedevo anche le prese in giro tra fratelli, o l'insistenza dei genitori per condividere i giocattoli. Solo allora preferivo essere figlia unica.

E oggi, dopo l'incontro con Thomas, ne sono particolarmente grata. Non avrò una sorellina fantastica come Liz, ma neanche un fratello maggiore stronzo come Thomas.

In lontananza, una donna raggiunge Ethan e suo fratello; abbraccia il più piccolo, poi gli sventola il dito davanti. Segue un altro abbraccio, e uno ulteriore per il più grande.

Un'immagine della madre di Chase mi compare nella mente. Durante il brunch mi è sembrata piacevole, ma non mi ha dato l'idea di essere una da abbracci. Per un istante mi chiedo come Chase e Liz abbiano acquisito la loro capacità di esprimere affetto in modo così aperto.

La famigliola viene inghiottita dalla folla del parco, e Chase mi cinge con le braccia. «Allora, dove stiamo andando?»

Mi adagio contro il suo petto. «Nel mio posto felice.»

* * *

«Devo dire che il tuo posto felice e il mio posto felice non si assomigliano per niente.» Chase si guarda intorno e scuote il capo.

«Davvero?» Passo a un'altra sala del Museum of Modern Art. «E quale sarebbe il tuo, allora?»

Chase mi segue. «Dentro di te.»

Una signora trattiene il fiato, e Chase trasalisce. Non l'aveva notata. «Scusi, signora.» Mi indica con la testa. «Sa, mi fa impazzire.» La donna non sembra convinta, e lui le strizza l'occhio.

Accidenti, quel gesto riesce a far arrossire una delle donne più rigide che abbia mai visto, con tanto di borsetta, collant e cardigan gettato sulle spalle.

«Su, su, ragazza mia. Non sta bene tenere sulle spine un uomo così fascinoso,» mi dice lei come rimprovero.

Sono troppo presa in contropiede per fare altro che spalancare la bocca mentre lei lascia la sala, ma non prima di dare una pacca sulla guancia di Chase come se fosse un bravo bambino, e di augurargli buona fortuna.

Chase, con le mani dietro la schiena, si inoltra fischiettando nella sala.

«E quello che cazzo era?» No, dico, sono tornata indietro nel tempo? Il femminismo esiste ancora? Le donne possono votare?

«Campbell, per cortesia, bada a come parli,» mi sgrida ironico. «Non vorrai essere un'influenza ancora peggiore per me, no?»

«Oh, santo cielo,» sbuffo, marciando verso la sala adiacente.

«Aspetta, non hai neanche guardato questi quadri.» Mi segue, ma io continuo a camminare fino a trovare la stanza di mio interesse.

«Wow.» Chase è dietro di me, le mani sulle mie spalle. «Il tuo posto felice è insieme a uno strano tizio con una parrucca bianca.»

Lo guardo male.

Lui solleva le mani. «Ehi, non ti giudico.»

«Questo è Andy Warhol.»

Chase inarca un sopracciglio, e io sbuffo.

«Okay, d'accordo, era un tizio strano con una parrucca bianca.»

E riecco quel fastidioso sorrisetto sexy.

«Però era anche uno degli artisti pop più famosi in America.»

«Sì, quello della lattina di zuppa, giusto?»

Rido. Come dargli torto? In effetti è per quello che Warhol è particolarmente famoso. «Sì, la lattina di zuppa.»

Chase non dice altro, ma percorre il perimetro della sala, osservando le opere esposte.

Non vedevo l'ora di ammirare questa mostra dal mio primo viaggio a New York. Guardando Chase, che studia le opere di Lichtenstein, Indiana, Haring, e sì, di Warhol, sono felice di aver aspettato.

Mi sposto nella direzione opposta; ho bisogno di mettere distanza tra noi, ora che l'ho portato in un luogo così significativo per me. Ci incrociamo un'altra volta prima di trovarci al punto di partenza.

Chase si guarda intorno, le labbra contratte. «Sono stupito, ma non proprio.»

Rido, anche se suona poco spontaneo. «D'accordo, come vuoi tu,» riesco a dire. Non so perché mi sento così nervosa.

Quando mi guarda, non c'è il solito ammiccamento negli occhi. «Significa che sei così concentrata sul posizionamento del brand e sui concept strategici che mi dimentico che il marketing, nel suo insieme, è una faccenda piuttosto creativa. L'arte è importante.»

Annuisco.

«Come quell'allestimento di scarpe,» prosegue, e di nuovo annuisco al ricordo. «Quindi sono stupito da me stesso per essermi stupito quando siamo entrati qui. Perché in realtà è molto poco sorprendente che ti piaccia l'arte. Soprattutto la pop art.» Osserva il punto, sul muro opposto, dov'è appeso l'iconico *Campbell's Soup Cans*, in un posto d'onore. «Questo è tipo il marketing più costoso e memorabile di sempre.»

Sono fin troppo compiaciuta dalle sue parole. «Un modo interessante di vedere la questione.»

«Cosa? Mi stai dicendo che non ti piace la pop art perché in realtà è marketing d'alto livello?»

«No, cioè, lo è, perché è quello il concetto di base della pop art. Concettualizza oggetti della cultura popolare: pubblicità, fumetti, oggetti di uso comune, il tutto contrapposto a ciò che è elitista.» Indico l'opera con le lattine di zuppa, poi mi siedo sulla panca. «Ma non è per questo che mi piace. Non solo, almeno.» Indico il posto accanto a me, e la mano trema un po'. È passato molto tempo dall'ultima volta che ho condiviso con qualcuno questa parte di me. Mi rende tanto eccitata quanto nervosa.

Chase si accomoda e mi prende la mano. «Okay, sentiamo. Allora perché ti piace?»

Fisso i quadri dipinti a mano di Warhol, esposti su mensole come se fosse la sua prima mostra. Ripenso alla prima volta in cui ho sperimentato la pop art. «Mio padre.»

«Tuo padre?» Sembra sorpreso.

«Sì. Papà aveva la stampa con le lattine di zuppa appesa nel suo studio. L'ha portata a casa dal lavoro dopo la pensione.»

«Che lavoro faceva?»

«Gestiva un grande negozio di alimentari a sudovest di Houston. Diceva che, quando è stato promosso a capo manager, mamma gli aveva regalato la stampa per l'ufficio. Lui non è mai stato interessato all'arte e "a tutte quelle altre assurdità", come diceva sempre, però quell'opera di Warhol gli piaceva. Penso che avesse anche altre stampe, quella del Brillo e della Coca-Cola, ma quella della zuppa è la più iconica.»

Lui mi tocca la spalla con la sua. «Visto? Te l'avevo detto.»

«Già,» rido. «Warhol, il tizio della zuppa.»

Per un attimo mi perdo tra i ricordi, poi Chase mi riscuote. «Stavi parlando di tuo padre.»

«Ah, giusto. Ecco, un giorno stavo facendo i compiti di Storia e cercavo di memorizzare date della cui utilità dubito ancora oggi, e durante una pausa gli ho chiesto della stampa. E a partire da quella domanda, io e papà abbiamo fatto una conversazione lunga un'ora sull'arte. Su come lui non se ne fosse mai curato da giovane, perché non poteva permetterselo e non la capiva. E poi di come mia madre gli avesse regalato quella stampa. Mamma era una bibliotecaria, e papà scherzava sempre che lei si era dovuta accontentare, sposandolo, perché lei era tanto colta e lui soltanto un ragazzo texano con solo il diploma e un banale lavoro d'ufficio.»

«Dovevano essere molto felici.»

«Lo erano, anche quando pensavano che non avrebbero mai avuto figli.»

«Scommetto che sono impazziti di gioia alla tua nascita.»

«Ah, sì. Ma tornando al discorso,» e indico l'opera, «pur essendo un semplice impiegato, questa stampa lo attirava. Gli faceva porre domande. Perché è arte? Perché mi parla? Chi l'ha realizzata?»

Guardo Chase, stupita che questa storiella del mio passato lo interessi tanto. Senza pensarci, mi appoggio a lui e mi metto in grembo le nostre mani giunte.

«Cinque anni dopo la promozione e il regalo da parte di mia madre, lui l'ha sorpresa con una serata in città. Ha preso dei biglietti per il museo di arte moderna e la mostra sulla pop art. Si sono messi in ghingheri, hanno cenato in un ristorante di classe e hanno incontrato la gente dell'alta società di Houston, cosa che li faceva tanto ridere. Si chiedevano se quei ricconi sapessero di stare parlando con il gestore di un negozio di alimentari e una bibliotecaria. Poi, hanno passato la notte in un alberghetto in periferia. Papà diceva sempre che è stata 'l'occasione più elegante del loro matrimonio, e forse anche la più costosa.»

Chiudo gli occhi e ripenso alla prima volta in cui ho parlato d'arte con lui. A come il sole filtrava dalle persiane, alla stoffa ruvida del divano sotto le mie gambe, al sorriso dolce di mio padre. «E nove mesi dopo sono nata io. Tutto grazie a una lattina di zuppa. Ed ecco spiegato perché mi chiamo Campbell.» Rido.

«Sinceramente, mi stupisce che non mi abbiano chiamata Andy.»

Chase non ride, però. Quando la mia ilarità si placa, azzardo uno sguardo verso di lui. Ha gli occhi foschi, carichi di emozioni, tra cui però non noto il divertimento. Quello sguardo serio mi rende ancor più ansiosa di quando cercavo il coraggio di raccontargli la storia. Mi colpisce il fatto che riportare a qualcuno un semplice aneddoto sul perché amo la pop art non dovrebbe essere così snervante. Che forse ho problemi che dovrei analizzare. E che l'impeto di rabbia che provo per il silenzio di Chase è ingiusto. Ma non posso farci niente.

Mi alzo dalla panca così di scatto che lui barcolla di lato.

«Comunque, ecco perché mi piace questa roba.» Parlo rapida, con voce acuta. Fa caldo qui dentro? Ho caldo. Mi scosto i capelli dal collo e mi sventolo con l'altra mano.

«Campbell. Bell. *Bell.*»

La voce di Chase si insinua nel caos dei miei pensieri.

«Eh?» Sbatto le palpebre. Vorrei che il mio cuoio capelluto smettesse di sudare.

«Grazie per avermene parlato. E per avermi portato qui.»

«Oh.» Lascio ricadere la mano e liscio la camicia che indosso come abito. «Figurati. Io... ecco, forse non è fico come lo yacht, ma...» Faccio confusa spallucce e cerco di asciugarmi con discrezione la fronte.

Senza apparentemente curarsi del mio comportamento strambo, Chase mi prende di nuovo tra le braccia mentre usciamo dal museo. Il suo tocco mi calma più di qualsiasi parola.

Una volta in strada, chiama un taxi.

«Dove andiamo?»

«Beh, mi hai portato nel tuo posto felice.» Apre la portiera e aspetta che salga, prima di seguirmi e riferire il suo indirizzo al tassista. «Ora è giusto che ti porti nel mio.»

Capitolo Diciotto

Bell

«Ma perché abbiamo questa fissa con gli ascensori?» gemo, la testa gettata all'indietro mentre Chase bacia, succhia e morde il mio collo.

«Gli ascensori sono perversi,» riesce a dire. «Fanno su e giù.» Mi afferra un seno. «Otis aveva una mente molto sporca.»

Sollevo una gamba per cingergli la vita. «Otis?»

Fa scorrere la mano libera su per la mia coscia, la infila sotto l'orlo del mio vestito-camicia. «Sì, Otis.» Mi sfiora le mutandine con la punta delle dita, lungo la natica. «Hai mai notato che il nome Otis è scritto in ogni ascensore?» Volta il capo verso la porta, a indicare la fila di pulsanti. E in effetti, sopra c'è scritto OTIS.

«Ah.»

«Ha inventato i freni di sicurezza.» Sposta la mano tra le mie gambe e mi palpa. «Per impedire alla gente di sbattersi giù troppo in fretta.» I baci proseguono tra i miei seni.

Gemo quando mordicchia il solco. Siamo tornati sui binari.

Tutto.

Basta storie d'infanzia o drammi familiari. Basta sentimenti.

Solo sesso.

Okay, non ho un cuore di pietra, e provo qualcosa per Chase. Sono stati proprio i sentimenti a portarmi al museo, oggi. Ma è una china pericolosa. Meglio concentrarsi sulle sensazioni che mi provoca nelle mutande piuttosto che quelle che mi sorgono nel petto.

Non voglio interrogarmi sulle dinamiche di famiglia di Chase o rischiare il posto difendendolo di fronte a suo fratello, azionista anche lui. O scoperchiare ricordi a lungo sepolti sui miei genitori.

La porta dell'ascensore suona, e come pugili sul ring schizziamo fuori entrambi, pronti a spostare la frenesia in camera da letto. Ma anche per terra, da tanto sono eccitata.

Un missile beige mi sfreccia accanto e impatta con l'inguine di Chase, che inspira con un suono gutturale e crolla in ginocchio.

Mike atterra con grazia e gli gira intorno. Chase resta inginocchiato e piegato in avanti, con una mano a coppa sul pacco e l'altra appoggiata a terra.

«Cazzo, Mikey,» ansima. «Questa è la seconda volta che cerchi di rompermi l'uccello.»

Le sue parole mi riscuotono. «La seconda?» Poi scoppio a ridere fino alle lacrime. «Ha... cercato di rompertelo... già prima?» Quando annuisce mi piego in avanti, incapace di restare dritta dal gran ridere. Appoggio le mani alle ginocchia, e lacrime di ilarità cadono a terra prima che riesca a trarre qualche respiro.

Chase è ancora verdognolo, quindi mi sforzo di darmi un contegno.

«Tutto bene?» Mi accovaccio al suo fianco, goffa per via degli stivali e del vestito corto. Lui si sporge verso di me, e io gli accarezzo la schiena.

«No.» Ha ancora la voce strozzata.

Povero Chase. Un minuto fa era pronto a tuffarsi nel suo posto felice, ma è stato ostacolato da una patata glabra tutta artigli.

La scena mi si ripete in testa. Il folle miagolio, il lampo di pelle, lo shock negli occhi sgranati di Chase, e l'improvvisa caduta a terra. Mikey e Chase. Mi sfugge un risolino, e mi impongo di non scoppiare di nuovo a ridere.

«Posso... fare qualcosa?» Bado a evitare il contatto visivo. Tengo sotto controllo la risata, ma il sorriso è ancora stampato sulle mie labbra.

Chase grugnisce, e non so se sia un sì o un no.

Prima che possa tradurre i suoni da palle contuse di Chase, Mikey ancheggia tra noi, spingendomi di prepotenza via.

Il piccolo criminale ha un'aria tutta innocente; stringe le palpebre verso di me, si struscia contro il mio fianco. Non mi trattengo e lo accarezzo. «Perché l'hai fatto, Mikey?» gli chiedo, perché non so se i gatti siano noti per lanciarsi contro l'inguine delle persone. Non ho mai visto video al riguardo su YouTube. Quindi chiedo a Chase: «Questo comportamento è normale per un gatto?»

«No.» La voce è più salda, anche se con la mano si protegge ancora l'uccello. «In quella bestia non c'è niente di normale.» Sospira, poi si siede sui talloni. «Non che questo giustifichi il suo atteggiamento da psicopatico,» e guarda male il gatto a cui sto grattando la pancia, «ma probabilmente è offeso perché il sabato andiamo al parco, e oggi non ce l'ho portato.»

Non è più così pallido. Si alza e barcolla verso il divano, dove si lascia cadere, la mano sempre davanti al pube, a proteggere i gioielli di famiglia dallo sphynx ninja.

Lo seguo con maggior grazia, mi tolgo gli stivali e mi rannicchio al suo fianco. «Allora... ti va una sveltina?» lo provoco.

Lui geme. «Smettila. Anche solo pensare a un'erezione mi fa

male al cazzo.» Mi squadra da capo a piedi, e guaisce prima di chinare il capo. «Mi viene da piangere. È tutto il giorno che sogno di toglierti quella camicia.»

«Forse puoi farlo dopo.»

Mike salta sullo schienale del divano e mi si acciambella sulle spalle come uno scialle, il culo puntato verso Chase.

Lui gli fissa il buco del culo in bella vista. «Ti odio.»

La risposta di Mike è di accoccolarsi contro di me, leccarmi l'orecchio una volta e fare felice le fusa.

Ridacchio, e Chase mi guarda male, così alzo le mani in segno di resa. «Scusa, scusa.»

Chase mette il muso.

«Oh, povero caro.» Gli stringo la gamba. «Ti porto del ghiaccio?» Mi alzo cauta dal divano per evitare che Mikey cada in avanti. Sforzo inutile, perché il gatto, scontento per il mio abbandono, balza vendicativo sull'inguine già ammaccato di Chase. Questi butta fuori tutta l'aria, e gli occhi pieni di lacrime si ribaltano all'indietro. Mikey continua la sua discesa e, una volta a terra, se ne va beato.

Cala il silenzio.

Alla fine Chase si muove e inspira a fondo.

«Oddio.» Mi inginocchio davanti a lui, le mani sulle sue cosce. «Stai... come posso aiutarti?»

Apre gli occhi, ma li richiude con un gemito quando mi vede. «Tanto per cominciare, potresti non starmi davanti in ginocchio.» Cerca di sistemarsi il pacco, ma pigola di nuovo. «Il mio cazzo è confuso. Ha bisogno di riposo, ma con te che hai l'aria di una fantasia erotica, sta cercando di farsi valere.»

Annuisco, mi mordo il labbro per non sorridere e mi alzo. «Come vuoi, capo.»

«Così non funziona, signora King.»

* * *

Chase

Guardare la TV nudi è una figata.

Okay, Bell ha insistito affinché indossassimo la biancheria, perché non voleva che la sua nudità mi distraesse dal film.

Per favore. Non mi inganna. Era la mia nudità a distrarla. Quando gliel'ho fatto notare, lei si è limitata a roteare gli occhi, darmi dell'illuso e requisire il telecomando.

Comunque ha ancora le tette di fuori, quindi direi che il compromesso a base di boxer e mutandine è un successo.

«Vieni sulla costa, ci becchiamo e ci facciamo due risate,» sussurra Bell, citando uno dei suoi film preferiti, poi ridacchia. Il suo respiro mi solletica il petto.

Si è illuminata quando sull'app di streaming è comparso *Die Hard*. «Un classico,» ha detto. Per me i classici sono cose tipo *Quarto Potere, Via col Vento*, o persino *Il Padrino*, ma non sono stato così stupido da discutere.

Tette di fuori, ricordate?

E poi sentire le sue labbra muoversi sulla mia pelle mentre recita ogni singola battuta del film è ben più divertente di tutte le esplosioni sullo schermo.

Prima di far partire il film, ha ordinato cibo cinese. L'abbiamo mangiato mentre io tenevo del ghiaccio sulla parte lesa. Dopo aver litigato (ha vinto lei) per l'ultimo raviolo di granchio, il mio uccello era tornato a posto (ho vinto io).

Non preoccupatevi, mi sono assicurato di chiudere Mike in bagno. Non ci tengo a ripetere l'esperienza traumatica con quella bestia calva.

Ora Bell è rannicchiata contro di me, il seno nudo premuto sulla mia pelle, ed entrambi ci godiamo la beatitudine post orgasmo. O forse Bell lo fa. Non sono sicuro che esista una cosa del genere, per gli uomini. In ogni caso, sono abbastanza sicuro della mia sessualità da poter essere beato quanto mi pare.

Non mi importa nemmeno che Mike abbia fatto a coriandoli la carta igienica, trasformando il mio bagno in un panorama invernale. Ne valeva la pena.

Il felino è stato liberato dalla sua prigione ed è ora stravaccato in braccio a me (con un cuscino davanti alle parti sensibili per precauzione).

Siamo rimasti accoccolati durante la scena in cui il cattivo dice ai suoi sgherri di far esplodere il vetro, durante la scazzottata tra l'eroe e il picchiatore tedesco alto due metri, e quando i due agenti dell'FBI di nome Johnson sorvolano l'edificio in elicottero neanche fosse il Vietnam.

La miglior serata di sempre.

Nessuna donna con cui sia uscito ha mai guardato la TV con me. Non penso neanche che una sia mai entrata in salotto. Solo camera da letto e bagno. Questo include la mia ultima ex, e dire che avevamo persino un gatto. Forse un paio di volte abbiamo fatto un discorso in cucina su quale ristorante a cinque stelle pretendeva che prenotassi per la sera, ma tutto qui.

Bell ha concordato due giorni. Eppure, sapendo il poco tempo a disposizione, non ha accampato pretese su dove andare e cosa fare. Ha persino optato per un museo e cibo cinese da asporto, invece che per un'escursione di lusso in yacht.

Mi è piaciuto tutto.

Seduto con lei su quella panca al museo, ad ascoltarla raccontare storie che mai avrei pensato di voler conoscere, mi sono reso conto che due giorni non basteranno mai. Penso di averlo sempre saputo, da quell'ustione ai capezzoli.

«Oh! Ascolta, ora arriva la parte migliore!» Bell mi stringe il braccio. Come se non avessi visto il film cento altre volte.

Le bacio la testa in risposta, e il mio uccello trema quando Mike sposta il peso sul cuscino. Per fortuna lo fa solo per avvicinarsi di più a Bell.

Traditore.

Questa volta lei non si limita a sussurrare le battute: le recita con una voce profonda che immagino debba essere un'imitazione di Bruce Willis. Poi fa i rumori degli spari successivi, con tanto di gesto della pistola.

Credo di essermi appena innamorato.

«Bruce Willis è proprio cazzuto.» Sul finale, sbadiglia.

«Già.» Sorrido quando mi si rannicchia contro. «Cazzutissimo.»

«Adesso guardiamo *Die Hard* 2.» Gratta le orecchie di Mikey, poi gli appoggia la mano sulla schiena. «Anzi, tutta la serie. Devi vederla per intero. Non solo uno.» Altro sbadiglio. «Sarebbe tipo un sacrilegio.»

Le accarezzo il braccio. «Ma certo, tesoro.»

Lei mormora qualcosa, il suono mi vibra attraverso il petto e mi si sedimenta nel cuore.

Ho sempre pensato che, se avessi trovato quella giusta, ed era un grosso se, lei sarebbe arrivata da una grande famiglia amorevole. Zii, zie, cugini, fratelli, genitori che si baciano e abbracciano a ogni occasione. Gente che chiama solo per sapere come stanno gli altri, e non per dire quanto stai sbagliando. Persone che credono in te.

Mi rendo conto che non stavo cecando una donna, ma una famiglia.

Dovrebbe intristirmi che, anche da adulto oltre la trentina, speri ancora di avere quei legami che non ho mai avuto. Patetico.

Ma con Bell sdraiata addosso, i capelli arruffati color tramonto che mi solleticano il mento, e la pelle morbida in bella mostra per me, mi sento tutto tranne che patetico. Solo molto fortunato.

Le labbra di Bell mi sfiorano il petto. Quando abbasso lo sguardo, lei sta ancora fissando lo schermo, ma ha le palpebre pesanti. Le bacio in risposta la sommità della testa.

Rido alle ultime risse, esplosioni e battute, e quando Gennaro tira un pugno al giornalista stronzo, Bell ormai dorme. Il suo corpo è morbido e pesante su di me, con Mikey stravaccato a pancia in su sul mio cuscino para-uccello.

Yippee-ki-yay.

* * *

Sullo schermo in modalità silenziosa, un tizio in maglione variopinto gesticola come un pazzo rivolto a frullatori in offerta. La coda di Mikey sussulta e mi solletica la pancia, e il mio braccio destro è addormentato.

Se non fosse per l'ultimo dettaglio, starei qui tutta la notte.

Sposto con cautela di lato il cuscino su cui si trova Mike e scivolo via da sotto Bell.

La luce del televisore le illumina il viso, dipinge d'azzurro la sua pelle chiara e dona ai capelli una sfumatura violetta. Un Umpa Lumpa dai colori strani.

È bellissima.

Mike approfitta dell'occasione per rubarmi il posto sul divano e sistemarsi contro di lei. Agita la coda, e sento che è il suo modo per farmi il dito medio.

Infame. Dopo tutto quello che ho fatto per lui, mi mette da parte per una femmina.

Recupero i pantaloni sul pavimento e prendo il cellulare. Non so perché questa donna accoccolata con il mio gatto mi renda tanto felice, o forse lo so e non voglio rovinare tutto, ma desiderio ricordarmelo. Soprattutto se avremo davvero solo due giorni.

Aggiusto l'inquadratura per non rivelare il suo seno, perché non mi sembra giusto fotografarla nuda senza il suo consenso, ma voglio immortalare il profilo del viso, la lunga colonna del collo e la schiena esposta. Metto a fuoco; Mike le ha appoggiato il muso su un fianco, da piccolo pervertito qual è. Scatto.

Bell si muove nel sonno e si gira sul fianco come una bimba addormentata nel seggiolino dell'auto. Quindi è scomoda.

Scatto un'altra foto, più buffa, e sposto Mike. Lui fa saettare la coda infastidito, ma mi lascia lo spazio per infilare il braccio sotto Bell e sollevarla.

«... eh?» La testa le ciondola contro il mio petto, e il suo calore mi avvolge, mi riempie.

«Shhh. Tranquilla, ci penso io a te,» sussurro.

Vorrei dirle che lo intendo in molti modi, e non parlo solo di portarla lungo il corridoio. In tutti modi. E per molto più di due giorni.

Ma non lo faccio.

Capitolo Diciannove

Bell

«Prendiamo un taxi o vuoi andare a piedi?» Chase mi getta un braccio sulle spalle quando raggiungiamo il confine del parco.

È un bel pomeriggio di domenica. Le bancarelle di gelati e hot dog sfoggiano la loro merce, i ciclisti sfrecciano avanti e indietro, i bambini giocano a rimpiattino, il bagliore del sole al tramonto rispecchia il calore che mi cresce dentro. Anche se sono sentimenti pericolosi, voglio prolungare il più possibile questo momento.

Gli cingo la vita. «Camminiamo.»

Sorride alla mia determinazione, come se concordasse, e ci guida verso l'attraversamento pedonale.

In Texas, in una domenica standard, passerei il pomeriggio a controllare l'agenda per il giorno successivo. Faccio liste e creo bozze di e-mail in modo da partire avvantaggiata il lunedì. Anche se non è un'opinione condivisa da molti, adoro i lunedì. Per otto anni, ho vissuto per il lavoro, quindi preparare le giornate lavorative durante il weekend non mi è mai sembrato strano, solo sensato.

Molto meno sensato è il terrore che provo adesso al pensiero di domani. Quando Chase tornerà a guidare Moore's nel Ventunesimo secolo, e io a essere la specialista di marketing che lo aiuta nel compito.

Oggi non ho neanche acceso il computer. A parte un rapido controllo della posta sul cellulare per controllare che non ci fossero emergenze (non ce n'erano), ho proprio ignorato le e-mail.

Invece mi sono svegliata, non al suono fastidioso della sveglia, ma alla sensazione calda, morbida e umida della lingua di Chase sul clitoride. E lui mi ha gratificata con un orgasmo, seguito da un bagel tostato e da un caffelatte bollente.

La mattinata perfetta.

Ero convinta che sarei riuscita a esorcizzarmi Chase dal cuore nel giro di due giorni di passione. Non mi sono mai sbagliata tanto. A parte volere ancora farci sesso, mi godo anche tutte le altre cose, che non sapevo neanche avessimo concordato. Parlare, tenerci per mano, i silenzi rilassati, scoprire nuovi aspetti interessanti di lui.

Come il fatto che non possa fare nulla per soffocare il suo sex appeal.

«Come sta la tua patata?» chiedo, e un runner di passaggio quasi inciampa.

«Benissimo grazie.» Chase sorride e dà una pacca al fagotto che ha fissato al petto. Il fagotto sibila e si rannicchia nel marsupio.

Proprio così, signore e signori. Chase Moore, miliardario e playboy, si porta in giro il suo gatto nudo in un autentico marsupio per bambini, lungo le strade di New York. E riesce comunque ad apparire sexy.

Abbiamo trascorso un'altra bellissima giornata in città, facendo le mie cose preferite e altre a cui mai avrei pensato, come salire su uno di quegli autobus turistici a due piani, spulciare libri allo Strand, sesso, giocare a shuffleboard in un club di Brooklyn. Mi mancavano tutte le attività interessanti e bizzarre offerte da New York.

E ora stiamo portando a spasso il gatto e guardando i passanti.

Ma in realtà, quando si passeggia mano nella mano con un tizio che si porta in giro un gatto pelato in un marsupio, sono i passanti a guardare te.

«Grazie.» Chase mi stringe la spalla. «Mike diventa irritabile senza il suo giro settimanale.» Si sistema la patta, probabilmente pensando ancora all'attacco del gatto ai suoi gioielli di famiglia, ieri.

«Non c'è di che.» Reprimo l'ennesima risatina quando un ragazzino guarda storto Mike, che ha appena tirato fuori la testolina da alieno dal marsupio. «Questa forse è la cosa più divertente che abbiamo fatto in tutto il weekend.» Scoppio a ridere quando il ragazzo inciampa e quasi fa cadere la ragazza che ha al fianco.

«Sul serio?» Chase mi attira a sé, e il suo respiro mi solletica l'orecchio quando sussurra: «Anche meglio di quella cosa che ho fatto con la mano sotto il tuo vestito sul tour bus mentre la gente...»

«Okay!» grido, le guance in fiamme.

Chase sorride compiaciuto.

Alzo gli occhi al cielo ripensando all'orgasmo che mi ha fatto avere mentre attraversavamo Times Square sull'autobus aperto. Per fortuna i passanti e i turisti erano troppo presi dal panorama per notare il mio viso paonazzo, gli occhi vitrei e il gemito che mi era sfuggito. «Forse non la più divertente.»

Ci fermiamo a un altro attraversamento, e Chase ne approfitta per darmi un bacio sulla tempia. Quel semplice gesto mi scioglie il cuore. Chi mai avrebbe detto che potesse ancora farlo? Che avesse ancora spazio per la tenerezza, addirittura bisogno?

Che le sue pubbliche manifestazioni d'affetto non mi avrebbero messa a disagio, ma mi avrebbero fatta sentire al sicuro e coccolata. Per tutto il fine settimana, Chase non ha mai smesso di toccarmi. E non parlo di cose erotiche, anche se quelle sono state abbondanti. Mi riferisco al tenersi per mano, ai baci leggeri, alle coccole sul divano.

Gli infilo la mano nella tasca posteriore. Una minima strizzata a quel culo di marmo, e un brivido mi scorre per la schiena.

«Hai freddo?» mi chiede.

«No,» rispondo, e fingo di non averlo appena palpato in pubblico. Temo però che il calore che sento risalirmi lungo il collo mi tradisca. Cambio argomento. «Pensi che Mike stia bene?»

«Oh, una favola.»

Il clima primaverile è una delizia. C'è un'intera canzone su Parigi in primavera, ma scommetto che quella di New York è altrettanto piacevole. L'abito di cotone che ho preso dalla mia camera d'hotel ieri (dopo che io e Chase abbiamo battezzato la stanza) svolazza alla brezza, e i sandali sono comodi. Ma Mike, in quanto sphynx, è tutto pelle e ossa. Temendo potesse aver freddo, prima Chase gli ha teso un agguato e gli ha infilato a forza un maglioncino azzurro decorato con dei bassotti. La lotta è stata ilare quasi quanto la patata glabra con addosso un maglione decorato con cani salsiccia.

Sospetto che Chase abbia scelto l'abbigliamento del gatto come vendetta per l'attacco di ieri.

Comunque, dopo l'iniziale ritrosia, Mike non è sembrato disprezzare il maglione. Anzi, quando Chase gliel'ha srotolato sul petto, si è limitato ad annusarlo come un borghese snob, per poi saltarmi in braccio e farmi le fusa contro le tette. Cosa che ha spinto Chase a lamentarsi delle patate traditrici che impediscono di fare sesso.

Su quest'ultimo aspetto non ha tutti i torti. Mike mi ha scelta, e soffia a Chase se osa avvicinarsi.

Che gattino adorabile.

Superiamo il ristorante cinese, e mi torna in mente la cena di ieri. Chase non aveva molta fame dopo il trauma alle palle, e non ricordo altro dopo essermi addormentata alla fine di *Die Hard*. Ma ero soddisfatta e felice al suo fianco. È snervante che mi sia sentita così con Chase, ieri sera, anche senza fare sesso.

Un basso gorgoglio interrompe i miei pensieri. Mi strofino la pancia. «Cosa c'è sul menù stasera?»

«Tu,» ribatte lui senza esitazione.

Fingo che non mi formicolino le mutandine. «A parte quello. Sono sia l'antipasto che il dessert. Ma ho bisogno di mangiare per rimanere in forze.» Infilo la mano nel marsupio e accarezzo Mike. «Allora, cosa metterò in bocca, a parte il tuo cazzo?»

Chase scoppia a ridere, e Mike soffia e gli tira una zampata verso la faccia. Per fortuna lo manca. «Scusa, Mikey. La tua nuova fidanzata è sboccata.»

Mi bacia la testa e io cerco di non farmi prendere dal panico per l'uso della parola *fidanzata*.

Continuando come se non mi avesse appena fatto venire un mini-infarto, Chase suggerisce la pizza. «Hai mai mangiato una vera pizza da quando sei tornata nella migliore città del mondo?»

«Dipende da cosa consideri una vera pizza.»

«L'unica è quella in stile newyorkese, Campbell. Non si discute. Esiste la pizza in Texas?»

«Sì.» Mi guardo intorno. «C'è la pizza in Texas.»

«Sì, ma... buona?»

«Okay, saputello.» Gli do un pizzicotto sul sedere per ripicca e sorrido quando sussulta. «Sarà anche vero che a New

York c'è la pizza migliore, ma sei abbastanza intelligente da sapere quale ristorante prepara la migliore a Manhattan?»

Lui stringe gli occhi. «È un test?»

«Sì.»

Ridacchia di nuovo, ma questa volta Mike rimane contento nel suo trasportino. Probabilmente perché lo sto ancora accarezzando.

«D'accordo,» dico io. «Contiamo fino a tre e gridiamo entrambi il posto con la migliore pizza della città.»

«Perché lo gridiamo entrambi? So già di avere ragione; voglio solo vedere se ce l'hai anche tu.»

«Uno...»

Roteo di nuovo gli occhi, ma onestamente è molto divertente.

«Due...»

Mi fa l'occhiolino e io mi mordo il labbro per evitare di baciarlo stupidamente per strada. Probabilmente Mike gli strapperebbe un occhio se ci provassi.

«Tre.»

«Lombardi's!» esclamiamo entrambi.

Ridendo, ci fermiamo in mezzo al marciapiede e ci giriamo l'uno verso l'altra, con grandi e stupidi sorrisi sul viso. Il momento si espande e mi viene voglia di congelare il tempo, di rimandare l'inevitabile fine o, cosa ancor più rischiosa, di prolungare il nostro tempo insieme alla ricerca di altri istanti come questo.

Alla fine, distolgo lo sguardo. «Chi l'avrebbe mai detto?» provo a sdrammatizzare. «Hai buon gusto.»

Chase mi solleva il mento con un dito, in modo che i nostri occhi si incontrino ancora una volta. «Ma certo. Sono con te, non è vero?» Il suo sorriso rimane, ma gli occhi sono seri. Sta cercando.

È con me? Nel senso, *sta con me*? Gli ultimi due giorni sono stati fantastici, ma deve capire che siamo stati in una bolla intoccata da forze esterne. Niente lavoro, niente campi minati tra clienti e datori di lavoro. Questo non è, né può essere, reale. Non possiamo fare promesse e dichiarazioni quando mancano poche ore al lunedì.

Sono come Cenerentola che aspetta che l'orologio batta la mezzanotte. Ma invece di essere bloccata con una zucca e un'inutile scarpetta di cristallo, mi ritroverò con il cuore spezzato e un potenziale disastro professionale. Di nuovo.

«Io...» Mi schiarisco la gola; non voglio e non posso far scoppiare in anticipo la bolla dei due giorni. «Vada per Lombardi's,» dico con una faccia scherzosa e severa. «Fai in modo che accada, Moore,» ordino.

C'è un lampo di delusione nel suo sguardo prima che sbatta le palpebre e lo sostituisca con il suo solito luccichio malizioso. «Sì, signorinella.»

Sussulto con finta indignazione, sollevata dal fatto che abbia lasciato che la domanda su di noi passasse senza risposta. «La pagherai per questo, signore.»

Abbassa la testa e mi sfiora le labbra con le sue. «Lo spero.»

Mike ringhia tra noi e ci allontaniamo con una risata.

Accarezzo la testolina del gatto irascibile per calmarlo, mentre Chase cerca il telefono in tasca.

«Una pizza di Lombardi's in arrivo.»

Ma prima che possa chiamare, sullo schermo si accende una notifica di un'e-mail.

Un'e-mail di Denise Hampson.

Improvvisamente la brezza è troppo fredda, il silenzio imbarazzante e il mio appetito svanisce.

Il mio telefono, anch'esso nella tasca posteriore, rimane silenzioso. Evidentemente Denise non mi ha messa in copia in qualsiasi messaggio abbia ritenuto abbastanza importante da inviare di domenica pomeriggio. Anche se Chase aveva richiesto esplicitamente che tutte le informazioni relative al marketing passassero da me.

Chase non batte ciglio, ignora la notifica e sblocca il telefono. Mi prende la mano con quella libera e riprende la passeggiata verso il suo appartamento. Lo sento a malapena ordinare la cena, troppo impegnata a chiedermi perché Denise lo stia contattando, e perché, anche se la domanda su di noi rimane aperta, risuoni così forte nella mia testa.

Capitolo Venti

Chase

Bell emette un profondo gemito. «Mmh, che meraviglia.»

È ufficiale, sono un bastardo perverso. Guardare Bell mangiare la pizza mi fa venire un'erezione furiosa. Sono abbastanza sicuro che non sia normale. Quando si pulisce l'unto dal mento con il pollice e poi lo mette in bocca e succhia, mi vergogno a dire che ho un brivido di piacere.

Spostandomi sullo sgabello, mi concentro su Mikey, che ancora una volta si sta facendo il bidet. Il ragazzo deve avere le palle più pulite di tutta Manhattan.

«Stai bene? Sembra che tu stia soffrendo.» La preoccupazione di Bell è divertente, visto che è lei che mi ha fatto assumere l'espressione sofferente.

«Ah. Certo. Sto benissimo.»

Mi lancia un meritato sguardo di sufficienza e continua a mangiare la sua fetta di pizza, piegata a metà come da tradizione per le migliori pizze newyorkesi.

«Allora,» dico cercando di distrarmi. «Come conosci Denise Hampson?»

Campbell si strozza con il boccone.

Mi alzo e le do un pugno sulla schiena. «Merda, stai bene?»

«Bene,» tossisce. «Bene!» Si piega all'indietro, allontanando la mia mano con le braccia. «Smettila di colpirmi, stramboide.»

Mi fermo, con la mano alzata. «Oh. Scusa.» Nel panico forse sono stato un po' troppo zelante. Abbasso il braccio e salto indietro sulla sedia.

Bell fa quell'adorabile alzata di occhi.

«Allora...?» Non sembra avere fretta di rispondere alla mia domanda, il che mi rende ancora più curioso. Non ho dimenticato la strana atmosfera della riunione o il modo in cui tutto il suo corpo si è teso quando ha visto la notifica dell'e-mail di Denise sul mio telefono.

Emette un enorme sospiro, come se fosse rassegnata al suo destino. «Una volta era una mia collega.»

Non elabora, prende di nuovo la pizza e ne stacca un bel morso.

Ricordo quello che ha detto sul suo primo lavoro a New York che non ha funzionato. «Collega, eh?»

«Perché me lo chiedi?» Fissa la fetta con occhi stretti. «Ha detto qualcosa in quella sua e-mail?»

«No.» Mi scosto, sorpreso dal suo tono. «Beh, non credo. Non l'ho ancora letta.» Non sembra che mi creda, quindi continuo. «Non ho intenzione di lavorare questo fine settimana. Questo weekend è nostro.»

Il suo corpo si rilassa alla mia ammissione. «Oh. Okay.» Apre la bocca per prendere un altro boccone ma si ferma. «Allora perché hai parlato di Denise?»

Non voglio esattamente confessarle che speravo di distrarmi e placare l'erezione per evitare un caso di eiaculazione precoce, quindi le dico: «Così, tanto per.»

«Mmm.» Ma non è lo stesso suono di prima, quello carico di apprezzamento per la pizza. È pensieroso, come se non le piacesse la direzione che la mia risposta sta prendendo. Quando rimette la fetta nel piatto prima di guardare l'orologio, il mio panico mi fa sbottare: «Stavo cercando di alleviare la mia erezione!»

Lei si gira di scatto verso di me e sbatte le palpebre. «Come, scusa?»

Rassegnato, sospiro. «Il vero motivo per cui ho tirato fuori colei che non deve essere nominata.»

«Denise?»

Annuisco, suscitandole una risata che scioglie il cipiglio tra le sue sopracciglia.

«Voldemort e Denise?» Sbuffa. «Sì, vedo le somiglianze.»

«Esattamente. Lei era l'unica cosa che garantiva, ancor più che guardare Mike che si puliva lo scroto, di calmare l'irrigidimento che mi tendeva i pantaloni per averti visto gemere per la pizza.»

Sorpresa, ride di nuovo. «È così?»

«Sì.» Prendo un'altra fetta. «Dovevo distrarmi da quanto sei sexy.»

«Sono sexy mangiando la pizza?» Il tono è scettico, ma una scintilla le illumina gli occhi.

Nota per me: la prossima volta non devo cercare di smorzare la mia eccitazione, ma di far arrapare anche lei.

Abbandono la fetta e le passo il pollice sul labbro inferiore. «È così eccitante. Ma d'altronde sei sempre sexy.» Sorrido, e il panico al pensiero che possa andarsene prima del tempo si attenua abbastanza da permettere al mio fascino di emergere. La faccio girare verso di me prima di appoggiare un braccio sul bancone e posare il mento sul palmo della mano.

A pochi centimetri di distanza, lei rispecchia la mia posa e dice: «Se è vero, allora abbiamo qualcosa in comune.»

«E cosa sarebbe?» Mi piace il modo in cui i suoi occhi scuri brillano. Quei bellissimi occhi che sono come un fuoco ardente, che splendono di rame e ambra. Si accenderanno di passione o di rabbia o rimarranno accesi di calore? La suspense mi tiene sulle spine e il mio cuore batte forte. Mi piace molto. Potrei diventare dipendente da questa sensazione.

Se non lo sono già.

Campbell si avvicina ancora di più, finché il suo respiro non mi solletica il viso. «Entrambi ci troviamo eccitanti in situazioni che dovrebbero essere sconvenienti.»

Ridacchio piano, non voglio rompere l'incantesimo. «Davvero?»

Annuisce, con il mento ancora sulla mano.

«Ho ammesso che la pizza mi eccita. Qual è la tua perversione?»

Corruga il naso, come se non riuscisse a credere che sta per dirmelo. È così carina.

Sollevando la testa, mostra una piccola distanza tra il pollice e l'indice. «Potrei essere andata così vicina a saltarti addosso dopo che ti sei legato il gatto al petto in un marsupio.»

Sbuffo. «Alle donne piacciono gli uomini che indossano marsupi. Non è una novità.»

Le sue sopracciglia si inarcano. «Un marsupio che contiene un gatto?»

Annuisco. «Okay, sì. È strano. Probabilmente più strano di me che mi eccito quando mangi la pizza.» Scendo dallo sgabello e mi sposto tra le sue gambe. «Probabilmente c'è qualcosa che non va in te.»

Mi dà uno schiaffo scherzoso sulla spalla. «Ehi...»

Ma non la lascio finire, e colgo invece l'occasione per posare la bocca sulla sua. Può mangiare la pizza in qualsiasi momento. Con chiunque. Ho solo poche ore per ricordarle tutto il piacere che può provare. Solo con me.

L'untuosità delle nostre labbra dovrebbe essere fastidiosa, ma non lo è. Il sesso è disordinato. L'amore è disordinato.

L'amore? No, non può esserlo. Non è possibile. Non sono mai stato innamorato. Non ho mai avuto a che fare con l'amore per poter fare un paragone. Anche se ho la sensazione che, anche se lo avessi fatto, niente sarebbe paragonabile a Bell.

Il bacio è iniziato in modo dolce e giocoso, ma ora è profondo e coinvolgente. È più della solita passione infuocata che c'è tra noi. Più che lussuria. Mi fa male il petto sapere che potrebbe essere la mia ultima notte con questa donna.

Faccio scorrere le labbra sulla sua mascella e le sfioro l'orecchio. «Resta per la notte,» sussurro. Non glielo chiedo. Chiedere significa ammettere la possibilità di un no. «Resta,» ripeto prima di catturarle di nuovo la bocca e prenderla tra le braccia.

L'unica risposta che le concedo è un gemito. Mi basta.

* * *

Bell

Resta.

La parola mi riecheggia in mente e mi consuma. Non saprei come altro definire ciò che provo. Siamo abbracciati così stretti che tra noi non c'è neanche lo spazio per un respiro. Voglio spostarmi, strusciarmi, trovare sollievo da questa corrente di fuoco che mi percorre. Ma non lo faccio. Mi abbandono solo al suo abbraccio, imparo a memoria il suo profumo, il suo tocco, il suo sapore.

C'è un retrogusto di disperazione in noi. Sappiamo entrambi che siamo agli sgoccioli. La nostra ultima notte. Non mi ha chiesto altro, e io non potevo promettergli di più. Due giorni.

Resta.

Non rispondo. Se anche volessi, non ci riuscirei.

Baci dolci e duri, lingua e labbra e respiri fusi. È l'ultima volta, e sarebbe dolce se non fosse straziante.

Sono stati solo due giorni. Per tutti gli ultimi anni, il mio cuore è stato al sicuro, quindi perché di colpo mi sembra tanto fragile? Pensavo di aver sepolto molto tempo fa la ragazza delicata che ero.

Mani forti slacciano i bottoncini sul davanti del mio abito, poi me lo fanno scivolare dalle spalle. Il tessuto soffice mi sfiora i capezzoli lungo il tragitto e si ferma in vita prima che Chase lo spinga fino a terra.

Il suo bacio resta dolce, reverente. Il suo tocco ancor di più.

La punta delle dita mi sussurra sulla pelle. Su per i fianchi, sui seni, attorno ai capezzoli. La gola, le spalle, di nuovo il seno. Ancora e ancora, mai con lo stesso percorso. Come se mi stesse memorizzando con il tocco. Getto indietro la testa e chiudo gli occhi per abbandonarmi a lui, a questo momento.

All'improvviso il contatto si fa più intenso e deciso. Mi solleva, mi prende tra le braccia e mi porta fino alla sua camera in fondo al corridoio.

Trovarci qui è quasi un déjà vu. Sul suo letto, con Chase vestito che mi guarda. Ma questa volta non c'è urgenza. Solo lentezza nelle carezze, negli assaggi. Tutto è beatamente prolungato. Quando Chase finalmente si fa strada tra le mie gambe, basta un guizzo di lingua sul mio clitoride e vengo.

Appiattisce la lingua contro di me e io cavalco l'orgasmo tra forti gemiti. Sono sciolta e inerte quando mi sale sopra e si tende verso il comodino. Sento il frusciare di un involucro di stagnola, poi, finalmente, il lento scivolare del suo uccello dentro di me.

«Bell. La mia Bell.» Le parole di Chase mi scorrono addosso. «Sei fantastica, Bell.»

* * *

«Uff.» Tutta l'aria mi esce dai polmoni in uno sbuffo doloroso.

Che risveglio sgradevole.

In preda al panico, spalanco gli occhi e sollevo le braccia per scacciare il mio assalitore. Finisco per afferrare qualcosa di caldo e coperto di pelle grinzosa sul mio addome.

«Accidenti, Mike,» ansimo, cercando di riprendere fiato.

Lui si lecca una volta le palle, poi balza a terra.

Passato lo spavento, il mio corpo torna a rilassarsi contro il materasso. La luce filtra a malapena dalle tende, e la camera è ancora avvolta dalla penombra.

Resta, mi ha detto.

Alla fine l'ho fatto. Non è stato difficile. Ma nulla, in questo weekend, lo è stato. Noi due... ci incastriamo alla perfezione. Non saprei come altro definirlo. Per quanto sia melenso, stare qui con Chase mi sembra più giusto che trovarmi nel mio triste, spoglio studio a Houston.

Mi piacerebbe svegliarmi con lui domani. Fare l'amore. Guardare film d'azione. Proteggergli i gioielli di famiglia dal suo diabolico gatto. Tenerci per mano.

Voglio rimanere.

Chase si agita nel sonno e si volta verso di me. Sembra giovane e in pace. Felice. Certo, sorride e ammicca sempre. Ma questo è diverso. Lui è diverso. Ha abbassato le difese. Mi piacerebbe pensare che dipenda in parte da me. So che lui mi ha resa felice. Mi sento me stessa, per strano che suoni. È curioso rendersi conto che non mi sono sentita me stessa negli ultimi anni. Che sono andata avanti con il pilota automatico, mi sono data obiettivi lavorativi, e ogni volta che ne ho raggiunto o superato uno, mi sono detta di aver ottenuto qualcosa di significativo.

È deprimente rendersi conto che ho solo riempito un vuoto. E neanche così bene, se due giorni con Chase mi hanno fatta sentire più me stessa che otto anni di lavoro.

Mi piace considerarmi una che non si mente, ma l'ho fatto.

Mi sono convinta che la morte dei miei genitori non mi abbia colpita. Che, visto che erano anziani, era prevedibile che se ne andassero, prima o poi. E così, quando è successo, quando mi hanno effettivamente lasciata e non ho avuto più nessuno a supportarmi, mi sono buttata sul lavoro.

Non so se sia stato intenzionale o meno, ma questo stacanovismo non mi ha lasciato il tempo per le relazioni.

E poi è arrivata Denise, e sono stata bandita da tutto ciò per cui avevo lavorato tanto e tanto a lungo.

Chase russa piano, poi grugnisce con fare da gorilla scontento.

Anche quando dorme, quell'uomo riesce a farmi sorridere nonostante i pensieri infelici.

Se rimanessi, sono abbastanza sicura che mi farebbe sorridere ogni giorno della mia vita. Ma abbastanza sicura non è sufficiente. Sono finalmente tornata nella città che amo, a gestire la campagna di marketing di un'azienda miliardaria. Chase può pensare che riusciremo a mantenere la discrezione sul nostro rapporto, ma non ha tanto da perdere quanto me.

La sua famiglia già lo sa. E con Denise nei paraggi, basterà un sussurro di inappropriatezza perché lei si senta autorizzata a spargere pettegolezzi e minare il mio successo.

No. Potrò anche *voler* restare, ma *devo* andarmene.

Lui mi ha chiesto due giorni, e io glieli ho dati.

Chase è il mio cliente. Non me ne innamorerò. Significherebbe fare proprio ciò di cui Denise mi ha accusata otto anni fa. Solo che questa volta sarebbe vero.

Le sue ciglia fremono sugli zigomi, la sua mente è ancora lontana in un sogno. Allungo una mano e gli sfioro la ciocca di capelli sulla fronte.

Forse, dopo aver messo in atto la nuova campagna media di Moore's, potremmo...

No. Ritraggo la mano. *Non montarti la testa.*

Scivolo in silenzio fuori dalle coperte, e per fortuna il respiro di Chase rimane profondo e regolare.

In punta di piedi attraverso la stanza, prendo la borsa che ho preparato in hotel e varco la soglia, chiudendomi la porta alle spalle.

Un'ombra a forma di Mike scivola verso di me. La piccola peste dev'essere notturna. Mi si struscia tra le caviglie mentre scruto il pavimento in cerca del mio vestito. Lo trovo vicino all'isola della cucina, lo raccolgo e lo indosso. I sandali sono vicini alla porta. Ora mancano solo le mutande e potrò svignarmela.

No, non svignarmela. Non sto fuggendo. Sto solo facendo una cauta, silenziosa uscita di scena dopo che la ben pianificata e temporalmente limitata avventura con Chase ha fatto il suo corso. Non svegliarlo per salutarlo non è vigliaccheria, solo gentilezza.

Per qualche ragione, il sommesso miagolio di Mike suona sarcastico.

Le mutandine sono finite sulla costosa macchina del caffè di Chase. Le infilo e prendo la borsa. Non ho portato molto con me. O sono molto brava a viaggiare leggera per il weekend, oppure volevo evitare la tentazione di fermarmi più a lungo.

In ogni caso, in meno di un minuto sono pronta ad andare.

L'ascensore trilla forte nell'appartamento silenzioso, e io sussulto. Spero che Chase non l'abbia sentito. Appena le porte si aprono mi ci infilo, premo il pulsante per il piano terra e pungolo quello della chiusura delle porte finché finalmente non si accostano.

L'ultima cosa che vedo è Mike, seduto sul suo culo nudo e rugoso, che mi fissa con delusione.

Capitolo Ventuno

Chase

Se n'è andata.

Una settimana dopo il nostro perfetto fine settimana insieme sono ancora distratto. Guardo fuori dalla finestra ma non vedo nulla. Non riesco a superarlo. A togliermela dalla testa.

Se n'è andata.

Non che mi ritenga un qualche Casanova a cui le donne non sanno resistere (okay, d'accordo, lo penso), ma c'era qualcosa di speciale con Bell. C'è ancora.

Eppure per tutta la settimana mi ha evitato. Prima è sgattaiolata via dal mio appartamento senza neanche salutarmi, e adesso mi schiva nel mio stesso negozio.

Una settimana di chiamate o messaggi senza risposta. Solo e-mail di lavoro e educata indifferenza quando ci incrociamo. E anche se qualche giorno fa sono andato a pranzo con il suo team, Bell non è venuta. Persino il precedente anello debole nella catena delle informazioni, Alice, si è limitata a fare spallucce quando le ho chiesto dove fosse la sua capa.

Quella donna mi sta facendo ghosting.

Il cellulare suona, e rispondo senza pensarci.

«Pronto?»

«Finalmente.» La voce spocchiosa di mio fratello mi fa contrarre i muscoli.

Chiudo gli occhi sconfitto. Ero diventato bravo a evitarlo, e poi ho lasciato che Bell mi distraesse.

«Mi hai riattaccato in faccia?»

Riderei a quest'assurdità se non fossi così irritato con me stesso. «No, Thomas. Non ti ho riattaccato in faccia.»

«Non me ne sarei stupito, visto quanto ti sei impegnato a non rispondermi, ultimamente.»

«Ultimamente? Non hai mai provato a contattarmi prima che diventassi responsabile di Moore's, quindi non sai quanto sia bravo a evitare le chiamate, di solito.»

«Quindi l'hai fatto.»

Accidenti. «Cosa vuoi, Thomas?»

«Parlare.»

«Immaginavo.»

Il suo lungo sospiro vibra lungo la linea. «Piantala.»

«Di fare cosa?»

«Di comportarti come un moccioso irritato.»

«Capisco.»

«Cosa capisci?»

«Non so, guarda, ti stavo solo assecondando nella speranza che la smettessi di farmi la predica e andassi dritto al punto. A meno che il punto sia proprio questo. Tale padre, tale figlio, dopotutto. Almeno il complesso di superiorità di Stan ha saltato me e Liz.»

«Complesso di superiorità? Ma sei serio?»

«No, Thomas. Se ricordi, io sono il fratello spensierato che non è mai serio su niente. Te ne sei scordato?»

«Non mi stupisce che papà detesti parlare con te,» mormora, ma lo sento lo stesso.

Non dovrebbe bruciare. Dovrei essere superiore alle sue frecciatine, alla consapevolezza che nostro padre preferisce lui a me. Ma dopo essere stato rifiutato da Bell, vedermi gettare in faccia una vita di rifiuti da parte di mio padre mi ferisce più di quanto mi aspettassi.

«Sì, beh, sappiamo bene quanto io sia odiato, Thomas. Molto gentile da parte tua sottolineare l'ovvio.»

«Non ho... cazzo, non avrei dovuto dirlo.»

Sussulto e registro appena le sue scuse. «Hai appena detto cazzo?»

Una profonda risata roca, che non ho mai sentito prima, mi giunge all'orecchio e mi fa sorridere. Chi mai avrebbe detto che mio fratello potesse essere così umano?

Scuoto il capo e torno a concentrarmi sulla conversazione. «Okay, hai la mia attenzione. Di cosa volevi parlare?»

«Le azioni di Liz.»

E con ciò, il sorriso svanisce. Le parole di mio padre mi riecheggiano in testa.

«Avrei dovuto saperlo, cazzo.» Mi alzo, e in automatico sposto il peso come se stessi per tirare un pugno. Perché vorrei tanto farlo. Voglio dare un cazzotto alla faccia perfetta di mio fratello, così tanto che il sangue mi ribolle. «Sei tu quello che se n'è andato, Thomas. Non hai alcun diritto di fare giochetti con le azioni, e di certo non porterai via quelle di Liz.»

Sta cercando di parlare, ma io sento solo la voce di Stan, vedo il viso di Liz. Tutto il resto è nebbia. «Ti ha convinto Stan? Continua con la sua minaccia contro di me? Gli sei andato a dire di avermi visto con Bell, e adesso il vecchio vuole spogliare nostra sorella della sua eredità?»

«No! Quello che sto cercando di dire è...»

«Vaffanculo, Thomas. Ecco perché non ti rispondo. Per questo, e per una vita di questo tuo cazzo di atteggiamento di superiorità e frecciatine contro chi hai attorno.»

«Cristo, Chase!» esclama esasperato. «Non sono superiore.»

Ma a differenza della conversazione con Stan, non trovo alcuna soddisfazione nel provocare Thomas. Sono solo stanco. Stanco di queste cazzate. «Hai ragione, non lo sei, Thomas. Neanche un po'.» Mi siedo e traggo un profondo respiro. «Ora, se permetti, ho l'azienda di famiglia da salvare. Non chiamarmi più.»

«Chase, aspetta...»

Ma non so cosa stava per dirmi, perché riattacco.

La stretta ferrea sul cellulare si allenta quando colgo uno scorcio del salvaschermo. È la foto che ho fatto a Bell addormentata sul divano. Non so cosa mi sia venuto in mente a usarla come salvaschermo, visto che già lunedì scorso lei mi aveva piantato in asso.

Guardandola, le mie spalle si rilassano, la pressione sanguigna si abbassa, e cosa ancora più incredibile dopo la telefonata di mio fratello, un sorriso mi sfiora le labbra. Nella foto, Bell ha la testa inclinata all'indietro, i capelli drappeggiati sul cuscino. La bocca carnosa è socchiusa. Ricordo il suono del suo respiro profondo e regolare. Non russava, non proprio, era più un basso rombo pacifico. Il suono della sonnacchiosa soddisfazione.

Ma non era solo lei a sentirsi così. Anche io. Soprattutto quando ho scattato la foto, quando l'ho presa tra le braccia e ho sentito il suo peso contro di me, i capelli che mi solleticavano il naso. La sensazione che tutto fosse giusto mentre la portavo in camera da letto.

Per due giorni ho avuto qualcosa che mai mi sarei sognato. Per due giorni, non mi sono sentito un reietto sgradito che non merita nulla. Per due giorni, mi sono sentito finalmente all'altezza.

E poi lei se n'è andata.

Cazzo.

Premo il tasto dell'interfono e abbaio: «Dov'è il team di marketing?»

George, imperterrito come sempre, risponde: «La signora King e i suoi dipendenti sono al momento al piano con il fotografo.»

«Fotografo?»

«Sì, signor Moore. Campbell sta creando un catalogo di immagini per il lancio dei social.»

Campbell. Il mio rigido, freddo assistente amministrativo Millennial chiama per nome la nostra nuova responsabile marketing. Io però sono ancora il signor Moore.

«Che piano?» ringhio.

«Stando alla scaletta, attualmente dovrebbero essere al secondo livello, nel reparto moda maschile, signore. Se sono in ritardo, invece, saranno ancora nel reparto scarpe allo stesso piano, dall'altro lato della scala mobile.»

Il bottone dell'interfono scricchiola in modo minaccioso sotto il dito. «Sì, George. Lo so dov'è il reparto uomo. Dopotutto questo è il negozio della mia famiglia.»

«Certo, signor Moore.»

Mi costringo a spostare l'indice dal tasto, traggo un altro profondo respiro, poi mi alzo e afferro la giacca dallo schienale della sedia. A questo punto, finirò per iperventilare prima della fine della giornata.

Liscio le maniche della giacca, controllo che i gemelli sbuchino quanto basta dai polsini. Raymond dice sempre che, se hai un'aria sicura di te, lo sarai anche. E anche se gliel'ho sentito dire a un sacco di uomini, nel corso degli anni, mentre li spingeva a spendere migliaia di dollari in un nuovo guardaroba, ciò non significa che non sia vero.

Quando ho finito di sistemarmi il completo, non mi occorre uno specchio per sapere che sono impeccabile. Lo so e basta. Soprattutto perché ogni donna si volta al mio passaggio nella hall. E anche un paio di uomini.

Vuole ghostarmi? Che ci provi.

Capitolo Ventidue

Bell

Inspira. Espira. Inspira. Espira.

Il profumo di cuoio, lana calda e quello pungente di Denise mi riempiono le narici. Ma o respiro, o svengo. Perché, se non ricordo a me stessa di respirare, potrei smettere di farlo, solo per avere sollievo dall'assillo di Denise. Me ne starei sdraiata sulle fredde piastrelle, ma ne varrebbe la pena pur di non sentire più quella sua voce urticante.

«L'angolazione che avete richiesto è tutta sbagliata. Bisogna far scendere il fotografo dalla scala.» Rotea gli occhi. «Non siamo a Project Runway, santo cielo.»

Questa è la prima volta che Denise si è degnata di incontrare il mio team da quel primo incontro con Warren&Baron. Oh, ci sono state un sacco di e-mail di gruppo, conference call eccetera. Finora, non ha fornito altro che commenti negativi. E molto rumorosi. Persino nelle e-mail, sembrava di sentirla sputare veleno attraverso lo schermo. Devo dargliene merito, ci vuole del talento.

«Spostati a destra,» ordina al poveraccio sulla scala. «Dio, che approccio infantile. Pensavo che almeno avessi assunto dei professionisti.»

Il fotografo non fa neanche una pausa. Ormai la ignora. Ha cercato di assecondare le sue richieste (o meglio, i suoi comandi) all'inizio, ma ben presto ha imitato tutti noi e ha smesso di ascoltarla.

Anche se è chiassosa e molesta.

«Non so, a me sembra un'idea niente male,» osserva una voce sexy da qualche parte dietro di me.

Senza muovermi, con la coda dell'occhio vedo Chase raggiungere il gruppo. Saluta Ben, Chris e Alice con un cenno del capo, poi si volta e riserva lo stesso trattamento ai tre dipendenti di Warren/Baron.

Dentro. Fuori. Dentro. Fuori.

Ho fatto del mio meglio per stargli alla larga, arrivando persino a fare gli occhi dolci al suo assistente, George, per ottenere una copia dei suoi impegni. Cioè, occhi dolci conditi da dei biglietti per la partita tra gli Yankees e gli Astros. Chi mai avrebbe detto che quel ragazzo così ingessato fosse un fan del baseball? Ma ne è valsa la pena, perché almeno mi sono assicurata di essere sempre a debita distanza da Chase.

Adesso, ad esempio, lui dovrebbe essere nel suo ufficio a rispondere alle e-mail e alle chiamate del weekend. Un weekend che ho trascorso rintanata in un albergo di bassa categoria, nel caso gli fosse venuto in mente di venire a trovarmi.

Avrei dovuto investire in un abbonamento stagionale per George, e convincerlo a mettergli un GPS nei pantaloni come avevo suggerito all'inizio.

«Chase, caro. Non sapevo che ti saresti unito a noi, oggi.» L'acido di Denise svanisce, soppiantato da una viscida cortesia.

I tacchi alti delle sue Tom Ford ticchettano sul pavimento e la portano a un soffio da lui. Dita con artigli rossi gli avvolgono il bicipite quando si sporge ulteriormente verso Chase. «Che bella sorpresa.» Mi scocca un sorriso fasullo da sopra la spalla imbottita. «Vero, Bell?»

Annuisco con fare meccanico. Il tono mellifluo della sua voce mi dà il mal di denti.

Ah, no. È solo che li sto digrignando.

Denise gli accarezza il braccio e fa le fusa. «Pensavo ci fossero state altre discussioni tra voi due. Mi hanno detto che le cose si sono fatte tese.» Inarca un sopracciglio verso di me con fare significativo, mentre quegli spioni dei suoi sottoposti si agitano a disagio tra gli espositori di vestiti.

Nel frattempo, Chase non si allontana da lei. Non si scompone. «No. Nessuna tensione. Solo tanti impegni. Vero, Bell?» Non aspetta che risponda, e l'atteggiamento affabile e il sorriso fastidioso e affascinante rimangono al loro posto. «Semplicemente, oggi mi sono trovato con un minuto libero. Ho pensato di passare a vedere come proseguono i preparativi per la campagna.»

Lei gli si fa ancora più addosso, e con l'altra mano gli accarezza il petto. «Niente di cui preoccuparti, Chase caro. Ho tutto sotto controllo.»

A quest'ultima affermazione, lui si scosta. «Curioso, perché ricordo bene di aver messo la signora King a capo dell'operazione.»

«Oh, ecco, sai com'è.» Agita quelle dita affilate in aria. «Lavoriamo così bene insieme che non c'è bisogno di litigare per chi comanda.» Mi lancia un'occhiata feroce. «Non è così, *signora King?*»

Prima che possa calmarmi e placare il respiro affrettato, dovuto solo e unicamente alle cazzate di Denise e non al fatto che stia ancora toccando Chase, quest'ultimo interviene. «Mi fa piacere, Denise.» Sfila il braccio dalla sua presa. «E sono sicuro che sia al cento per cento vero.» La sua espressione racconta un'altra storia. «Ora, se potete fare a meno della capa,» e mi indica con un cenno del capo, «dovrei parlarle.»

Cazzo. Per quanto mi piaccia l'aria scocciata di Denise, preferirei non parlare faccia a faccia con Chase. Non ne verrà niente di buono.

Lui mi posa la mano sui lombi e mi scosta dal gruppo. Quel tocco così semplice, anche bloccato dalla blusa e dalla giacca che indosso, mi eccita. Non è il massimo, quando stai cercando di camminare con i tacchi alti.

La sua mano resta lì finché non raggiungiamo la nostra destinazione, un angolo buio dietro una rastrelliera, che ci nasconde alla vista. Poi scivola sulla mia vita quando Chase si volta a guardarmi. Le dita mi sfiorano il fianco prima di ricadere.

«Qui.»

Confusa, guardo il punto che indica con l'altra mano. Una porta nascosta, coperta dalla stessa carta da parati dei muri.

Digita un codice su una piccola, discreta tastiera e spinge.

Lo seguo, e il nostro movimento attira un sensore. Una dopo l'altra, tante luci fluorescenti si accendono mentre avanziamo nella stanza.

«Cos'è questo posto?»

«Una volta era un magazzino per le scarpe, ma ormai è troppo piccolo per le nostre esigenze. Ora è solo un ripostiglio.» Indica alcune scatole e delle mensole semivuote lungo le pareti. È grande quanto la camera da letto del mio appartamento. Il che non è molto. «Io e mia sorella ci nascondevamo sempre qui.»

Sorrido al pensiero di un giovane Chase insieme a Liz, una pallina di energia, che sgattaiolano via. «E tuo fratello?»

«No.» Sposta lo sguardo di lato, le sopracciglia contratte in un cipiglio pensieroso. «Thomas credo fosse sempre con Stan.»

«Capisco.» E capisco davvero. Mi rendo conto che quest'uomo bello, intelligente e amante del duro lavoro sia uno a cui importa. Di sua sorella, dei suoi dipendenti, persino del resto della sua famiglia. Se così non fosse, non soffrirebbe tanto per le loro azioni. E gli importa di me. O gli importava, almeno.

Scruto il suo viso in cerca di risposte alle domande che temo di porgli, ma non ne trovo. Il fascino se n'è andato, come il sorrisetto. I lineamenti sono così seri che a stento lo riconosco.

Vorrei dirgli che mi dispiace. Che non volevo andarmene, ma che era meglio così. Per chi, non saprei, a questo punto. Ma mi sembrava la cosa più responsabile e sicura da fare, al momento.

Vorrei dirgli che ho pianto quando ho lasciato casa sua. Nell'ascensore dove quasi avevamo fatto sesso tante volte. Ho pianto in taxi, e ho continuato a piangere nella mia confortevole camera d'hotel. Vorrei dirgli che mi è mancato il suo viso, il suo occhiolino, i suoi sorrisi troppo consapevoli. Mi è mancato tenerlo per mano e accoccolarmi con lui e il suo brutto gatto. Ma soprattutto, mi manca renderlo felice.

«Te ne sei andata.» La sua voce è piatta, priva di recriminazione. Però la sento lo stesso.

Non ho parole. Così lo bacio.

Chase

Tutto ciò che è andato storto in quest'ultima settimana evapora al calore del suo bacio.

So che non è questa la risposta che mi serve. Le sue labbra sulle mie non mi dicono cosa sarà di noi, o neanche cosa accadrà fuori da questo ripostiglio. Ma per favore, non sono così stupido da fermare la donna di cui sono pazzo dall'approfittarsi del mio corpo.

Le sue piccole mani mi scorrono lungo la schiena, come se cercasse di tranquillizzarmi, di portare via il dolore che mi ha causato. Ma non è la mia schiena che ha bisogno di essere strofinata.

Con movimenti secchi mi slaccio la cintura, mi tolgo la giacca e la getto a terra. Bell fa lo stesso con la sua, poi abbassa la cerniera sul lato della gonna. Le scaccio le mani, troppo impaziente per aspettare.

Mi inginocchio, infilo la mano sotto la gonna e le strattono le mutande giù per le cosce, poi mi rialzo e la sollevo, facendole cingermi la vita con le gambe. Lei geme e muove i fianchi; il nostro bisogno urgente eclissa il buon senso.

Come? Come può essere ancora così? Come può il mio desiderio di lei crescere nonostante tutte le volte e i modi in cui l'ho avuta? Nonostante la sua lontananza? Perché sembra ancora che io le appartenga?

«Ora,» mi ordina. «Ho bisogno...»

«Di cosa, tesoro?» Le mordo il capezzolo attraverso la blusa e le afferro il culo.

Mi guarda negli occhi. «Di te. Ti prego.» Mi implora, la sua voce è disperata.

Bene. Il mio lato vendicativo spera che provi la metà di quello che ho sentito io quando, lunedì scorso, mi sono svegliato da solo. Il resto vuole solo che mi desideri quanto io desidero lei.

Le strofino la coscia tra le gambe.

Lei si morde il labbro per trattenere un grido, ma il suo mugolio riecheggia nella stanzetta.

Il mio uccello balza fuori dai pantaloni quando abbasso la zip. In un unico gesto Bell solleva il culo, e io le affondo dentro.

«Sì,» geme, premendo i fianchi su di me. «Ne ho bisogno.»

E io voglio darglielo. Mi tiro indietro, poi la penetro ancora e ancora. Lei mi afferra la camicia a ogni stoccata.

«Oddio, oddio, oddio,» cantilena piano al mio orecchio. La sento contrarsi attorno a me. «Sto per...» Spalanca la bocca in un grido muto e si irrigidisce. La sua fica mi attira più a fondo, e non mi fermo. Continuo a sbattermela durante l'orgasmo, prolungandolo. Quando le sue gambe si afflosciano, io le strofino il bacino contro il clitoride, accendendo gli ultimi spasmi di piacere. Lei mormora soddisfatta di ciò che le ho dato. Ma io voglio darle ancora di più. Tutto.

Mi sfilo e la faccio voltare. Non ha il tempo di piangere la perdita del mio cazzo perché le sollevo il culo e torno dentro, sbattendole le palle contro il clitoride.

«Santo...» Si interrompe quando le agguanto i capelli, tirandole indietro la testa e facendole inarcare la schiena. La tengo lì, dove la voglio. Dove posso vedere il suo profilo quando un altro orgasmo la investe. Dove anche lei può vedere me che alla fine cedo e lascio che mi prenda.

Tutto.

«Chase.» Un basso singhiozzo. Mi eccita, me lo fa diventare ancora più duro.

È questo ciò di cui aveva bisogno, di cui avevamo entrambi bisogno. Ciò che ci ha negato. Perché non lo capisce? Perché non sono abbastanza?

Non mi trattengo più. La prendo da sotto le braccia e me la attiro al petto. Aggancio le mani attorno alle sue spalle e affondo in lei finché il mio cazzo pulsa per l'esplosione di piacere.

Una, due volte. Grugnisco come un animale, e cerco di reclamarla dall'interno.

Siamo sfiniti, entrambi spompati, e scivoliamo fianco a fianco sul pavimento, lì, nello stesso luogo in cui mi nascondevo dai miei genitori. Dove mi sono sempre chiesto perché non fossi abbastanza perché mio padre mi trattasse come Thomas.

«Resta.» So che la sto implorando. Che gliel'ho già chiesto, invano. Ma, da bravo idiota, glielo chiedo di nuovo, sperando in un risultato diverso.

Bell solleva il capo dal mio petto e mi guarda. Ha il viso arrossato, gli occhi di cioccolato fuso. Un sorriso pigro le illumina il volto, e per un attimo penso che potrei ottenere ciò che voglio.

Lei.

«Campbell?» La voce di Chris risuona distante da dietro la porta. «Campbell, sei lì?»

In un batter d'occhio, la sua espressione si fa terrorizzata. Si affretta a coprirsi con gesti frenetici. La tengo ferma con una mano, e mi porto l'indice dell'altra alle labbra. Non vogliamo che ci scoprano così.

«Sono sicura che lei e Chase siano molto... occupati.» Il disprezzo e i sottotesti sono palesi nel tono di Denise, anche attraverso la porta. Quella donna è una minaccia. Sento un certo mormorio, poi i passi si allontanano.

Bell aspetta ancora un attimo prima di scostarsi. «Devo tornare al lavoro.» La sua voce è piatta e distante. Capisco subito che il tempo trascorso nel mio nascondiglio segreto non ha cambiato nulla. Anzi, la sento ancora più lontana.

«Al diavolo il lavoro.» Sono un sadico, non ci sono altre spiegazioni. Altrimenti perché altro starei facendo pressioni? «Non ha importanza.» Ma so che sto mentendo. Entrambi abbiamo bisogno che Moore's abbia successo. Solo che non so come altro farle capire che *noi* siamo altrettanto, anzi, ancora più importanti.

«Non possiamo... non possiamo più farlo. Non è una mossa astuta.» Si mette carponi per recuperare le mutandine dal pavimento. Sono strappate e inutili.

Un po' come il mio cuore.

La gonna è ancora tutta stropicciata, il culo esposto, e in quella posizione vedo il mio sperma colarle lungo la coscia.

Lei guarda quel fluido colarle sulla pelle.

Mi passo la mano sulla faccia. «Cazzo. Niente preservativo. Non pensavo...»

Lei solleva la mano e mi zittisce. Con una smorfia, usa le

mutandine stracciate per pulirsi. «Non preoccuparti.» Fa alcuni respiri, come se li stesse contando. «Ho la spirale.» A questo punto si alza e sistema la gonna.

«Scusami.» Ho combinato un altro casino.

«Lascia stare.» Continua a passare la mano sulla gonna senza guardarmi negli occhi. «La colpa è mia. È stato un errore.»

Un errore. Mi hanno già definito così in passato. Ma non mi ha mai fatto così tanto male quanto adesso, detto dalla donna che amo.

Ed è in questo momento che abbandono ogni maschera affettata. Smetto di usare l'umorismo come corazza, di proteggermi non dicendo esattamente ciò che voglio. Perché la amo. E ne vale la pena.

Lì, in ginocchio, con l'uccello di fuori ancora umido del suo orgasmo, lo dico e basta.

L'unica cosa che non le ho rivelato.

«Ti amo.»

Capitolo Ventitré

Bell

A quelle parole, i miei occhi hanno un fremito. «C-Cosa?» Non riesco a nascondere lo shock o la meraviglia che mi vena la voce. «Tu... mi ami?»

Chase si sistema l'uccello nei pantaloni e si alza. Lentamente. Come se si stesse avvicinando a un animale selvatico ferito.

E in un certo senso è così.

«Sì. Bell, ti amo.»

Scuoto il capo, lenta quanto lui. «Ma sono solo...»

«Non ha importanza.» La sua voce è più dura, più ferma. Mi ancora al momento.

Ma taccio. Sto processando cosa le sue parole significhino per me. Per noi.

Deve interpretare il mio silenzio per incertezza, perché cambia approccio. Il tono si fa più leggero, la postura sciolta. «Ehi, come si suol dire, quando succede, te ne accorgi.» Fa una pausa, e per un intenso istante i suoi occhi incontrano i miei. «E io me ne sono accorto.» Fa spallucce come se non fosse niente di che, ma sappiamo entrambi che non è così.

Lotto contro le lacrime che mi salgono agli occhi. Sono ridicola. Sto per piangere perché un uomo mi ha detto che mi ama? Ma cosa mi prende?

Ma... come faccio a fidarmi? Tutti quelli che ho amato in passato se ne sono andati da un momento all'altro.

Trasalisco all'improvvisa epifania.

Le lacrime mi rigano le guance.

Chase mi prende tra le braccia. «Ehi, dai.»

È per questo che non mi apro? Che mi chiudo a riccio quando qualcuno cerca di avvicinarsi? Perché ho paura che se ne vada?

Non è giusto o razionale. I miei genitori non hanno scelto di lasciarmi. La morte è una parte inevitabile della vita. Persino quella del mio cane lo è stata.

Ma ciò mi ha lasciata da sola.

Per un attimo cedo al pianto, ripensando a un tempo che vorrei tanto non rivivere. Quando i miei genitori sono morti, tanti anni fa, mi sono concentrata sulla rabbia. Per i doppi standard e i colleghi traditori. Ma non è che l'ho fatto solo perché era più semplice che affrontare il dolore?

Mi sciolgo nel suo abbraccio e accetto di essere incasinata. Perché, per quanto io sia stata elusiva, per quanto l'abbia spinto via e piantato in asso, Chase non se n'è mai andato. L'ho fatto io.

Mi scosto e lo guardo negli occhi. «Mi... ami?»

Lui annuisce, l'espressione tenera. Solo quando lo vedo abbozzare un sorriso mi rendo conto che sto canticchiando *Can't Help Falling in Love*. Elvis sa sempre cosa dire.

Mi scocca un rapido bacio sulla bocca. «Ti amo, Bell. Amo quanto sei intelligente e creativa. Amo quanto lavori sodo e come non pretendi rispetto dai tuoi collaboratori, ma te lo guadagni e lo restituisci in pari misura.» Un altro bacio. «E amo quanto sei sexy, come ti infiammi quando vieni e come canticchi Elvis senza neanche accorgertene.» Il bacio successivo è più lungo, dolce. Argina le lacrime e mi riempie il cuore. «Amami, Bell. Ti prego. Me lo meriterò, lo giuro.»

Alle sue parole, tutto torna a posto. Mi accorgo che sta cercando di dimostrarmi di meritarsi il mio amore, e mi chiedo quanto le mie brusche reazioni lui abbia preso come un rifiuto. Parole, frasi, emozioni vorticano dentro di me mentre cerco di mettere insieme qualcosa di potente e romantico per fargli capire quanto se lo meriti.

E poi si mette a cantare.

Il ritornello di *It's Now or Never* fluttua tra di noi. Canta con voce sommessa. Profonda. Gli occhi sempre fissi nei miei.

A questo punto le emozioni traboccano, i pensieri tacciono, e il mondo si riduce a questa stanza, a quest'uomo e me.

Le ultime parole si spengono, il testo risponde alle domande nate da anni di ansia. Quindi faccio come dice la canzone e lo bacio.

Lento, seducente, pieno di tutto ciò che provo ma che non so pronunciare.

«Meriti tutto, Chase.»

Chase ha molti sorrisi. Seducenti, giocosi, falsi, divertiti. Li ho visti tutti. Ma questo, che si stende sul suo bel viso a pochi centimetri dal mio, dopo che mi ha cantato una serenata di Elvis, è il mio nuovo preferito.

È felicità pura. Non può esistere niente di meglio.

Sussurro le parole che entrambi abbiamo bisogno di sentire. «Ti amo anche io.»

E mi sbagliavo. Qualcosa di meglio c'è.

* * *

Mi tremano ancora le mani quando raggiungo la sala conferenze che il mio team ha eletto a ufficio.

Chase mi ama.

Siamo rimasti a fissarci e sorriderci in quel ripostiglio per un minuto buono prima di tornare a malincuore al lavoro. Non fraintendetemi: ci sono stati diversi ultimi baci e sussurri di promesse sconce per più tardi. Ma per ora dobbiamo affrontare la realtà: abbiamo fatto sesso in un magazzino a pochi metri dai suoi dipendenti e, peggio ancora, Denise.

E a tal proposito...

«Non riesco proprio a capire perché ci scomodiamo con il reparto moda uomo. I numeri parlano chiaro, il reparto più popolare di Moore's è quello donna.» Mi fermo fuori dalla porta e mi appoggio alla parete, cercando di raggranellare le energie emotive per affrontarla. Ho sentito cos'ha detto a Chris, cos'ha insinuato su Chase e me.

Non aveva torto.

«Abbiamo già fatto le foto del reparto donna, Denise. Venerdì.» Chris suona annoiato. «Quando, per chissà quale motivo, non hai potuto essere presente.»

«Come alla riunione precedente organizzata da Campbell la settimana scorsa,» aggiunge Ben.

La pazienza dei ragazzi si sta esaurendo, così mi stacco dal muro e apro la porta. Denise mi dà le spalle, quindi non si accorge di me sulla soglia.

Alice, anche lei di spalle, si schiarisce la gola. «Ehm, forse dovremmo visionare le foto di stamattina. Le ho già caricate.» Indica lo schermo del proiettore. «Penso che quella con i manichini vestiti in abiti formali Tom Ford e Yves Saint Laurent sarebbe ottima come foto profilo per il dipartimento moda uomo.» Giorno dopo giorno diventa più sicura di sé, dimostrando ancora più talento di quanto mi fossi aspettata.

«*Alice,* giusto?» Denise si gira verso la mia nuova dipendente, mostrandomi il profilo. La guarda dall'alto in basso, osservandone le scarpe comode e l'abbigliamento professionale ma non di lusso. Da quando l'ho assunta, ho avuto l'impressione che Alice non nuoti nell'oro. Ha già indossato quella stessa gonna e la giacca abbinata questa settimana, ma non assieme. La sua mancanza di griffe non mi preoccupa, ma è come sangue nell'acqua per quello squalo di Denise. «Nessuno ha chiesto l'opinione della stagista.» Le parole grondano disprezzo.

Alice curva le spalle e china il capo.

Ben appoggia i palmi sul tavolo come se stesse per balzare su, ma lo batto sul tempo e parlo per prima. «Vattene.»

Tutti sussultano alla mia voce.

«Devi andartene, Denise. È stato un errore ritenere che potesse funzionare.» Avrei dovuto farlo appena mi è stata data carta bianca sul personale. Ma volevo evitare domande sul perché mi rifiutassi di lavorare con lei. Non volevo darle l'occasione di spargere altre menzogne su di me e farmi rivivere il passato. E a dirla tutta, volevo anche dimostrare a Denise l'errore che ha commesso. Forse vedendo quanto sono brava nel mio lavoro, quando bene lavora il mio team, le avrebbe fatto rimpiangere le sue scelte di otto anni fa.

Ma guardandomi intorno, capisco che ho solo reso difficile la vita al mio team, ai miei amici.

Denise si ricompone e assottiglia lo sguardo. «Scusa? Io sono...»

«Inopportuna? Di nessun aiuto? Vendicativa? Sì, lo sappiamo.» Agito la mano. «Lo sanno tutti, qui.»

Ben ridacchia, poi tossisce quando Chris gli tira una gomitata.

«Abbiamo dovuto ascoltare fin troppo le tue ciance.»

«Senti un po', signora Dougherty...»

«King. È *King*. E tu lo sai benissimo. E sai anche perché mi chiamo così e non signora Dougherty.»

Una scintilla malevola le si accende nello sguardo. «Esatto. E se non vuoi che lo sappiano anche loro...»

«Che sappiano cosa? Che sei una persona orribile? Non preoccuparti, glielo hai rivelato tu stessa.» Mi avvicino di un passo e mi fa piacere vederla indietreggiare sulla sedia. «Adesso qui abbiamo concluso. Sei fuori.»

Finalmente sembra capirla. Le sue narici fremono, gli occhi si riducono a fessure. «Non puoi farlo. Ho un contratto...»

«Ti correggo.» La aggiro e mi accomodo al mio posto a capotavola. «Warren&Baron ha un contratto. Su cui non c'è scritto da nessuna parte che *tu* devi lavorare sul progetto.»

Si alza di scatto. «Stanley non lo permetterà.»

«Stanley?» Cosa c'entra il padre di Chase?

Denise avvampa, e lo sguardo assassino svanisce. Abbassa il viso e si liscia la gonna.

E di colpo, tutto ha senso. Mi ero chiesta perché una persona incompetente come lei fosse riuscita ad accaparrarsi un progetto di tali dimensioni. Ha una tresca con Stanley Moore. L'ironia della situazione mi fa sbuffare una risata.

La mia espressione deve rivelare che ho fatto due più due, perché Denise si riprende e raddrizza le spalle, le mani piantate sui fianchi ossuti. «Non fare la santarellina, Campbell. Potrai anche riuscire a convincere Chase a togliermi dal progetto, ma sappiamo entrambe che hai una simile autorità solo perché hai allargato le gambe per lui.»

Sobbalzo. Colpita.

Lei sorride. È incredibile come una persona con lineamenti tanto belli possa apparire così brutta. Alza la voce per assicurarsi di essere udita anche al di là della porta. «Mi chiedo quanto i tuoi colleghi e clienti ti rispetteranno quando scopriranno come diffondi la tua creatività.» Mi squadra con pieno disprezzo. «Stando sulla schiena.»

Un silenzio sgradevole ci avvolge. Persino il ronzio delle

fotocopiatrici tace. Nessuno si muove. Neanche si guardano a vicenda per valutare le reazioni. È come se qualcuno avesse premuto il tasto di stop sul tempo.

Sono stranamente calma. Questa è la mia più grande paura diventata realtà... e non mi interessa.

La mia mente è occupata solo dal viso di Chase quando gli ho detto che lo amo. Ci ho davvero quasi rinunciato per proteggermi da... questo? Da questa donna rabbiosa e ipocrita, capace di serbare rancore per tutto questo tempo?

Potrei facilmente sputtanarla, visto che sono abbastanza certa che abbia, o abbia avuto, una relazione con Stanley. Ma guardandola, con i lineamenti eleganti distorti in una maschera orribile, mi rendo conto che non ne vale la pena. Invece mi chiedo cosa le sia successo per diventare così. E se non lo sarei diventata anche io, non fosse stato per Chase.

La rabbia lascia il posto alla tristezza. Per me. Per lei. Per tutto il tempo perso. Per ciò che mi sarebbe potuto costare.

Mi strofino il viso con la mano, sfinita. «Vai, Denise, prima che chiami la sicurezza.»

«Andiamo,» scatta rivolta verso i tre colleghi di Warren&Baron. «Vedremo cos'avrà da dire il signor Warren di tutto questo.»

I tre addetti marketing si agitano a disagio sulle sedie, guardando tutto tranne Denise. Alla fine, l'unica donna del trio parla. «Credo rimarremo, Denise. Puoi gestire tu la faccenda con il signor Warren, ne sono sicura.»

Denise assume una fugace aria confusa, come se fosse incredula che tutta la stanza le sia contro. Ma in un lampo torna all'atteggiamento spocchioso. «Molto bene. Di certo non voglio che il mio nome sia associato a questo ridicolo piano marketing che il tuo team di inetti sta mettendo insieme. Se ci tieni a fallire senza la mia consulenza, fai pure.» Prende la borsa e gli appunti dal tavolo in movimenti rapidi e asciutti.

Alice salta su e prende il cappotto di cashmere dallo schienale della sedia di Denise. «Aspetti, la aiuto con la giacca.»

Questa volta è il turno di Chris di chinare il capo e tossire nel pugno in preda all'ilarità.

Denise si è voltata di spalle; non la vedo in viso, ma a giudicare dal sorriso che si spegne sul viso di Alice, deve aver guardato la mia nuova assunta con il suo sguardo assassino. Non fa altri commenti sprezzanti, si limita a prendere il cappotto e a gettarselo sul braccio, per poi marciare fuori dalla stanza come una regina a corte.

La tensione impalpabile abbandona la stanza con la sua uscita. Si levano sospiri di sollievo, persino da parte del gruppo di Warren&Baron e il sorriso di Alice torna.

«Allora,» esordisce Ben con un sorrisone. «Tu e Moore, eh?» Chris stringe le labbra divertito, e il sorriso di Alice si allarga. Non c'è alcuna traccia di giudizio in loro.

Ho una grande squadra. Degli ottimi *amici*.

Non rispondo a Ben, ma il sorriso che non trattengo la dice lunga.

Anche se sono colpevole proprio di ciò di cui sono stata falsamente accusata otto anni fa, la vergogna che temevo non si fa vedere. Ma del resto non sono più quella ragazza ancora in lutto per i genitori, ingannata dalla collega e scacciata dalla sua professione.

Sono la ragazza così fortunata da essere amata da Chase Moore.

Chris sbuffa. «Era palese da quell'incidente nell'ascensore dopo la cena da Winston's.»

Oddio. Uccidetemi.

* * *

Chase

Camminare è bello.

Camminare sui marciapiedi di Manhattan non è come farlo su una spiaggia isolata. La mente non si spegne, e non è un buon momento per mettere ordine tra i pensieri.

Se lo fai a New York, ti investono.

Camminare per la Grande Mela richiede mente acuta e riflessi pronti.

Ho aspettato nel ripostiglio per cinque minuti buoni dopo che Bell se n'è andata, cercando al tempo stesso di placare quel mio sorriso da idiota e l'erezione palese. Ma il profumo di Bell e del sesso è rimasto nell'aria, e nessuno dei due problemi si è risolto.

Sono fuggito, spero senza farmi notare, e mi sono rifugiato nelle folli strade di Manhattan.

Bell mi ama.

Nessuno mi ha mai amato. Né io stesso ho amato.

Ho avuto delle fidanzate, certo, ma nessuna come lei. Al suo confronto, le mie precedenti relazioni impallidiscono. Non sapevo di poter provare così in fretta qualcosa di così potente. O che sarei stato ricambiato. Perché diciamocelo, Bell è intelligente, realizzata, sexy da morire, e capace di tenere sulle spine uno smargiasso come me.

Ora devo scoprire come non rovinare tutto. Stasera...

Una spalla urta la mia e mi manda indietro di un paio di passi.

Accidenti, che male. Il colpevole è già a metà isolato, e non ha nemmeno rallentato.

Questa è New York, dopotutto.

Ma va bene così. Un livido sulla spalla non è nulla. Perché Bell mi ama.

«Chase! Chase caro!»

Cazzo. Come ha fatto Denise a trovarmi? Mi volto e mi stupisco di trovarmi a pochi passi dall'ingresso laterale di Moore's. Devo aver svoltato a un certo punto ed essere tornato indietro.

Sei proprio una volpe, Moore.

La felicità si appanna, ma ripensandoci, basta un'occhiata al viso inacidito di Denise per curare i miei problemi.

«Denise. Che... sorpresa.» Sono abbastanza sicuro che dovrebbe essere di sopra con il team marketing, ma Chris ha borbottato qualcosa sulle sue recenti assenze.

«Non dirlo a me.»

A ben vedere, il suo solito atteggiamento spocchioso è sparito. Goccioline di sudore le imperlano la fronte. Il rossetto è un po' sbavato sul labbro inferiore. Sembra infastidita.

So che me ne pentirò. «Tutto bene?»

«No. No, non sto bene, Chase.»

Ecco. Me ne sto già pentendo.

«La tua responsabile marketing,» e suona incredula, «mi ha appena licenziata!»

Wow. Chris ha parlato di Denise che non faceva il suo lavoro, ma Bell non ne ha mai fatto menzione. Anzi, non ha proprio parlato di Denise da quella domanda per la notifica dell'e-mail quando abbiamo mangiato la pizza a casa mia. Cosa che ora trovo strana. Soprattutto considerando il loro primo, gelido incontro.

La mia sorpresa deve essere palese, perché Denise la prende come un semaforo verde per le lagne.

«Non mi interessa, questa volta. Campbell ha esagerato.» Una gran boccata di aria cittadina le entra tra le labbra rosse. «Io sono quella esperta, e non quella nota per scoparsi i clienti come una...»

«*Cosa?*»

Il suo sbattere di ciglia mi inquieta. Sembra una vipera che si finge innocente con un topo.

«Oh, povero Chase. Non lo sapevi?»

Sta mentendo. Deve mentire. Bell non è così.

«Pensavi di essere speciale, vero?» Mi dà una pacca sul braccio, poi me lo prende sotto il suo. La serpe serra le sue spire e si prepara all'attacco. «Io c'ero quando Campbell *Dougherty* è stata licenziata. Era andata a letto con un cliente per farsi strada.» Per quanto sbavate, le labbra rosse si curvano in sorriso crudele. «Forse è per questo che ha cambiato nome e aperto una sua agenzia. Sai, le voci corrono in città. Nessun'altra azienda avrebbe toccato la signora *Dougherty* con un palo lungo tre metri.» Ridacchia al puerile tentativo di doppio senso.

«Non è vero.»

Basta un guizzo di sopracciglio, e di nuovo Denise sembra uno squalo. «Oh, ti prego. Non mi serve una bugia quando la verità è molto più grave.» Si scosta fluida da me, mi supera e prosegue.

«Oh, un'altra cosa, Chase.»

Ancora sconvolto da quelle sue parole velenose, mi volto verso di lei.

«Sono certo che a tuo padre interesserà moltissimo sapere come conduci gli affari.»

* * *

«Chase?»

Capelli ramati compaiono sulla soglia, seguiti da occhi scuri. Bell è adorabile quando si affaccia al mio ufficio. Dal ripostiglio, da quando abbiamo smesso di essere codardi e abbiamo accettato ciò che proviamo, lei sembra... più delicata.

C'è ancora della vulnerabilità che detesto, ma al momento,

purtroppo, mi rassicura. Odio aver dato retta alle cattiverie di Denise. Sono stato io a provarci con Bell, non il contrario.

Devo farmi due domande se sono così danneggiato da credere a Denise quando dice che interesso a Bell solo per il mio titolo lavorativo.

E la battuta finale? Perché a mio padre dovrebbe importare del licenziamento di Denise?

«Va tutto bene?» Si fa avanti e si raddrizza la gonna. La stessa che si è abbassata sulla fica nuda, perché ha dovuto usare le mutandine per pulirsi il mio sperma dalle cosce.

E voilà, ce l'ho di nuovo duro.

«Sì.» Mi schiarisco la gola. «Benissimo.» Scaccio dubbi e preoccupazioni, mi alzo e mi allaccio la giacca. «È ora di andare. Perché non torniamo da me?»

«Oh.» Fa una smorfia. «Tutte le mie cose sono in hotel.»

«Non c'è problema.» Scaccio il ricordo della sua fuga. «Possiamo sopravvivere.» Attraverso l'ufficio verso la cabina armadio (sì, è *così* enorme, questo ufficio), dove tengo dei vestiti di riserva. Prendo un abito, lo infilo nella sacca portavestiti (George e Susan si assicurano che ne abbia sempre) e me la getto sul braccio.

«Da qui si va a Narnia?» Mi volto e la vedo che indica un'altra porta.

«No, furbacchiona, solo in corridoio. Mio padre l'ha fatta installare in modo che i suoi personal shopper non dovessero entrare in ufficio.»

Bell sbuffa. Un'ottima reazione a mio padre.

Lei entra nella cabina e gira su se stessa. «Questo è più grande del mio appartamento a Houston.»

«Pensavo che tutto fosse più grosso, in Texas.»

Mi lancia una lunga occhiata divertita, poi la sposta sotto la mia cintura. «Non proprio tutto.»

«Signorinella Campbell, voi non siete una signora! Oh, non

è un titolo di demerito... le signore non mi sono mai piaciute!» scherzo in una parodia di accento del sud.

«Ma ti prego. *Via col Vento* è ambientato in Georgia, non in Texas.»

Tocco la tesa di un cappello immaginario. «Le mie scuse, *signora.*»

«Questa è una sfida.» I suoi occhi si accendono di malizia e seduzione.

La mia combinazione preferita.

Il mio tutto preferito.

Capitolo Ventiquattro

Bell

C'è qualcosa che non va.

Chase dice le cose giuste, fa le cose giuste, ma c'è qualcosa di… sbagliato.

«Vuoi fermarti a cenare mentre andiamo in hotel?» mi chiede, aprendo la portiera dell'auto.

Mi mordo il labbro e gli passo la borsa del portatile da mettere dietro. «Certo.» Dio, odio essere insicura. È come se avessi sbloccato una nuova parte di me con cui non ho fatto pratica. Mi do mentalmente uno schiaffo e faccio una pausa prima di salire, mettendomi in punta di piedi per sussurrarglielo all'orecchio. «Oppure… potremmo mangiare un boccone veloce al ristorante dell'hotel. Così il tempo tra la cena e la camera d'albergo si accorcia.»

Non risponde subito. Ecco cosa intendo quando dico che c'è qualcosa che non va. Prima che gli dicessi che lo amo, Chase avrebbe fatto di tutto per portarmi a letto. «Oppure no.» Mi abbasso sui talloni, in imbarazzo.

«No. Il ristorante dell'hotel va bene.» Aspetta che sia salita sull'auto di lusso prima di chiudere la portiera. Si prende un momento per appendere la borsa degli indumenti e appoggiare la mia sul sedile posteriore prima di scivolare al posto di guida. «Hai ragione. È molto più vicino alla camera.» Mi lancia il suo caratteristico sorriso, ma manca la luce maliziosa nei suoi occhi.

Non appena preme il pulsante di accensione, il suo telefono si accende e sul cruscotto compare il nome "Thomas". Chase rifiuta la chiamata premendo il pulsante sul volante e poi si immette nel traffico dell'ora di punta.

Thomas chiama di nuovo.

Con movimenti agitati, Chase preme di nuovo il tasto sul volante.

Bene. Ora è imbarazzante.

«Stai bene?»

«Sì.»

Certo. Ecco perché le sue nocche stanno diventando bianche a causa della presa mortale sul volante.

«Era tuo fratello, vero?»

Annuisce, ma i suoi occhi sono ancora fissi davanti a lui. Anche quando il traffico rallenta e ci fermiamo.

Ricordo che una volta mia madre era molto arrabbiata. Così tanto che nemmeno mio padre era riuscito a risollevarle l'umore mettendo il suo disco preferito di Elvis. Mio padre si era girato verso di me e aveva detto: «È ora di tirare fuori l'artiglieria pesante.» Aveva preso la mano della mamma, l'aveva fatta sedere nel suo studio e mi aveva detto di andare a giocare un po' fuori. Dopo un'ora passata a lanciare la palla a Elvis, ero tornata dentro e avevo visto mia madre che rideva e ballava con mio padre al ritmo di *Jailhouse Rock*. Quella sera gli avevo chiesto come avesse fatto a rendere di nuovo felice la mamma e lui mi aveva risposto: «A volte, prima che una persona si apra, devi mostrarle come si fa.»

All'epoca non avevo capito, ma ora sì.

Faccio un respiro profondo, preparandomi mentalmente ad aprire una porta che ho tenuto chiusa per molto tempo. «Chase?»

«Mh.» I suoi occhi sono ancora puntati sull'auto ferma davanti a lui.

«I miei genitori sono morti in un incidente d'auto.»

Si volta di scatto, e le mani sussultano sul volante. «Cosa?»

«I miei genitori,» ripeto più lentamente. «Sono morti in un incidente d'auto.»

«Pensavo che, visto che hai detto che erano anziani...»

«No.» Appoggio le mani sulle ginocchia. «Cioè, sì, lo erano, ma non sono morti di vecchiaia.»

Lui toglie una mano dal volante per appoggiarla sulla mia. «Deve essere stata dura.»

Di solito, a questo punto, faccio spallucce lascio perdere. Faccio finta che sia passato così tanto tempo che il dolore sia irrilevante per la mia vita. Ma ricordo le parole di papà e cerco di mostrare a Chase come aprirsi facendolo io stessa.

«Sì,» dico con forza. «Sono cresciuta in una piccola città a circa un'ora a ovest di Houston. Ti ho detto che mia madre era la bibliotecaria del posto, ma dopo la mia nascita è rimasta a casa con me. Ho studiato a casa.» Sorrido, ricordando come papà avesse trasformato la sala da pranzo inutilizzata nella mia classe. «Di solito eravamo solo noi tre. Ed Elvis, ovviamente.»

Chase sorride. «Il cantante o il cane?»

«Entrambi, credo.» Riesco a ridere. «Quindi, quando al museo ti ho detto che è stata una cosa importante per loro lasciarmi andare a New York, è stata una confidenza grande, da parte mia. Erano i miei migliori amici, oltre che i miei genitori. Ma a diciotto anni potevo solo pensare a una vita frenetica in città, con folla, grattacieli e aule piene di studenti. Cose che non avevo mai avuto.»

Il traffico si attenua e Chase inserisce la marcia, avanzando lentamente.

«E quando mi sono laureata, i miei pensavano che sarei tornata a casa. Ma non l'ho fatto.» La fitta di colpa è più forte che mai. «Ho trovato un lavoro. Un buon lavoro in un grande ufficio di lusso al centro di tutto. Non importava che fossi in un cubicolo e che dovessi fare lavori umili per un anno prima di poter lavorare a una vera campagna di marketing. Avevo un lavoro e una vita a New York, ed era tutto ciò che avevo sempre desiderato.»

«Sono sicuro che i tuoi genitori erano orgogliosi.» Il suo tono è rassicurante, ma non ne ha bisogno.

«Oh, so che lo erano.» Sorrido pensando alle chiamate, alle e-mail e alle sessioni di Skype. «Me lo dicevano ogni giorno.» Il mio sorriso si spegne, sapendo cosa sta per succedere. «Finché non l'hanno fatto più. Un giorno ho ricevuto una chiamata dallo sceriffo che mi diceva che un cervo era balzato in mezzo alla strada. Papà ha sterzato, ma ha colpito lo stesso il cervo e la loro auto è andata a sbattere contro un albero. Sono morti sul colpo.»

«Oh, Bell.»

Rimaniamo in silenzio per un po', io persa nei miei pensieri e Chase che mi lascia stare. La sua mano abbandona la mia solo per cambiare marcia.

Ricordando il motivo per cui ho iniziato questa storia, mi schiarisco la gola e riprendo da dove avevo interrotto. «Quando sono partita per andare al funerale, ho affidato il mio lavoro alla persona sbagliata. Al mio ritorno mi aspettavano solo umiliazione e licenziamento.»

Le sue dita si stringono quasi dolorosamente intorno alle mie. «Denise.»

La mia risata suona un po' vuota. «Già. Immagino che non abbiamo fatto un buon lavoro nel nascondere il nostro astio, eh?»

Lo sguardo che mi lancia mi fa ridere.

«Sì, beh, se tu fossi in lutto per i tuoi genitori mentre lei è impegnata ad accedere al tuo computer, a rubare tutto il tuo lavoro e a inviare email inappropriate a tutti i tuoi clienti con il tuo nome, non piacerebbe neanche a te.»

«Stai scherzando? Ha fatto tutto questo?»

«Sì.»

«Se non l'avessi già licenziata tu, sarei tentato di fare qualcosa di molto peggio.»

La sua protettività mi fa sentire accudita, fa svanire la tristezza.

«Questo spiega perché sei fanatica della sicurezza informatica.»

«Non direi fanatica.» Lo sono?

Lui alza le sopracciglia.

«Uff. Come vuoi.»

«Allora, cosa hai fatto? Dopo che Denise ha fatto la stronza e tutto il resto.»

«Beh.» Traggo un respiro profondo, espellendo il risentimento residuo e facendo i conti con quello che è successo. «Sono finita sulla lista nera di tutte le più importanti società di marketing di New York, così sono tornata in Texas. E per molto tempo sono stata così furiosa e così arrabbiata che l'unica cosa a cui riuscivo a pensare era quella di crearmi una reputazione senza macchia. Perché senza i miei genitori, il mio lavoro era tutto ciò che avevo.» Questa volta metto la mia mano sulla sua. «Ecco perché mi sono detta che non potevo stare con te. Che avrebbe annullato tutto quello per cui ho lavorato e che avrebbe reso vero quello di cui Denise mi ha accusata tanti anni fa.»

Chase impallidisce. «Dio, Bell. Mi dispiace tanto. Non avrei mai dovuto insistere. Spero che tu non...»

Con l'altra mano gli accarezzo la guancia, in modo un po' goffo viste le nostre posizioni. «Non mi dispiace che tu abbia insistito. Non riesco nemmeno a dirti quanto *non* mi dispiaccia.»

Rapidamente, prima che ci rimettiamo in marcia, mi sporgo e gli do un bacio sulla guancia e poi torno al mio posto. «Perché mi hai fatto capire che mi stavo aggrappando a tutta quella rabbia perché era più facile che affrontare il dolore.»

Scuote la testa, come se non sapesse cosa dire.

«Questa è la prima volta che parlo dei miei genitori. A parte al museo.» Chiudo gli occhi, riportando alla mente la loro immagine. Istantanee di momenti felici. «E anche se fa male, è anche una sensazione... positiva. È un sollievo poterlo dire a qualcuno, finalmente.»

«Mi fa piacere.»

Sbattendo gli occhi, mi concentro sui suoi. «Già.»

«Allora, chi è Dougherty?»

«Eh?»

«Denise ti chiama sempre Dougherty.»

«Oh. Sì. Quello.» Mi chino e prendo il portafoglio dalla tasca anteriore della borsa del portatile. Lo apro, estraggo una patente malconcia e gliela porgo perché la veda. «Stai guardando Campbell Hope Dougherty, nata in Texas.» Una versione più giovane di me sorride dalla fototessera. «L'ho cambiato in King in onore dell'amore di mia madre per Elvis.» Faccio una pausa prima di ammettere con un sorriso: «E per il mio cane.» Allo sguardo di Chase, faccio spallucce. «Cosa? Era un cane fantastico.»

Le nostre risate alleggeriscono qualcosa dentro di me. Forse ho iniziato a condividere il mio passato pensando a Chase, ma ne sono uscita più leggera che mai e più vicina a lui.

Il suo telefono suona ancora una volta e questa volta lo tira fuori dalla tasca, lo spegne e lo getta sul sedile posteriore.

Ripongo la mia vecchia patente nel portafoglio e cerco di sembrare disinvolta. «Allora, tuo fratello, eh?»

* * *

Chase

Sollevo le spalle fino alle orecchie. Valuto se fare il vago, ma dopo ciò che Bell mi ha raccontato, sarebbe una mossa da stronzo. Soprattutto perché già mi sento tale per il mio atteggiamento di prima. All'inizio pensavo che il fatto che non volesse venire a cena con me fosse un segno che voleva ancora tenere la relazione segreta, non farsi vedere con me. Che era solo sesso, e forse Denise aveva ragione, e Bell era solo una facile.

Dio, che bastardo che sono.

Mi preparo così ad aprirmi con la splendida donna che non mi merito. Emetto un lungo sospiro e getto indietro la testa. «Già. Mio fratello.»

«Cioè, l'ho incontrato. È...»

«Perfetto? Il figlio ideale? Incapace di commettere errori?»

«Uhm, stavo più che altro pensando a un modo educato per dire che è un borioso cretino.»

Mi piego in due per una risata stupita. Solo quando l'auto dietro di me strombazza mi calmo e rimetto in moto.

«Borioso cretino, eh?» sbuffo. «Me lo segno.»

«Beh, ma è vero. Non so perché l'hai definito perfetto.» Appare così poco colpita dal mio fratello maggiore che mi innamoro un po' di più di lei.

Tutto sommato questa faccenda di condividere dettagli personali sta andando bene, così vado più in profondità. «Perché è ciò che mio padre mi ha inculcato fin dall'inizio.»

Mi lancia uno sguardo interrogativo.

«Devi capire che Thomas era perfetto. Lo è ancora.» Lei fa per interrompermi, ma io proseguo. Deve vedere il quadro completo. «Prendeva voti perfetti, diceva le cose perfette, si vestiva in modo perfetto. Era il metro di valutazione di cui non ero mai all'altezza.» Stringo gli occhi in cerca di un esempio. «In effetti, credo che mio padre abbia detto proprio questo il giorno del mio settimo compleanno, quando ho cercato di colpire la pignatta ma ho sbagliato mira. Poi ci ha provato Thomas, e l'ha spaccata in due al primo colpo.»

«Cristo.» Bell sembra inorridita.

«Già. Crescere a Casa Moore era così. Non sarebbe stata così dura se Thomas fosse stato un bravo fratello, o almeno avesse provato a essere amichevole. Ma da ragazzino aveva sempre un palo su per il culo, andava a fare attività padre-figlio con Stan e non mi invitava mai. Anche se il vecchio non mi avrebbe comunque lasciato andare.»

«E Liz?»

«Ah.» Sorrido al pensiero di mia sorella. «Il giorno più bello della mia vita è stato quello della nascita di Liz. Avevo dieci anni, e finalmente avevo una sorellina. Essendo tanto più giovane di me, probabilmente è stata un imprevisto, ma per me era comunque meraviglioso. Lo è ancora.»

«Concordo che non è facilissimo avere a che fare con Thomas, ma perché ignorare le sue chiamate?» Bell indica lo schermo. «Se si sta sforzando tanto di contattarti, potrebbe essere importante.»

Mi prendo un attimo per formulare correttamente i pensieri. O meglio, per dare forma a ciò che provo. «So che suona puerile, ma a Thomas hanno concesso *tutto.* Siamo entrambi eredi dei Moore, quindi abbiamo una pari quota azionaria, ma in quanto primogenito, Thomas è stato addestrato da Stan a prendere le redini della catena. Finché non le ha mollate.»

Bell si raddrizza. «Davvero?»

Annuisco, cambio corsia e svolto.

«Ma perché?» Pare confusa come mi sono sentito io quel giorno a pranzo con la mia famiglia.

«Non lo so e non mi importa.» Lei mi fissa, e io cerco di spiegarmi meglio. «Vedi, io ho sempre adorato Moore's. Susan e

Raymond sono praticamente i genitori che non ho mai avuto. Sono cresciuto giocando in negozio, e mi piaceva da matti, anche se, da che ho memoria, mio padre mi ha sempre inculcato che non sarebbe mai stato mio. Era destinato a Thomas.»

I molti ricordi di mio padre che mi ripete quelle identiche parole mi fanno stritolare il volante.

«Thomas non mi ha chiamato neanche una volta prima di piantare in asso l'azienda di famiglia,» proseguo. «Non per farmi gli auguri di compleanno, per sentire come stavo, o neanche in caso di emergenze familiari. Lo ha sempre fatto solo Liz.» Faccio spallucce. «E qualche volta mamma.»

Bell mi stringe la mano.

«Quindi, se Thomas decide di chiamarmi adesso, immagino sia solo perché si pente di aver lasciato il lavoro. O perché vuole dirmi come farlo.» Ringhio rivolto al mio riflesso nel parabrezza. Assomiglio anche troppo a mio fratello. «Beh, fanculo, Thomas. Non mi porterai via anche questo.»

Penso di averla ridotta al silenzio per lo shock. E a dirla tutta, mi sono sconvolto da solo.

Dopo un po', Bell parla, la voce sommessa e distante. «Ehi.»

Sono un po' imbarazzato, così, invece di rispondere, mi concentro sullo svoltare nel piazzale dell'hotel. Se riesco a portarla fino alla porta, forse posso risparmiarmi le parole di pietà che sento sta per dirmi. Scommetto che preferirebbe fossimo andati a cena da qualche parte adesso. Niente rovina la festa quanto la pietà.

«Ehi,» ripete con più forza.

Il valletto sta gestendo l'auto prima della mia. C'ero quasi. Pronto a tutto, spengo l'auto. «Scusami.»

«Non scusarti. Diciamo che non mi stupisce che qualcuno con un padre poco amorevole e una madre assente abbia così tanti fardelli emotivi. I miei genitori mi volevano bene, eppure anche io ho la mia zavorra.»

Questo mi fa ridacchiare. Ci raggiunge un altro valletto, ma Bell lo ferma con un gesto.

Accidenti.

Si slaccia la cintura di sicurezza per girarsi del tutto verso di me. «Tu, Chase Moore, sei meraviglioso.»

Non me lo aspettavo.

Si sporge in avanti, mi prende il viso tra le mani, e la sua pelle morbida sfiora la mia barba ispida.

«Anche se ti hanno detto di no, che non eri abbastanza, sei diventato una delle persone più capaci e sicure di sé negli affari che io abbia mai conosciuto.»

A disagio per le sue parole, faccio per ritrarmi, ma lei mi tiene fermo e appoggia la fronte alla mia. Il valletto sbircia dal parabrezza come se pensasse che siamo matti, ma Bell lo ignora. Non ha ancora finito.

«Non solo ti meriti Moore's: te lo sei guadagnato. Tuo padre potrà anche non ammetterlo mai, ma sai chi lo farebbe? Raymond. E Susan. E tutti gli altri dipendenti. Ti amano. Io ti amo. E sei decisamente abbastanza.»

L'unisco suono nell'abitacolo è il coro del nostro respiro. Il mio è spezzato, il suo fluido. Cerco di ricompormi, ma le sue parole mi rimbalzano dalla testa al cuore, e temo che da un momento all'altro possano trafiggerlo, infrangendo quella fragile entità che cerco di difendere da tutta la vita.

«Era il mio papà quello saggio,» continua, con l'accento più marcato che le abbia mai sentito. La sua voce mi placa il cuore. «Ma mia madre diceva sempre che non c'è nulla che Elvis non possa sistemare.»

E inizia a cantare *The Wonder of You*.

Oddio, ha la voce da cardine arrugginito. È davvero stupefacente quanto sia stonata.

Dopo la prima strofa e il ritornello, le sfioro il collo con il naso. «Ehi, tesoro.»

«Sì?»

«Puoi farmi un favore?»

«Qualsiasi cosa.»

«Limitati a canticchiare.»

Ci vuole un attimo perché le mie parole facciano breccia, ma quando iniziano a tremarmi le spalle dal ridere, lei si ritrae con un sussulto oltraggiato. «Brutto...»

La zittisco con un bacio, poi salto giù dall'auto, lasciandola seduta e fumante, ma anche in preda alle risate.

Lancio le chiavi al valletto in attesa; probabilmente è sollevato che quello strambo momento intimo con la mia ragazza si sia concluso.

La mia *ragazza*. Che eufemismo per ciò che Bell significa per me.

Aggiro l'auto, apro la portiera di Bell e la vedo con l'aria di una bambina petulante, braccia incrociate, labbro immusonito e occhi offesi rivolti verso di me. Ma lo vedo quel tremito di risata che cerca di nascondere.

«Oh, non fare così, tesoro.» Quando non accenna a scendere, mi chino e la prendo in braccio, gettandomela sulle spalle in stile pompiere.

«Chase!» Si divincola, ma ciò non fa che stropicciarle verso l'alto la gonna. Si blocca, probabilmente molto consapevole di non avere le mutandine. «Mettimi giù!»

In risposta le do una sculacciata, che serve diversi scopi: la riduce al silenzio, impedisce alla sua gonna di sollevarsi ulteriormente, e il mio preferito, cioè mi permette di toccarla.

Marcio verso l'ingresso e rallento per lanciare cinquanta dollari al portiere chiedendogli di portarci su le valigie.

L'uomo apre la doppia porta per far entrare la mia versione cavernicola. Tutti, nella hall di quell'hotel a cinque stelle, mi fissano a bocca spalancata. Quegli sguardi non mi perturbano: tiro dritto verso gli ascensori e premo il pulsante.

«Aspetta.» Bell trova la voce, per quanto acuta. «Cosa stai facendo? Pensavo volessi andare a cena. Il ristorante è dietro di te.»

Una coppia di una certa età trova il coraggio di unirsi allo spettacolo e aspetta l'ascensore con noi. «Non serve,» rispondo a Bell con un'altra leggera sculacciata. «Mi mangio te.»

L'anziano signore spalanca gli occhi, ma la moglie si limita a un sorriso divertito.

L'ascensore trilla, le porte si aprono. La saggia coppia resta indietro quando trascino dentro Bell.

«Inoltre,» riprendo quando le porte scivolano e si chiudono, «se ci verrà fame di qualcosa di diverso dai nostri reciproci corpi, esiste il servizio in camera.»

Quando l'ascensore si mette in movimento, faccio scivolare Bell dalla spalla. Lei mi si aggrappa e si rimette in piedi.

«Sai una cosa, Chase Moore?» La voce è ansante, gli occhi foschi. Non riesco a trattenermi: la spingo nell'angolo e incornicio con le braccia quel corpo che, ci scommetto tutte le mie azioni, è carico di eccitazione.

«Cosa?»

Mi sfugge un basso gemito quando mi passa le mani su per i fianchi, lungo le spalle e me le cinge attorno al collo, attirandomi a quella sua bocca voluttuosa.

«Sei persistente come un segugio.»

Un angolo del mio labbro superiore freme. «Grazie. Grazie mille.»

Capitolo Venticinque

Chase

«Ho dato da mangiare alla tua fichetta.»

«Cristo, Liz.» Scuoto il capo verso il soffitto della camera d'albergo, il cellulare premuto contro l'orecchio. «Così togli ogni finezza alla battuta.»

Il sole filtra attraverso le fini tende bianche alle finestre. Bell si è alzata qualche minuto fa e ha ordinato che rimanessi a letto e la lasciassi farsi la doccia in pace. Si è avviata barcollante in bagno, brontolando qualcosa sul non riuscire a camminare.

Mia sorella sbuffa. «Ma ti prego, non lo hai chiamato Mike Hunt per niente.» La voce solitamente vivace di Liz è spenta. «Tanto vale parlarsi chiaro.»

«Ma che ti prende oggi? Mike ti ha graffiata?» Ieri sera Liz mi ha scritto che sarebbe rimasta a dormire a casa mia di ritorno dall'università per dare da mangiare alla meraviglia glabra questa mattina. Ora penso che avrei dovuto chiamare un cat sitter. Mike sa essere difficile. Ho un uccello ammaccato a testimoniarlo.

«Mike?» Ride. «Non scherziamo, quella fichetta coccolona mi adora.»

Rabbrividisco. «Ti prego, smettila di dire così. Sentirlo dalla bocca della mia sorellina è... sbagliato.»

La sento roteare gli occhi. «Come ti pare. Tu comunque dici sempre di ben peggio.»

Liz mi ha fatto uno dei suoi "Come ti pare". C'è decisamente qualcosa che non va. «Okay, se Mike non ti ha aggredita, allora perché sei di questo insolito umore nero?»

«Papà,» mormora. La voce è piatta e rassegnata.

Mi alzo a sedere di scatto. «Cosa significa? Cosa ti ha fatto il vecchio?»

Un lungo sospiro risuona lungo la linea. «Non lo so. È strano. Si comporta in modo strambo.»

Tocca a me roteare gli occhi. «Molto specifico, sorellina.» Stan è strambo in generale. Anche se ciò implicherebbe una certa divertente leggerezza. Termini che non si applicano a Stanley Moore. Personalmente, lo definirei più che altro demoniaco o malevolo.

Liz sospira di nuovo. Odio quando è triste. Quando lo era, da piccola, me la mettevo in spalla e correvo in giro per casa, inventavo storie buffe o la portavo al parco. Mi manca quanto fosse semplice rasserenarla.

«Okay. Spiega cosa intendi per strano.»

«Lascia perdere, va tutto bene.»

Sbuffo. «Guarda, non sono così stupido da credere a una donna quando dice che va tutto bene.»

«Molto sessista, lo sai?»

«Ma altrettanto vero.»

«Uff.»

«Dai, vuota il sacco. Sai di volerlo fare.»

Resta in silenzio per un attimo, poi cede. «Beh, sappiamo entrambi che ho sempre voluto una maggior presenza paterna nella mia vita. Qualche segnale che a papà importasse di me. Un qualsiasi sforzo da parte sua, ecco.»

Oh, lo so molto bene.

«Bene, sta succedendo, ma...»

Reprimo lo stupore alla scoperta che mio padre per una volta non fa lo stronzo con Liz e mi concentro sul suo tono preoccupato. «Ma cosa?»

«È *incombente,* Chase. Non è normale e non lo sopporto. Mi sto tirando i capelli mentre te lo racconto.» Un'altra pausa. «Forse sono lunatica, ma rivoglio il mio padre distante e anaffettivo.»

Okay, ciò non fa parte del modus operandi di Stan in quanto padre, che di solito ignora, grida, rimprovera e poi ignora di nuovo a oltranza. «In che senso è incombente?»

«Mi segue in giro per casa, mi chiede se ti ho visto. Se ho visto Thomas. Se ho parlato con te. Se ho parlato con Thomas. Mi domanda sempre dove sto andando.» Sbuffa. «Mi ha persino chiesto se mi serviva un passaggio per l'università, oggi.» Si interrompe, e io assorbo tutte queste informazioni. «Chase, lui neanche guida!»

Mi strofino il mento. Non so cosa pensare. «Sì, è decisamente strano.»

«Lo so! In un primo momento ho archiviato tutto con l'idea che fosse un suo tentativo di contattare Thomas, visto che l'ho sentito lagnarsi con mamma di quanto nostro fratello non gli risponda. E forse mi ha chiesto se ti ho visto perché voleva carpirmi informazioni sulle faccende interne di Moore's. Ora però è solo... strambo.»

Io so perché non rispondo alle chiamate di Stan, ma Thomas? Prima di mollare Moore's, mio fratello e Stan andavano d'accordissimo. Thomas era l'unico figlio che davvero piacesse a mio padre.

«Sai che ho saltato la lezione per dare da mangiare a Mike?

Temevo che papà mi seguisse a casa tua se ci fossi andata direttamente. E sappiamo tutti che non ti piace che papà sia nel tuo territorio.»

Che tesoro. «Mi dispiace che tu abbia perso la lezione, ma grazie per aver badato a Mikey stamattina.»

«Sì, beh, se si scopre che ho saltato un argomento fondamentale per gli esami, mi ripagherai andando a letto con l'insegnante per farmi ottenere una A.»

Scoppio a ridere. Sono sollevato che il suo senso dell'umorismo stia tornando. «Non andrò a letto con la tua professoressa. Non puoi farmi prostituire con le donne per i tuoi interessi.»

«Chi ha detto che l'insegnante è una donna?»

Sbuffo. «Niente male.»

La sua risata mi rilassa. Non so cosa sia preso a Stan, ma non mi piace quando mia sorella è invischiata nello schifo di nostro padre. In passato ha parlato di tagliarla fuori, ma non so perché voglia farlo adesso, visto che sto mantenendo la mia parte dell'accordo. Sono arrivati i report trimestrali, e Moore's è finalmente tornato in attivo. A malapena, ma così è. E ora sono sicuro che, con l'aiuto di Bell, vivremo la nostra nuova età dell'oro. Quindi perché il vecchio è irritato?

«Scusa se sono un po' scombussolata, fratellone. A casa c'è un'atmosfera tesa. Volevo chiamarti qualche giorno fa, ma mi sono distratta con questo progetto che ho in ballo.»

«Tranquilla, la scuola prima di tutto, Lizzy.»

«Argh, basta con questo Lizzy.»

«Come vuoi.» Sappiamo che non la smetterò.

Lei mormora qualcosa di incomprensibile prima di concludere. «Comunque, Thomas va nell'ufficio di papà quando lui non c'è. L'ho beccato che ne usciva, e mi ha chiesto di non dire niente. Io mi sono limitata ad andare in cucina, quindi tecnicamente non ho accettato la sua richiesta, e dunque *non* sto mentendo. Giusto?»

L'ufficio di papà? Ma che diavolo ci fa lì dentro Thomas?

«Chase?»

«Ah, sì, giusto. Comunque, fanculo Thomas.»

Un altro sospiro, che sento essere diretto a me. «Anche mamma si comporta in modo insolito. È più riservata del solito.»

«Lei è in casa quando passa Thomas?»

«Sì, ma non l'ho vista entrare in ufficio con lui. Perché? Pensi che ci sia in ballo qualcosa? Vuoi che indaghi?»

Per un attimo mi distraggo quando sento la doccia chiudersi.

«Allora?»

«No.» Mi passo una mano sulla faccia, di colpo esausto. «Ci sono già abbastanza indagini sottobanco al momento. Penso sia meglio che tu torni nel tuo appartamento finché la questione non si risolve.»

«Ne sei sicuro? Cioè, non voglio mentirti, a questo punto non vedo l'ora di andarmene, ma mi dispiacerebbe farlo sapendo che potrei rendermi utile. E se papà ti tendesse un altro agguato nel tuo ufficio? Non sarei a casa per avvisarti.»

«Non preoccuparti. Tu vattene da quel posto. Devi concentrarti sulla scuola. E poi ti ho detto che quell'ambiente è tossico.»

«Sì, sì.» Fa una pausa. «Ehi, cambiando argomento, perché oggi non hai potuto dare da mangiare a Mike?»

La porta del bagno si apre, riversando nuvolette di vapore. Come in una scena cinematografica al rallentatore, dalla soglia emerge una gamba nuda, poi un'altra. Uno di quegli asciugamani da hotel troppo piccoli le copre a malapena i capezzoli, e quando Bell si volta verso l'armadio, la parte inferiore dell'asciugamano rivela la parte bassa delle natiche.

«Chase?» Liz aspetta ancora una mia risposta.

«Eh? Che c'è?» Mi schiarisco la gola e mi asciugo la bava dal mento. «Liz?»

«Dove sei?»

«Da nessuna parte.» Bell lascia cadere il telo e mi sorride da sopra la spalla. «Devo andare. Grazie per esserti occupato della mia fichetta.» Bell inclina il capo perplessa, ma non rispondo. Riattacco, getto via il cellulare e balzo verso la nuda seduttrice bagnata davanti a me.

«Chi era?» La sua voce è ansante mentre le lecco l'umidità dal solco tra i seni.

«Liz.» Titillo un capezzolo. Lei geme.

«Perché... tua sorella sta... badando...» Agita la mano ma non conclude la frase.

«Non importa.» Mi inginocchio e le allargo le gambe. «Importa solo che ora baderò io alla tua, di fichetta.»

E lo faccio.

Due volte.

Capitolo Ventisei

Bell

«Un cappuccino doppio, per favore.»

La giovane barista sorride. Non sa che la doppia dose di caffeina è molto importante. Serve a portare buone idee. Quando studiavo per un esame grosso, quando sono bloccata su un design di marketing, quell'aggiunta di caffè migliora tutto.

«*I'm all shook up…*» Al diavolo Chase. Sono intonata.

La barista ha un mezzo mancamento alla macchina del caffè quando arrivo alla parte che fa "yay, yay, yay". D'accordo, forse è meglio che mi limiti a canticchiare quando voglio evocare il potere di Elvis.

Spero che la combinazione energetica di caffè e vivaci testi di Elvis contribuisca ad aiutare Chase a riportare Moore's in cima all'Olimpo dei negozi di New York. E poi… del mondo. O comunque vorrei gettare le fondamenta per un ampliamento internazionale nelle principali aree metropolitane.

So che punto in alto, ma è l'effetto del doppio cappuccino.

La vivace ragazza in grembiule mi porge la tazza. «Ecco qui, signora.»

Il calore della bevanda mi filtra sotto la pelle, ma sono troppo concentrata sull'effetto di zucchero e caffeina per badarci.

«Signora King?»

«Cristo!» Strizzo il bicchiere di carta e faccio schizzare un getto di cappuccino in aria. Mi sorvola la testa e atterra su un paio di costose scarpe maschili. Con tanto di nappine.

Bisogna avere una sana dose di sicurezza in se stessi per sfoggiare le nappine.

Risalgo con lo sguardo dalle scarpe ai pantaloni con la piega, poi incontro una cintura nera, una camicia candida ben infilata in suddetta cintura, e una cravatta di seta marrone a rombi. Un sopracciglio perfetto si inarca sopra un paio di seri occhi scuri.

Thomas Moore.

Ma perché i fratelli Moore hanno quest'effetto sul caffè caldo?

«Non volevo spaventarla.» La voce è salda e profonda, del tutto opposta al mio stato d'animo agitato.

Mi schiarisco la gola e faccio un passo indietro. «No, è colpa mia. Oggi sono un po' suscettibile.»

Lui prende qualche tovagliolino dal dispenser. Mi aspetto che li usi per pulirsi le scarpe, e invece mi tampona le dita sporche di cappuccino tristemente sprecato.

«Oh.» Sussulto al suo tocco e quando rovescio il poco che resta della mia bevanda. Non mi aspettavo una simile gentilezza. «Grazie.» Dopo la frecciata al brunch di sabato e tutto ciò che Chase mi ha detto ieri, quel gesto mi stupisce.

«Prego.» Una volta finito con le dita, prende altri tovaglioli e si china per asciugare il pavimento e, solo di sfuggita, le sue scarpe. Dal mio punto sopraelevato, ammiro la folta chioma castana e mossa e come l'abito si tende sulle spalle larghe.

Oh, insomma, gli occhi servono per guardare.

«Ma signor Moore, non occorre!» L'allegra barista di un

attimo prima è agitata e in preda al panico. «Lasci fare a me.» Si china per prendere il suo posto, ma lui la allontana con un cenno gentile.

«Non si preoccupi, ho già fatto.»

Si rialza e getta i tovagliolini nella spazzatura e porge la mano alla ragazza, che è ancora accucciata.

«Ah. Okay.» Lei annuisce, si rialza e torna dietro il bancone, lasciandomi sola con Thomas Moore.

«E va bene, allora.» Sollevo la tazza mezza vuota. «Grazie di nuovo. Io... beh, ci vediamo.» Mi volto verso la porta, ma lui mi ferma.

«Un attimo, per favore.»

Mi blocco, ma quando gli lancio uno sguardo interrogativo, lui china il viso quasi timido. «Io... forse la stavo aspettando.»

La mia espressione resta immutata. «Non capisco. Cosa vuole da me?»

«Speravo potessimo parlare.»

Mi guardo alle spalle, poi torno a fissare lui. «Noi due?»

Il suo sorriso mi ricorda Chase. Tanto straziante quanto fascinoso. «Sì.» Indica un tavolo libero. «Possiamo darci del tu. Hai un minuto?»

«Stavo per...» Perché non mi viene in mente nessun impegno imminente, quando un attimo fa stavo progettando la dominazione globale?

Thomas si avvicina di un passo e mi appoggia la mano sul braccio. «Per favore.»

I dipendenti del bar ci stanno guardando, e di colpo mi ricordo quanto rapidi e spietati possono essere i pettegolezzi sul posto di lavoro. Non voglio fare scenate che possano mettere nei guai Chase. «D'accordo, ma solo un minuto.»

«Grazie, Bell.» Il mio nomignolo suona strano con quel suo tono formale. Galante come sempre, mi prende la pesante borsa del portatile e la posa su una delle sedie attorno al tavolo.

Annuisco e mi siedo su quella che scosta per me. Poso quel che resta del mio estratto di genialità sul tavolo.

È affascinante ma rigido. Thomas non ha la spontaneità di Chase. O il suo sorriso. Scommetto che Thomas sarebbe ridicolo se cercasse di fare l'occhiolino.

Argh. Basta pensare a Chase. Devi concentrarti sul rendere il suo amato negozio il leader globale nel commercio di lusso, e non su quanto è attraente il tuo fidanzato.

Oddio, ho un fidanzato.

«Merda.»

Thomas sbatte le palpebre. «Come?»

«Ah. No, niente.» Scuoto il capo. «Dicevi?»

Mi lancia una strana occhiata che merito, ma che ignoro. Così mi concentro sulla sua cravatta. Ha un nodo Windsor perfettamente simmetrico. Un'ulteriore analisi mi rivela che, a parte la riga dei capelli che è a sinistra, tutto in Thomas Moore è perfettamente simmetrico. L'attaccatura dei capelli, le sopracciglia, gli occhi, persino l'arco di Cupido.

Ho letto studi secondo cui questa simmetria è uno degli elementi fondamentali nel determinare la bellezza di una persona. Che inconsciamente gli esseri umani sono attratti dai lineamenti simmetrici.

Ma nulla in Thomas mi accende il fuoco ai piani bassi. Apprezzo il suo aspetto. Ne riconosco l'attrattiva. Ma tutto sommato preferirei guardare al perenne sorrisetto di Chase, al modo in cui un angolo delle sue labbra si solleva sempre più dell'altro. Il lieve bozzo sulla parte superiore del naso, e come i peli a un'estremità di un sopracciglio siano arruffati, mentre quelli dell'altro lisci. Le irregolarità di Chase sono leggere, ma nel complesso creano un'immagine più interessante. Un uomo più sexy. Che amo.

Chi potrebbe scegliere la fredda perfezione di Thomas quando può avere il calore reale di Chase?

«Campbell?»

Mi strappo dai miei pensieri e rispondo con un semplice: «Eh?»

«Stai canticchiando *Suspicious Minds*?»

«Ehm... no?» Sì, lo stavo facendo.

Mi guarda scettico ma prosegue. «Come stavo dicendo, ho cercato di contattare Chase, ma rifiuta le mie chiamate.»

«Okay.» Strascico la parola, non so cosa dire. Cioè, so perché Chase lo evita, ma sono abbastanza convinta che la questione ricada nella riservatezza tra fidanzati.

Lui sospira, e l'aria sconfitta cozza con la posa sicura di sé. «So che io e mio fratello non abbiamo un bel rapporto.»

Non trattengo uno sbuffo.

Tacciamo per un attimo, poi lui mi posa cauto la mano sull'avambraccio. «Comunque scusami.»

Le sue parole mi colpiscono più del tocco. Non sembra uno da scusarsi spesso. Ma per via di Chase, non riesco a non essere sospettosa. Assottiglio lo sguardo. «Per cosa?»

«Quel giorno, al brunch. Per ciò che ho detto.» Ritrae la mano e se la passa tra i capelli, ricordandomi ancora una volta Chase. «Non mi aspettavo di vedere mio fratello, anche se era un pezzo che cercavo di chiamarlo.» Ride, forse di se stesso. «Comunque, invece che cogliere l'occasione per dirgli ciò che era necessario e magari buttare giù un piano, ho fatto l'immaturo e mi sono arrabbiato.»

«Me ne sono accorta.»

«Davvero, mi dispiace.» Fa un sospiro esasperato. «Non so se hai notato, ma è quasi impossibile provocare Chase. Quel ragazzo si fa scivolare tutto addosso.»

Ricordo l'atteggiamento indifferente che ha avuto con il padre nel suo ufficio, qualche settimana fa.

«Sì, può sembrare così,» ribatto cauta, ancora incerta su cosa pensare di questo nuovo Thomas.

«Per la frustrazione di non riuscire a parlargli, ho lanciato un'indegna frecciata a te, pensando di poter colpire anche lui.» Appare ferito, e mi torna in mente il suo aspetto al brunch, dopo aver insinuato che io e Chase andassimo a letto assieme. «Ha funzionato, ma invece che farmi stare meglio, si è rivelata una delle cose di cui mi pento maggiormente.»

«Capisco.» Non ne sono così sicura in realtà, perché non ho mai avuto fratelli con cui litigare, ma quest'uomo sembra sincero.

«Sono stato uno stronzo,» dichiara, stupendomi ancora di più. Più per la volgarità che per l'autocommiserazione. «Non ho scusanti. Chase sa provocarmi, ma io sono un adulto, e non avrei dovuto prendermela con te.»

Da un lato vorrei rispondere con qualcosa di arguto e pungente, ma la parte più matura e razionale di me ha di recente imparato una lezione sul serbare rancore. Porgo la mano a Thomas. «Scuse accettate.»

Lui la prende, e un sorriso sollevato si accende sul viso stranamente simmetrico. «Grazie. Voglio che tu sappia che, se anche non vorrai aiutarmi, le scuse sono sincere.»

Ritraggo la mano e ci riporto cauta sui binari. «Allora, di cosa hai bisogno, nello specifico?»

«Ho cercato di chiamare Chase, ma mi ha bloccato dappertutto.»

Penso a George e alla sua posizione da cane da guardia tra l'ascensore e l'ufficio di Chase. «Hai provato a mandargli una e-mail?»

«Sì, ma solo per dirgli che devo parlargli. Non so che genere di sicurezza informatica abbia implementato mio padre prima dell'arrivo di Chase. Non volevo scrivere nulla che potesse essere letto.» Si appoggia allo schienale e sospira forte. «Immagino non ci sia da stupirsi se non siamo vicini. Nostro padre se n'è assicurato.»

«Oh.» Questo non me lo aspettavo. «Beh, odio dovertelo dire, ma di solito chi fa così non ci tiene a vederti. E ricorda che, sia quel che sia, io sarò sempre Team Chase. Non farò nulla che possa ferirlo.» Anche se sarebbe carino far riconciliare i due fratelli. Nessuno sa meglio di me quanto sia dura essere soli. Da ragazza, e soprattutto dopo la morte dei miei genitori, avrei adorato avere un fratello o una sorella a cui appoggiarmi.

«Capisco, ma si tratta di nostra sorella, Liz.»

«Liz?» Penso all'allegra ragazza bionda che Chase adora. «Sta bene?»

«Più o meno.»

Spalanco la bocca, e lui si affretta a proseguire.

«Cioè, fisicamente sì, ma il suo futuro finanziario è in pericolo.» Gli occhi scuri sono di nuovo seri. «E per porvi rimedio, ho bisogno dell'aiuto di Chase.»

«Perché?» Sono di nuovo in preda al sospetto.

Allarga le mani. «Liz è l'unica cosa su cui io e Chase andiamo d'accordo. Farei qualsiasi cosa per lei. Anche se mio fratello non mi crede.»

Bevo un sorso di cappuccino ormai tiepido e penso all'affetto di Chase per sua sorella. Quella loro spontanea complicità, il genuino amore tra loro. Molto diverso da ciò che ho visto tra Chase e Thomas quel giorno al brunch. Ma guardando la faccia stupidamente regolare dell'uomo che ho davanti, capisco che lui le è altrettanto affezionato... solo in modo diverso.

E so che ha ragione su Chase. Farebbe qualsiasi cosa per Liz.

Prendo una decisione e appoggio la tazza. «In primo luogo, mi servirà un altro doppio cappuccino.» Thomas inarca un sopracciglio, e di colpo capisco cosa intende Chase quando dice che il fratello ha da sempre un palo su per il culo. «Scusa eh,» brontolo alla sua espressione carica di giudizio, «facciamo pure cappuccino con tripla dose di caffè.»

Entrambe le sopracciglia scattano in su. «Ehm, okay. E in secondo luogo?»

«In secondo luogo, dimmi come posso aiutarti.»

Capitolo Ventisette

Chase

La sta toccando.

Sul braccio.

Nella nostra caffetteria.

Tecnicamente è la caffetteria di Moore's, ma da quel giorno la considero come la mia e quella di Bell. Dove ci siamo ufficialmente incontrati. Dove i miei capezzoli hanno patito ustioni di terzo grado per mano di un caffè troppo caro. Dove ho visto i suoi attraverso la sua camicia bianca.

Questo caffè è nostro, dannazione. E lui la sta *toccando*.

Una commessa mi sorride. Cerco di ricambiare il gesto, ma la faccio scappare via. Ho la sensazione che il mio sorriso fosse più ferino che amichevole.

Tornando al bar, vedo Thomas stringere brevemente il braccio di Bell. Come se stesse cercando di rassicurarla o qualcosa del genere. È un movimento minimo, ma di cui mi rendo conto.

Amo questo posto. Ma non sono sicuro di amarlo abbastanza

da non bruciare l'intero locale dopo aver visto mio fratello toccare la mia ragazza nel nostro bar.

Soprattutto dopo ieri. Non mi piace parlare della mia famiglia. Mi fa sentire debole e altre cose poco virili. Ma Bell non si sentiva affatto così. Anzi, credo che mi abbia amato ancora di più per averle raccontato della mia infanzia incasinata. Non sono troppo orgoglioso per accettarlo. Dopotutto, è la prima volta che i miei problemi con mio padre hanno fatto qualcosa di positivo per me.

Ma perché non si allontana da lui? Perché Bell gli concede il suo tempo dopo tutto quello che le ho detto? Sta cercando di convincerla con le buone? Farla passare al lato oscuro?

Se il bastardo pensa che Bell sia solo un'altra cosa che può portarmi via, gli farò cambiare idea. Sto per fare qualcosa di stupido quando Thomas finalmente allontana la sua cazzo di mano dal braccio della mia ragazza. Non sa nemmeno quanto sia stato vicino a farsi spaccare le dita e quella sua faccia perfetta e compiaciuta.

A quanto pare oggi sono un po' violento.

Il piccolo sollievo che provo quando Thomas toglie le mani da Bell è di breve durata. Perché poi lei sorride al bastardo. Un gesto minimo, ma è rivolto a mio fratello. È sbagliato che io voglia tutti i sorrisi di Bell? Sono miei, dannazione. E anche se non li ottengo tutti, Thomas non ne merita nemmeno uno.

«Signor Moore?»

Faccio un balzo indietro dal pilastro dietro il quale mi sono nascosto e per poco non cado di schiena. Per riprendermi, mi passo una mano sul davanti della camicia, come se il fatto che io sia una specie di stalker non fosse nulla di preoccupante. «Sì, Raymond?»

«Posso essere d'aiuto in qualche modo?» Guarda oltre le mie spalle verso il bancone. Noto che, appena vede Bell, il suo sopracciglio sinistro si alza di un millimetro. «Forse posso procurarle un caffè?»

Raffinato bastardo. Chi dice "procurare", comunque?

Le sue labbra si torcono e, se non lo conoscessi come persona assolutamente bene educata, giurerei che stia ridendo di me.

«No, no. Mi sto solo assicurando di non avere qualcosa tra i denti.» Fingo di controllare il mio aspetto nel piccolo specchio appollaiato su un bancone alla mia destra. Non è affatto vicino al pilastro contro cui mi ero rannicchiato.

Non importa. Sono il capo. Posso comportarmi in modo strano se voglio.

Raymond mi guarda a lungo, annoiato, prima di degnarsi di rispondere. «Certo.» Poi l'uomo troppo perspicace tira su con il naso come un vecchio maggiordomo inglese d'altri tempi, prima di inclinare la testa.

«Allora credo di doverla informare che suo padre, ecco, ha fatto irruzione nel negozio circa venti minuti prima del suo arrivo.»

«Cazzo.»

«Concordo.» Dà un'occhiata ai pochi clienti di prima mattina che stanno curiosando nel negozio. «Credo che il signor Moore senior la stia aspettando nel suo ufficio.» Mi lancia un'occhiata complice. «George era molto dispiaciuto di non essere alla sua scrivania al momento del suo arrivo.»

«Ci credo.» George non prende alla leggera le persone che invadono quello che considera il suo territorio. Diamine, la metà delle volte è un miracolo che faccia entrare me in ufficio. Non è stato fino a Bell che lui...

«Se fossi in lei, mi affretterei ad andare al piano di sopra.» Raymond lancia un'occhiata al caffè dietro di me. «A meno che non stia aspettando qualcuno.»

Socchiudendo gli occhi, scuoto la testa. «No. Non sto aspettando nessuno.»

«Capisco.»

Ficcanaso.

Raymond inclina ancora una volta la testa prima di dirigersi verso il gruppo di donne che si sta riunendo intorno a un bancone di trucchi. Sono sicuro che nel giro di pochi minuti si metteranno a sdilinquirsi per i suoi modi da snob.

Moore's è fortunato ad averlo.

Diavolo, *io* sono fortunato ad averlo.

Quando guardo di nuovo verso il bar, Thomas è al bancone che ordina un caffè e Bell è al tavolo che fruga nella borsa del portatile. Spero che questo significhi che la loro chiacchierata è finita. Andrei a scoprirlo da solo, ma mi fido di lei. Di sicuro non mi fido di mio padre.

Corro verso gli ascensori e striscio il tesserino di sicurezza, preparandomi ad affrontare qualsiasi cazzata Stan stia per propinarmi.

* * *

«Così ti sei degnato di farti vivo, eh?» Mio padre sta quasi vibrando di disappunto. È una cosa che succede spesso con me, anche se di solito riesce a nasconderlo meglio.

George si alza di scatto dal divano del mio ufficio, dove sembra sia rimasto come guardiano di mio padre. Si aggiusta gli occhiali e si abbottona la giacca prima di parlare. «Il signor Moore è arrivato stamattina presto.» Il suo tono non lascia adito a dubbi sul suo stato 'd'animo. «Ho chiamato la sicurezza e ho verificato l'ora della sua comparsa. Era da solo, nel suo ufficio, ben dieci minuti prima del mio arrivo.»

Gli occhi di Stan si stringono su George. «Piccolo insolente... come osi parlare di me come se fossi una specie di...»

«'L'ho trovato alla sua scrivania,» continua George, ignorando mio padre. Un bel trucco. Dovrò ricordarlo per usi futuri.

«La *sua* scrivania?» Stan sbuffa. «Lo vedremo.»

Mi annoto mentalmente di dare un aumento a George, gli faccio un cenno con la testa. «Grazie, George. Da qui in poi ci penso io.» Mio padre si gonfia come se si preparasse a un'altra sfuriata. Guardando George, aggiungo: «Perché non vai a fare una pausa? Credo che il team di marketing abbia portato di nuovo dei bagel. Vai a prendertene uno.»

«Il segretario piagnucoloso è appena arrivato e già gli fai fare una pausa? È così che gestisci le cose?» Stan lancia 'un'occhiata a George, che inarca solo un sopracciglio verso il vecchio. Suo zio Raymond sarebbe molto orgoglioso.

«È una pausa per la salute mentale, Stan. Per non avere a che fare con le tue stronzate.» La mia voce esce più dura di quanto volessi, ma onestamente non me ne frega un cazzo.

Mio padre sbotta di nuovo. «Tu...»

Agito la mano. «Basta.»

Sorprendentemente, Stan si calma.

Le labbra di George si torcono e il suo aspetto compunto si incrina leggermente. «Sicuro, Chase? Non mi dispiace restare. Potrei prendere appunti.» Lancia 'un'occhiata severa a mio padre. «Fare da testimone.»

Il fatto che mi abbia chiamato Chase indica quanto mio padre lo abbia turbato e quanto probabilmente abbia bisogno di una pausa lontano dai drammi familiari. «No, hai fatto più che abbastanza. Vai pure.»

«Molto bene.» Con un cenno del capo, si volta per andarsene, poi aggiunge: «Torno tra dieci minuti.» Una volta varcata la soglia, lascia la porta aperta.

Da uomo maturo qual è, Stan si avvicina e la chiude.

Tanto vale concludere la faccenda.

«Allora, vecchio, come mai questa improvvisata?»

«La tua piccola incursione a capo dell'azienda di famiglia è finita. Thomas riprenderà il tuo posto.»

«Thomas?» Improvvisamente, mio fratello che parla con Bell al piano di sotto assume un nuovo significato. Forse avrei dovuto andare da lui e affrontarlo.

«Esatto. Gli è bastato vederti con quella sgualdrina per vedere la luce.» Sogghigna. «Non posso credere che tu abbia presentato quella puttana a tua madre.»

«Lascia Bell fuori da questa storia.» Devo sforzarmi di sciogliere i pugni.

«Lo farei, se non avessi dato a quella donna i privilegi di licenziamento. È ovvio che ti fai guidare dal tuo cazzo.» Stan sbuffa. «Thomas può aver avuto dei dubbi, ma ha capito il suo dovere. Come figlio primogenito, ha il diritto di gestire questa azienda.» Mi punta contro un dito tozzo. «Tu no.»

Per quanto arcaico, Stan ha ragione. Lo statuto stabilisce che un altro membro della famiglia o un azionista può subentrare solo se il primogenito cede le redini di sua spontanea volontà. Thomas lo ha fatto verbalmente ma, dato che non mi piace parlare con lui, non gli ho mai chiesto di metterlo per iscritto. Tecnicamente, può subentrare di nuovo.

Il volto di Stan è grottesco per il trionfo. Io? Sono solo stanco di questa giostra su cui nostro padre ha fatto salire noi Moore fin dal primo giorno. «Perché?»

«Thomas è il primogenito.»

«No. Non quello.» Roteo gli occhi. «Conosco la normativa.» Mi avvicino alla scrivania e prendo il ritratto di famiglia incrinato. «Voglio sapere perché mi odi così tanto.»

Il sorriso di mio padre si spegne. «Come, scusa?»

Lo guardo negli occhi. «Mi hai sentito.»

I suoi si restringono, come se stesse cercando di capire un qualche sottotesto. In realtà non ce n'è uno. Voglio solo sapere. È una cosa che ho avuto paura di chiedere per tutta la vita.

Lui liquida la mia domanda con un cenno. «Non essere così sentimentale.»

«Perché?» Sbatto giù la cornice e il vetro si rompe ulteriormente.

Forse scioccato dal mio raro scatto d'ira nei suoi confronti, rimane in silenzio.

Infastidito, espongo il mio caso. Niente battute, niente umorismo. Solo i fatti. «Sono un uomo che si è fatto da solo. Non ho preso nessuno dei tuoi soldi. Ho guadagnato quello che mi serviva, ho investito in start-up e applicazioni e sono diventato un miliardario a tutti gli effetti. Una cosa che né tu né Thomas avete mai fatto.»

«Hai ragione.» Un ghigno. «Thomas o io non saremmo mai entrati nel mondo del porno.»

Le sue parole suonano paterne, provate. Come se fosse quasi contento che io abbia creato Pick a Dick, perché quell'unica app gli ha dato il diritto di odiarmi. Ma deve esserci dell'altro. «Tiri sempre fuori questo argomento, ma sappiamo entrambi che non è per questo che guardi male al mio successo; è solo una piccola parte di ciò che ho fatto in questi anni.» Riordino i pensieri, cercando di trovare il pezzo mancante. «Deve essere qualcos'altro. Mi hai sempre odiato da quando ho memoria. Perché?»

«Perché deve essercene uno? Eri un ragazzino piagnucoloso e molesto. Ti comportavi sempre male. E guardati, stai ancora piagnucolando.»

«No.» Scuoto la testa, stranamente calmo. «Non è così. Voglio dire, posso essermi comportato male, ma sono stato iscritto all'albo d'onore, sono stato un atleta decorato e ho ottenuto borse di studio accademiche. Proprio come Thomas.»

Il suo viso diventa rosso. «Non sei affatto come Thomas.»

«Credo di no.» Faccio spallucce. «Anche se ho salvato l'azienda dalla bancarotta, che abbiamo rischiato per via delle tue scelte poco accurate e che Thomas non ha nemmeno voluto provare a risolvere.» Il volto di Stan è quasi viola ora. «Ho risollevato l'azienda. Ho salvato l'eredità dei Moore.» Le mie parole sono dure e veloci. «Allora perché mi odi?»

Stan sbatte la mano su uno scaffale vuoto e urla: «Perché sei nato!»

L'impatto delle sue parole mi fa fare un passo indietro come se avesse colpito me e non la libreria. «Cosa?»

Come se avessi aperto le cateratte, Stan cammina davanti a me, vomitando rabbia. «Io e tua madre avevamo un accordo. Un accordo che lei aveva accettato. Un figlio solo. Uno! Quanto bastava per garantire l'eredità, ma non di più, così non avrei dovuto dividere le quote.» Alza lo sguardo e stringe gli occhi. «Ma lei ha mentito. Mi ha ingannato ed è rimasta incinta di te.»

«E come sarebbe...»

«Non mi ha nemmeno detto di essere incinta finché non è stato troppo tardi per liberarsi di te.»

La bile mi sale in gola.

«Ho controllato... lo sai. Ma tu sei mio. Il test del DNA è stato definitivo.» Scuote la testa disgustato. «Ho dovuto cederti le quote come previsto dal contratto fiduciario.»

Rimaniamo in silenzio per un po'. Dopo tutto questo, si potrebbe pensare che mi sia pentito di aver fatto questa domanda. Ma non è così.

Ora so per certo che non c'è nulla che possa fare per dimostrare a quest'uomo il mio valore. È una cazzata, le sue ragioni sono decisamente una cazzata, ma è liberatorio saperlo finalmente.

«Tu e il tuo prezioso figlio perfetto potete tenervi Moore's.» Mi alzo e vado verso la porta, senza curarmi di guardare il vecchio. Perché per me è solo questo. Un vecchio.

«Mi licenzio.»

* * *

Bell

Sono intorpidita dallo shock.

La mia bocca, che è rimasta spalancata per i dieci minuti in cui Thomas mi ha rivelato i segreti di famiglia, finalmente si chiude. La riapro e provo a parlare. Non ci riesco. Tossisco e ci riprovo. «Mi stai prendendo in giro?»

È una domanda sciocca. Non penso che qualcuno potrebbe inventarsi storie del genere sulla propria famiglia. Ma ci spererei quasi.

Thomas, come previsto, scuote il capo. «Lo vorrei tanto.»

Fischio piano. «Cristo.»

«No, solo io.»

Colta alla sprovvista, sbatto le palpebre. «Hai... appena fatto una battuta?»

Lui scrolla le spalle, un gesto bizzarro visto quanto è rigido. «Quello divertente è Chase.»

«Sì, capisco.» Mi alzo, prendo la borsa e me la sistemo sulla spalla. Poi recupero la tazza con il cappuccino che Thomas ha insistito per offrirmi prima di rovesciarmi addosso tutti gli assurdi casini della sua famiglia. «Andiamo, Simpaticone. Dobbiamo trovare Chase.»

Una volta in piedi, Thomas si sistema i polsini. «Simpaticone? Davvero?»

«Figlio perfetto non ti piace. Sto provando qualcosa di nuovo.»

«Evita.»

«D'accordo.» Raggiungiamo l'ascensore. «Ti piace davvero farti chiamare Thomas?»

«Stan non permetteva che venissi chiamato in altro modo, quando ero piccolo.» Solleva di nuovo le spalle, ma in modo meno goffo. «Mi ci sono abituato.»

Infilo la mano libera nella tasca anteriore della borsa e

prendo la tessera. «Non ho mai guardato una telenovela, ma sento che non sarebbe nulla in confronto ai drammi della tua famiglia.» Passo la carta sul lettore e l'ascensore si apre. Devo inclinarmi per evitare che la tracolla mi scivoli lungo il braccio.

«Posso aiutarti?»

«No, no, ci penso io.» Ripongo la tessera e sistemo la tracolla. Una volta in ascensore, bevo un sorso di cappuccino per sostentarmi. «Ehi, non credi che dovremmo coinvolgere anche Liz? La faccenda la riguarda in prima persona, e se dovesse svilupparsi come dici tu, non potrai proteggerla molto a lungo.» Premo il pulsante per il piano degli uffici. «Per lo stesso motivo, dovremmo sentire anche tua madre.»

«Lo so, ma non ancora. Liz è in piena sessione d'esame, quindi preferirei risparmiarle questo stress. Almeno per un po'.»

«E tua madre?»

«Mamma non ha avuto una vita facile. So che non sembra, ma cerco di proteggerla dalla furia di Stan.»

Annuisco e cerco di ricompormi dopo questi ultimi sviluppi inattesi. Dopo che ieri Chase si è aperto con me, non posso dire di non aver covato la segreta speranza di trovare un modo per farlo riappacificare con suo fratello. Ma non mi aspettavo di doverlo fare già oggi.

«*Never wait for tomorrow*[1].» Sussurro una delle citazioni di Elvis preferite di mia madre. «*What if tomorrow never comes*[2]?»

«Come dici?»

«Niente.» Evito il suo sguardo e torno a sistemare la borsa.

«Dai, lascia che la porti io, sembra pesante.» Fa per prendere la tracolla.

«No, davvero, io...»

Succedono tante cose tutte insieme.

---

1. Non aspettare il domani.
2. E se il domani non arrivasse mai?

Prima, la tracolla mi scivola lungo il braccio e si incastra sulla mano tesa di Thomas.

Poi la porta dell'ascensore si apre.

Infine, il peso della borsa sbilancia Thomas quando gli scorre per il braccio. La sua testa quasi impatta con la mia quando indietreggio andando a sbattere contro la parete nel tentativo di non rovesciare il cappuccino. Il che porta Thomas a schiantarmisi ancora di più addosso, tendendo l'altro braccio per non sbattermi contro.

E la sua mano va a finire...

Sulla mia tetta.

«Bell?»

Io e Thomas ci voltiamo all'unisono verso Chase, che si trova proprio fuori dall'ascensore con aria confusa per la scena che gli si è parata davanti.

Scena in cui in pratica ho Thomas appiccicato contro, con una mano sulla mia tetta, le nostre bocche a un soffio di distanza.

«Tu...» Vedo il momento in cui l'immaginazione di Chase fraintende tutto.

«No. Chase, io...»

La sua risata rimbomba nel piccolo ambiente di metallo, roca e spezzata.

«E ti pareva.»

Thomas riesce a scrollarsi via la mia valigetta dal polso e a raddrizzarsi. Mi schiarisco la gola per fargli notare che è ancora aggrappato alla mia tetta.

«Oh. Perdonami.» Mi lascia andare il seno e si volta verso il fratello. «Chase, sono qui per...»

Chase lo interrompe cupo. «Risparmiamelo. So perché sei qui.»

Mi spingo via dalla parete e infilo una mano nella porta per impedirle di chiudersi. L'altra è ancora stretta attorno al mio secondo, inutile cappuccino. «Ah sì?»

Chase mi ignora. «Tieniti pure l'azienda.» Fissa Thomas. «Me ne vado.»

«Cosa? No!» esclamo, e nello stesso istante Thomas dice: «Chase, ti prego, lascia che...»

«Thomas!»

Io e Thomas ci voltiamo di scatto alla voce di Stan Moore.

«Papà?»

«Sapevo che avresti ritrovato il senno, ragazzo mio. Vieni, dobbiamo...» La voce di Stan si sfuma, e quando mi vede i suoi occhi si riducono a fessure. «Tu cosa ci fai qui?»

Ricambio la sua espressione. «Ci lavoro.»

«No, invece.» Un sorriso acido gli tende le labbra. «Sei licenziata.»

Chase si tende. «Non puoi farlo, vecchio. Tra Moore's e la King Marketing c'è un contratto vincolante.»

«Beh, visto che questa qui,» e mi indica con il pollice, «probabilmente si è guadagnata quel contratto sotto una scrivania, non penso avrò problemi a scioglierlo.»

Chase si volta verso il padre, il pugno caricato. D'istinto gli afferro la manica. «Un po' ipocrita da parte sua, non trova?» sbotto rivolta a Stan. «Visto che è lei quello che ha una relazione con Denise Hampson.»

Tutti si bloccano.

Cazzo. Non avrei dovuto dirlo.

Chase mi guarda fissa. «Cosa?»

«Io...»

Lui si gira di scatto verso Stan. «Tu... tradisci la mamma?»

«Non devo rendere conto a te,» bofonchia Stan.

Thomas si irrigidisce, come se si aspettasse che il fratello prenda a pugni il padre.

Sempre aggrappata alla manica, guardo Chase trarre alcuni profondi respiri. Si calma abbastanza da sciogliere i pugni, poi mi scrolla via e si rivolge a suo padre. «Da quanto lo sai, Bell?» La sua voce si spezza sul mio nome, come fa anche il mio cuore. «Me lo hai tenuto nascosto?»

Evito di guardare Thomas. «Non... cioè, non è come pensi.» Patetico.

Ma non ha importanza. Chase sposta lo sguardo da me a Thomas. «Capisco.» E con ciò se ne va verso la porta che conduce alla scalinata.

Lo seguo. «Chase, ti prego, aspetta!»

Sulla soglia si gira, gli occhi pieni di rabbia e dolore. «No. Come ho detto, me ne vado.» Ed è chiaro che non si riferisca solo a Moore's.

La pesante porta tagliafuoco si chiude con un tonfo, e il mio cuore va in frantumi.

Capitolo Ventotto

Chase

«Non capisco come siamo arrivati a questo.»

Mike continua a leccarsi i testicoli glabri.

Il mio appartamento è buio. Non perché sia sera. Non lo è. Penso che potrebbe essere metà pomeriggio o qualcosa del genere. Non lo so. Ho perso la cognizione dei giorni, per non parlare dell'ora.

Il mio culo è intorpidito per essere rimasto seduto a lungo nello stesso posto. Onestamente, se potessi pisciare da questa posizione, non mi alzerei nemmeno per andare in bagno. Immagino che la mia autocommiserazione abbia dei limiti, perché almeno quello lo faccio. Ma ho chiuso tutte le tende come un vampiro, oltre a non accendere alcuna luce.

E con le casse dello stereo che trasmettono in continuazione i più grandi successi di Elvis, ho praticamente creato l'atmosfera perfetta per far sì che Mike si dia da fare con le sue palle come una pornostar.

Guardando il felino debosciato e senza peli, continuo con le mie riflessioni. «Insomma, come hanno fatto le cose ad andare storte così in fretta?»

Nessuna risposta. Nemmeno una coccola affettuosa e comprensiva. Solo un'altra sonora slinguazzata alle parti basse.

Per essere una patata, sa essere un vero cazzone.

Parte *Heartbreak Hotel*, ed è così azzeccata che mi ritrovo a brindare verso l'altoparlante.

Proprio così. Sto bevendo. Negli ultimi giorni ho vissuto in tuta, ho mangiato avanzi discutibili dal frigorifero e bevuto due bottiglie di scotch.

Mi sto crogiolando nel dolore e nella tristezza in grande stile.

Non riesco a scrollarmi di dosso quello che è successo.

Bell. La sua tetta. La mano di Thomas.

Mi si stringe il cuore, e passo alla rivelazione successiva.

Sembra che sia la mia stessa esistenza a infastidire padre. Avrebbe preferito avere più azioni della società. E per quanto la sua orribile confessione abbia risposto alle domande che mi sono posto per tutta la vita sul nostro rapporto, sarei un robot se non mi avesse fatto a pezzi l'anima.

Verso un altro po' di whisky nel bicchiere.

«E Stan e Denise?» chiedo a Mike, sebbene sappia che, anche se potesse, non risponderebbe. Scolo il drink in un lungo sorso.

Per quanto triste sia stata la mia infanzia e per quanto assenti siano stati i miei genitori, ho sempre potuto dire che almeno stanno ancora insieme. Che il loro matrimonio non è un disastro come la nostra famiglia.

Il che mi riporta a Bell.

Bell sapeva. Come ha potuto ascoltare tutto quello che ho detto sulla mia famiglia e non dirmelo? O addirittura sedersi a fare una chiacchierata amichevole con mio fratello nel *nostro* bar? E poi, sul serio, che *cazzo è successo* tra lei e Thomas nell'ascensore? Vedere mio fratello che palpeggia la mia ragazza dopo che mio padre mi ha sventrato l'anima è troppo da sopportare.

Okay, rivaluto il mio ultimo pensiero e appoggio il bicchiere sul tavolino. *Forse* sto guardando troppi teen drama su CW. Sto diventando un po' melodrammatico.

Più che un po', in realtà. Voglio dire, chi "abbandona" una relazione? Una relazione con una donna meravigliosa, sensibile e molto sexy.

Cosa diavolo c'è di sbagliato in me?

Ma conosco la risposta. Ho paura.

Perché anche se so che Bell doveva avere una buona ragione per tenermi nascoste le informazioni su Stan e Denise, e probabilmente un'altra buona ragione per passare del tempo con quel coglione di mio fratello e per qualsiasi cosa mi abbia accecato di rabbia in quell'ascensore, c'è un'altra parte di me che ha troppa paura per esserne sicuro. Ha paura che forse tutti gli altri abbiano ragione. Che forse Bell vorrebbe Thomas, il figlio perfetto che è tornato a comandare. Che forse mamma prova per me la stessa cosa che prova Stan.

Cazzo. Sono una fichetta come Mike Hunt.

La hit disco *We Are Family* mi risuona sotto il culo. Con un sospiro, tiro fuori il telefono dal cuscino del divano sotto il quale l'avevo nascosto per resistere alla tentazione di rispondere alle chiamate e ai messaggi di Bell. E dove l'ho tenuto dopo che hanno smesso di arrivare per impedirmi di chiamarla o mandarle messaggi.

Per avere risposte? Per il perdono?

Chi lo sa.

Quando impugno il telefono, vengo accolto dalla faccia di Liz.

Spero che la mia sorellina riesca a farmi sorridere. «Ciao, Lizzy.»

«Chase, caro, sono la mamma.»

Tiro indietro il telefono e controllo lo schermo. Sì, c'è ancora scritto Liz. «Mamma?»

«Sì. Sei in casa?»

«Uhm, sì. Ma perché sei...»

«Ci vediamo tra poco allora.»

«Aspetta, cosa? Mamma? Pronto?»

Lo schermo si oscura. Ha riattaccato. Perché mia madre sta usando il telefono di Liz? E come pensa di poter entrare nel mio appartamento? Solo Liz e Bell sono nella lista dei pre-approvati.

Ding.

Oh, merda.

Dal corridoio si sente il rumore di tacchi.

«Chase?» Alta e snella, Emily Moore entra nel mio salotto in disordine. I suoi occhi si muovono per la stanza, osservando le tende tirate, i contenitori di cibo vuoti e la mezza bottiglia di scotch sul tavolo accanto a me. «Oh, Chase. Bambino mio.»

Guardo di nuovo il bicchiere e mi chiedo quanto ho bevuto. Se in qualche modo mi sono ubriacato a tal punto da immaginare il tono premuroso di mia madre.

Con un po' di timidezza, lei mi raggiunge, schivando Mike che sembra pensare che leccarsi le palle davanti alla madre di qualcuno sia un limite che nemmeno lui vuole oltrepassare.

Così il gatto salta sulla poltrona e si sdraia, osservando la situazione dal suo trono sopraelevato.

Vedo che mia madre è incerta: non sa se prendere posto accanto a me o rimanere in piedi. Alla fine si appollaia sul bordo del tavolino. Siamo occhi negli occhi.

Rimaniamo seduti così, a fissarci, finché non riesco più a sopportare il silenzio. «Dov'è Liz?»

«Al piano di sotto, a tenere occupato il responsabile del piano, così ho potuto sgattaiolare qui.»

«Traditrice,» mormoro.

Lei mi fa un piccolo sorriso. Non ricordo l'ultima volta che ho fatto sorridere mia madre. D'altronde, è anche vero che neanche ci provo più.

«Non definirla così. Era preoccupata per te. *Io* sono preoccupata per te.»

«Per me?» rido, ma sento anche il dolore che mi pervade.

«Oh, tesoro. È tutta colpa mia.»

«Perché, perché hai ingannato papà per farmi nascere?»

Un lungo sospiro. «Non ho ingannato nessuno. Io...» Si ricompone. «Fammi cominciare dall'inizio.» Fa un lieve cenno del capo, come per valutare cosa dire, poi si dà un contegno e ricomincia. «Il mio con tuo padre non è stato un matrimonio d'amore.»

Sbuffo sarcastico. «Che sorpresa.»

Continua come se non avessi parlato. «Entrambi abbiamo accettato di buon grado, le nostre famiglie ci hanno convinto che sarebbe convenuto a entrambi. Moore's aveva bisogno dell'afflusso di denaro degli Hawthorn, e gli Hawthorn volevano il prestigio del vecchio e affascinante nome dei Moore. Anche il fatto che ai miei figli sarebbe stata garantita una parte dell'eredità era convincente.»

E che gran bene ci ha fatto, quell'eredità.

«Ma ho fatto un passo falso,» continua la mamma. «All'inizio Stan disse di volere solo un figlio. Io ero d'accordo. All'epoca non capivo quanto mi sarebbe piaciuto essere madre.»

La sua attenzione si posa sulla bottiglia di scotch, ma non credo che la veda davvero. È persa nei ricordi.

«Per i primi quattro anni dopo la nascita di Thomas, tutto sembrava andare bene. Tuo padre aveva soldi da investire nell'azienda, io avevo Thomas a casa con me e tutti e tre eravamo soddisfatti. Ma poi arrivò il momento di mandare Thomas a scuola e le cose... cambiarono.

«Tuo padre decise quali fargli frequentare. Iscrisse Thomas solo a determinate attività extracurriculari. Non voleva più che frequentassi gruppi di mamme o che organizzassi incontri di gioco per lui. Diceva che lo stavo rendendo un rammollito.» Le sue mani delicate si stringono con forza. «Nel giro di pochi mesi, sono stata messa da parte perché Thomas potesse essere preparato a raccogliere l'eredità dei Moore.» Mi guarda con occhi imploranti. «Mi sono opposta. Ci ho provato. Ma tuo padre...» Le sue spalle si afflosciano, sconfitte. «Diciamo che è stata una battaglia che non ho vinto.»

Si prende un momento per ricomporsi. «Quando sono rimasta incinta di te, ti prego di credermi, non è stato un trucco. Io e tuo padre condividevamo ancora il letto in quella fase del nostro matrimonio.»

Devo fare una smorfia perché mia madre ridacchia piano.

«Appena scoperta la gravidanza, sapevo che tuo padre non sarebbe stato contento. Ma pensai che, dato che sembrava sinceramente interessato a Thomas, non avrebbe potuto fare a meno di voler bene anche te.»

«Ti sbagliavi.» Butto giù il resto del drink.

Un altro profondo sospiro. «Sì, mi sbagliavo.»

Nel silenzio che questa affermazione porta con sé rabbocco il bicchiere.

«Quello fu l'inizio della fine di qualsiasi tipo di esistenza pacifica tra me e tuo padre.» Si china in avanti, mi strappa il bicchiere e lo mette da parte prima di stringermi entrambe le mani. «*Niente* di tutto questo, o di quello che è venuto dopo, è stata colpa tua.» Mi fissa, ma non riesco a rispondere. «Mi hai sentito? Non è colpa tua, mio caro ragazzo.»

Mi vergogno a dire che le sue parole mi fanno salire le lacrime agli occhi.

«Dico sul serio, Chase Hawthorn Moore. Tu sei tutto perfetto. Vorrei solo aver fatto le cose in modo diverso o, non so, aver lasciato tuo padre quando si è indurito.»

Sbuffo forte, cercando di allontanare le lacrime. «Perché non l'hai fatto?»

Mi stringe le mani una volta prima di scostarsi e scrollare le spalle. «Avevo paura che vi portasse via entrambi. O che cercasse di separarvi. Così sono rimasta. Per un po' è stato come se avessimo fatto una tregua. Stan aveva Thomas e io avevo te.» Ha di nuovo quello sguardo lontano negli occhi. «Abbiamo passato dei bei momenti insieme quando eri piccolo. Ti ricordi?»

Scuoto la testa.

«Dipingere con le dita in giardino? Costruire torri di Lego così alte che dovevamo prendere una scala? Inventare i nostri testi delle filastrocche?»

Non appena pronuncia queste parole, i ricordi riaffiorano come amici d'infanzia perduti da tempo. Ricordi che avevo dimenticato. Lei che mi chiamava "il suo caro ragazzo". La sua risata, brillante e rumorosa. I suoi abbracci e i suoi baci.

«Ma quando sei cresciuto, più tempo passavamo tempo insieme, più lui era duro con te. Ogni volta che ti elogiavo, ti rimproverava. In ogni occasione speciale si assicurava che Thomas fosse al centro della scena. Era come se cercasse di punirmi attraverso te. Di mettermi contro i miei figli in un gioco perverso a cui voi bambini non sapevate di stare partecipando.» La voce le si blocca e fa un respiro profondo.

«Finché alla fine,» continua, «ho pensato fosse meglio farmi da parte, non impegnarmi più, smettere di dimostrarti affetto. Perché così forse ti avrebbe lasciato in pace.» Prende il mio bicchiere e beve un sorso. «E poi... e poi è arrivata Liz.» Butta giù il resto.

Mi schiarisco la voce, asciugo con discrezione gli occhi, poi le prendo il bicchiere e lo appoggio sul tavolo. «Se tu e papà eravate così... beh, lo sai.» Per quanto mi sforzi, non riesco a nascondere una smorfia. «Com'è nata Liz?»

Lei rimane in silenzio, senza incrociare il mio sguardo.

Con cautela, mi avvicino per coprire le sue mani con le mie. Credo che questa sia la prima volta da quando ero piccolo che cerco attivamente il tocco di mia madre. «Mamma?»

«Liz non è... beh, non è...»

«Non è cosa, mamma?»

«Non è di tuo padre.» Le parole arrivano veloci e calde, come un colpo di fucile.

Mi sbattono contro il divano. «Porca puttana.»

«Sì.» Annuisce. «Porca puttana.» Poi, dopo essersi liberata dei segreti, la bella e orgogliosa Emily Moore si alza. E inizia a sistemare il mio disordine.

«Mamma...» Mi sposto sul divano, pronto a mettermi in piedi. «Non devi pulire, mamma.»

«Lo so.» Lo sguardo perso si sposta per l'appartamento. «Ma voglio farlo.»

Non sono così idiota da stare a guardare mia madre che mette a posto la mia stanza. «Ah, okay, allora. Ti aiuto.»

Quindici minuti dopo, le tende sono aperte, la spazzatura è stata portata via e la mamma mi ha infilato due bicchieri d'acqua in gola. Beh, non proprio. Mi ha semplicemente suggerito di farlo e io ho obbedito. Non è troppo tardi per essere un bravo bambino, giusto?

Mia madre si dirige verso la mia camera da letto. «È ora di fare una doccia.»

Mi passo una mano tra i capelli sporchi con un sorrisetto. «So che è passato un po' di tempo, mamma. Ma in questi giorni riesco a farmi la doccia da solo.»

«Mi sono sempre piaciute le tue battute.» Sembra un po' triste quando lo dice, quindi devio il discorso nel modo migliore che conosco.

«Certo che ti piacciono.» Mi metto in posa da culturista per calcare l'effetto. «Perché sono fantastico.» L'odore del mio braccio sollevato mi fa arricciare il naso.

La sua risata suona affannosa e arrugginita, ma a me sembra magica.

«Sì, lo sei.» Entra nella mia camera da letto e si dirige verso l'armadio. Tira fuori un paio di jeans e una maglietta con scritto "Scusate il ritardo, non volevo venire", a dimostrazione del mio senso dell'umorismo. «E adesso potrai anche fare una chiacchierata con tuo fratello.»

Beh, merda.

* * *

Bell

«Hai tutto quello che ti ho mandato?» Più parliamo, e più forte diventa il tamburellare della mia penna.

«Sì.» La voce calma di Thomas è snervante come sempre. «Ma vorrei che ci ripensassi.»

La skyline di Houston splende d'arancio all'alba. Ho scelto di andare subito in ufficio per assicurarmi che tutte le informazioni inviate a New York siano arrivate correttamente e in tempo.

«Tallero, devi concentrarti su cose più importanti.»

Sospira esasperato. «Sai cos'è inquietante?»

«Cosa?»

«Che mi sto abituando ai tuoi nomignoli.»

Una risata molto poco signorile mi scoppia dalla gola. Negli ultimi giorni, io e Thomas abbiamo stretto un'improbabile amicizia, aiutata dalle nostre comunicazioni telefoniche e via e-mail che mi hanno risparmiato di vedere le sue fastidiose espressioni spocchiose.

«Mamma dice che Chase ha accettato di parlarmi.»

Anche solo sentirlo nominare mi cancella il sorriso dalle

labbra. «Bene.» Tossisco per scacciare le emozioni. «Devo andare, Simpaticone.»

Un altro sospiro, triste, questa volta. Quest'uomo sa esprimere di tutto con un semplice sospiro. «Grazie di tutto, Bell.»

Dieci minuti dopo aver concluso la chiamata, sono ancora lì a fissare la città, in preda a un déjà vu, ma mi riscuoto. Sono tornata nello stesso posto in cui ho ricevuto la prima chiamata da Chase Moore, ma non sono la stessa persona.

Come a dimostrarmelo, Leslie entra nell'ufficio con passo deciso. «Queste sono cazzate, e lo sai.»

«Ciao anche a te, Leslie.»

«Cazzate assolute.» Si lascia cadere su una delle sedie davanti alla mia scrivania. «Se mi avessi sguinzagliata contro lo stronzo, gli avrei fatto un culo così. Almeno ci avrebbero pagato profumatamente per la rescissione anticipata del contratto.»

«Lo so, me lo hai già detto.»

«Allora perché...»

«Perché non usciamo, venerdì?»

Per un attimo mi meraviglio di aver lasciato Leslie senza parole.

Sbatte le palpebre, poi si ricompone. «Scusa, come?»

«Venerdì. Io e te.» Odio l'idea, ma ne ho bisogno.

Lei sfarfalla le ciglia. «Mi stai invitando a un appuntamento, Campbell King?»

Rido. «Mi costeresti troppo. Ma se hai già altri programmi...»

«No, no, no.» Scuote il capo. «E se anche li avessi, li cancellerei. Sono disponibile per... qualsiasi cosa tu abbia in mente.»

«Voglio solo uscire. Sai, la gente lo fa.»

«Non tu. O almeno, molto di rado. E di solito vai in enoteca per un singolo bicchiere di vino.» Si blocca. «Aspetta, è questa la tua idea? Un'altra serata noiosa in enoteca?»

È troppo delusa perché le dica che sì, avevo pensato proprio a quello. Quindi devio: «No, ovviamente. Pensavo al Wild West.»

Si illumina. «Davvero?» Esulta e scalcia, poi si alza. «Mi troverò un cowboy da cavalcare!»

Non riesco a non ridere. «Hai il fetish dei cowboy?»

«Chi non lo ha?»

E come darle torto?

Una delle sue dita affusolate, ornate da un'unghia affilata con la french manicure, si punta verso di me. «Vedi di non darmi buca.»

«Non lo farò,» le prometto, le mani sollevate.

Stringe gli occhi, e di colpo mi sento uno sfortunato avversario in aula. «E non pensare che questo mi farà dimenticare il pasticcio di New York.»

«Ovviamente no.» Annuisco solennemente. «Sei troppo astuta per questo.»

«Proprio così.» Abbassa la mano e raggiunge la porta ancheggiando un po' di più che all'andata. «Ora, con il tuo permesso, devo andare a comprarmi degli stivali nuovi.» E sculetta. «Andiamo a ballare!»

Vorrei che un paio di stivali potesse sistemare suddetto pasticcio.

La King Marketing ha preso un brutto colpo, sia alle finanze che alla reputazione. Tutti sanno che la prima cosa fatta da Stan quando ha strappato il controllo a Chase è stata licenziarmi. Quel giorno, vicino all'ascensore, c'era abbastanza gente che tutti si sono fatti un'opinione.

Soprattutto perché, un attimo dopo, Denise è stata rimessa al suo posto, e si è messa a diffondere pettegolezzi su ciò che è accaduto, sia adesso che anni fa. Tutti hanno collegato Campbell Dougherty a Campbell King.

Starsene lì a guardare suo padre fare lo stronzo pomposo ha distrutto Thomas, così come non potersi schierare con suo fratello o rivelargli cosa stava succedendo. Ma Thomas ha dovuto fingere lealtà a Stan pur di far funzionare il suo piano.

Un piano di cui spero Chase farà parte, se il loro incontro andrà bene.

Ho provato a scrivergli e a chiamarlo, ma non mi ha mai risposto. L'espressione tradita nei suoi occhi quando ha capito che sapevo della tresca... me la rivedo ogni volta che abbasso le palpebre. Inutile dire che non sto dormendo bene.

Pur sapendo com'è la sua famiglia e che sembra che gli abbia nascosto un segreto doloroso, sono anche furiosa che non mi abbia ascoltata. Che mi abbia tagliata fuori. *Lasciata.*

No. Scuoto il capo per scacciare le lacrime. Non lo farò. Soprattutto non qui, nel mio regno.

Dovrei prendermi qualche giorno di ferie per andare nella casa di campagna dei miei genitori, ma chissà perché non lo faccio.

Torno al lavoro. Spulcio vari progetti, quelli ancora in atto dopo il fiasco di Moore's, e scelgo i più succosi per Chris e Ben. È il minimo che possa fare.

Ho cercato di convincere Alice a venire in Texas con me, ma quando mi ha spiegato perché non poteva, ho smesso di insistere. Invece ho fatto promettere a Thomas di darle un lavoro con lo stesso stipendio ma ben lontano da Denise, finché non riuscirà a sistemare i problemi con la famiglia. Sono arrabbiata di non essere riuscita ad aiutare di più Alice prima di andarmene. E ancor di più perché probabilmente sarà agitata al lavoro prima che risolveremo tutto.

Proprio in questo momento, mi arriva un messaggio.

Alice mi ha mandato un selfie che mi fa sorridere. Ma a una seconda occhiata non è un selfie: è una foto dello specchio alle sue spalle, che riflette Denise e uno dei suoi minion; quest'ultimo le fa una smorfia alle spalle.

È esilarante.

Messaggiamo per un po'; lei mi chiede se tornerò presto a New York, e io mi assicuro che sia accudita sia a livello professionale che personale. In risposta al primo punto, mi manda una foto di Thomas, perplesso e annoiato di fronte a uno degli allestimenti realizzati da lei, con tanto emoji che rotea gli occhi.

Giro la foto a Thomas con il promemoria di alleggerirsi un po'.

Mi arriva poi un'altra immagine, e il mio cuore si ferma. È una foto di qualche tempo fa, con me e Chase, il giorno della sveltina nel ripostiglio. Alice deve averla scattata prima che Chase mi prendesse da parte. Non ci eravamo ancora confessati il nostro amore, ma i nostri sguardi lo rivelavano già.

In un attimo di debolezza, la salvo sul telefono.

Alice è romantica, penso. Per curarla, e curare me, del resto, da ogni speranza di un ricongiungimento con Chase, le scrivo che venerdì uscirò con Leslie in cerca di consolazione a forma di cowboy.

Dopo un po', quando penso che Alice sia troppo delusa per rispondermi, mi invia un meme con Elvis nel suo film western *Charro!*, con le parole "I'm just a hunk, a hunk of burning love" scritte sotto.

Ci ha incollato sopra con Photoshop la faccia di Chase.

Alice sa essere subdola.

Salvo anche questa foto.

Capitolo Ventinove

Chase

Non avrei mai detto che mio fratello avesse una vena sentimentale.

Casa sua ha delle enormi vetrate che mostrano uno dei rari viali alberati vicino a Central Park. È sorprendentemente vicina a dove vivo io.

Ed è una casa vera e propria, non un attico o un appartamento. Fa apparire sterile e da scapolo il mio. Ha persino delle foto di famiglia. E non solo gli obbligatori ritratti professionali come quello che avevo nell'ufficio di Stan. Ha delle foto non posate, che non ricordo neanche mi avessero scattato.

Ce ne sono alcune di quando eravamo bambini, con Liz e io che corriamo in giardino quando lei aveva tre anni. Una versione più giovane di mamma che sistema dei fiori in cucina, circonfusa dalla luce. Io, in coda per tirare un rigore contro la squadra della scuola avversaria, all'ultimo anno di liceo. Papà curvo sulla scrivania, con dei fogli appallottolati in mano. E un'incredibile immagine in bianco e nero di Liz adolescente, rannicchiata sul divano, che disegna sul suo blocco, tutta concentrata. Con l'avanzare dell'età dei soggetti ritratti, le immagini diventano più nitide, i colori più vividi, e nell'insieme la composizione è meravigliosa.

Le fisso mentre aspetto che Thomas torni con quello che ha detto di volermi mostrare.

Di colpo mi rendo conto di cosa manca. «Tu non ci sei mai,» dico quando entra nella stanza con in mano una valigetta. «Le hai... scattate tu?»

Per una volta, mio fratello sembra in imbarazzo. «Sì.» Non aggiunge altro. Raggiunge il tavolo accanto alla finestra e vi posa la valigetta. Mi stacco dal collage di foto e mi siedo di fronte a lui.

Quest'area del vasto salotto è organizzata come una sala per giochi e intrattenimento. Un lungo divano bianco è al centro della stanza, davanti a un televisore, e sulla parete opposta c'è un'enorme libreria, fronteggiata da una grande poltrona di cuoio e una lampada a piantana.

È stranamente accogliente. Pensavo che Thomas abitasse in un alto, cupo grattacielo, in qualche attico minimalista tutto finiture nere e cromate. Una roba da covo del cattivo.

Mi serve un hobby. La mia immaginazione corre troppo.

«Mamma ti ha detto di Liz?» Si è tolto la giacca e ha arrotolato le maniche della camicia. Non l'ho mai visto con un look così rilassato.

«Sì.» Non posso che tornare a guardare le sue foto. «E tu da quanto lo sai?»

E perché a me è stato detto solo ora?

«Non da molto prima di te. L'ho saputo dopo essermene andato.»

«Dopo?»

Annuisce. «Credo non l'avremmo mai scoperto, ma mamma ha trovato dei documenti riguardo alle azioni di Liz, e le è preso il panico.»

Le parole di Stan sul diseredare nostra sorella mi tornano alla mente. «Cosa c'entrano le azioni?»

«Stan ruba a Liz da quando ha diciotto anni, e ha guadagnato sulle sue azioni.»

Mi alzo, urtando il tavolo. La valigetta scivola giù e sparge fogli sul tappeto. «Perché non me lo hai detto?» Un altro pensiero mi colpisce. «Aspetta, l'hai sempre saputo? Che rubava a Liz?»

«Tanto per cominciare,» esordisce calmo, «vaffanculo.» Si alza per poi accucciarsi e raccogliere i fogli. «In secondo luogo, se ben ricordi ho provato a dirtelo.» Mi scocca un'occhiataccia. «Tu però non rispondevi al telefono.»

Accidenti. Ha ragione.

Lo aiuto con gli ultimi documenti. «Scusa.»

«Per cosa? Per aver pensato che fossi complice nel furto ai danni di nostra sorella?» Il tono piccato rivela cosa provi al riguardo.

«Ehm, sì.» Mi passo la mano libera tra i capelli. Mi sento come se mi avessero appena fatto la ramanzina. «E sai, per non averti risposto.»

Annuisce e torna in piedi. «Scuse accettate.» Aspetta che mi rialzi, poi indica le sedie. «Vogliamo riprovarci?»

Rido a disagio. «Certo.» Una volta seduto, non posso che chiedere: «Pensi che sia per questo che mamma non voleva partecipare? Perché pensava saremmo venuti alle mani?»

«In realtà credo che mamma volesse che ce la sbrigassimo senza di lei in modo da smetterla di litigare e collaborare, una volta tanto.»

«Oh.»

Rimaniamo in silenzio per un attimo, poi Thomas sgancia un'altra bomba. «Ho mollato perché papà aveva, e ha ancora, una tresca con Denise Hampson.»

«Quando...»

Thomas mi interrompe con un cenno. «Faremo molto prima se la smetti di interrompermi e stai seduto.»

Abbasso lo sguardo e mi rendo conto di essere di nuovo mezzo su e mezzo seduto. Mi schiarisco la gola e mi risiedo. «Sì, giusto.»

Con il suo solito piglio chiaro e conciso, Thomas mi racconta di come si è licenziato dopo aver scoperto della relazione clandestina. Era convinto che, qualora se ne fosse andato, nostro padre sarebbe rinsavito.

Stan non l'ha fatto.

Poi mamma, già sospettosa, ha indagato nell'ufficio di nostro padre scoprendo i documenti che rivelavano il furto di Stan. Le azioni di Liz avrebbero dovuto confluire nel suo conto una volta compiuti i venticinque anni, quando vi avrebbe avuto pieno accesso.

Stan ha già acquistato un attico d'amore da due milioni di dollari e una Tesla per Denise, oltre ad aver spostato un sacco di soldi su un account offshore.

Mentre processo tutto questo, Thomas delinea un piano per occuparsi di Stan e reclamare il denaro di Liz.

Quando conclude, riesco solo a boccheggiare come un pesce spiaggiato, incapace di formulare insulti in grado di rendere giustizia alle azioni di mio padre.

Un raro sorriso emerge dalla severità di mio fratello. «Il grande, saccente Chase Moore è senza parole?»

Nonostante tutto rido, poi ricambio il suo sorriso. «Direi di sì.»

Mi dà un attimo, poi prosegue. «Allora, che ne dici della prima parte del piano?»

«Cosa? Fingere di odiare sia te che Stan finché non lo convincerai a firmare per lasciarti il controllo di Moore's, stavolta in modo ufficiale?» Fingo di pensarci su. «Fattibile, dai.»

«Dovrebbe venirti facile.» Si mette a giocherellare con i fogli davanti a sé. «Devi solo comportarti come al solito.»

Una fitta di dolore mi trafigge il petto. Per un po' non diciamo nulla. Alla fine, smetto di fare lo stronzo. «Ma sai...»

«Cosa?» Percepisco la speranza nel suo tono, e mi aiuta a continuare.

«Sarebbe solo una farsa. Cioè, non lo penserei davvero.» Mi passo una mano tra i capelli. «Insomma, di te, almeno.»

Mi fissa.

Il mio sospiro esasperato scompiglia i documenti sul tavolo. «Sto dicendo che non ti odio. Quindi non farla tanto lunga.»

Thomas sfoggia la sua miglior espressione di superiorità. «Non sono di certo io quello emotivo.»

Scuoto il capo e rido di nuovo. Come sono arrivato a questo punto? Sto parlando con mio fratello. E mi *piace*.

È in questo momento che metto a fuoco i documenti davanti a me. «Aspetta, perché qui c'è scritto Warren&Baron? Il piano pubblicitario è stato creato dalla King Marketing.»

Thomas torna serio e gira verso di me i bozzetti. Sono tanti, tutti con stampigliato il logo di W&B. La strategia di Bell e del suo team. Mi viene da vomitare.

«Cazzo, amico, ma perché?»

Thomas sospira e mi aggiorna sul sacrificio di Bell.

Sono così sconvolto da non riuscire a pensare. Sbatto solo le palpebre di fronte a quei fogli. «Ha fatto tutto questo per Moore's?»

«No, idiota.» Thomas raccoglie i fogli e li dispone di lato in una pila ordinata. «Lo ha fatto per te.»

Senso di colpa, autocommiserazione e dolore vengono scacciati da un'ondata di panico. «Io... ho fatto un casino.»

«Sì.»

«Devo vederla. Parlarle.»

«Sì.»

«Cristo. Potresti anche essere più utile, invece che dire solo di sì!» Mi tiro i capelli. «Mi serve un consiglio.»

«Vuoi un consiglio?»

Spero tanto che il figlio perfetto abbia qualche perla di saggezza, così annuisco frenetico.

«D'accordo, ecco il mio consiglio: non chiamarmi amico.»

Lo fisso. Non so se rompergli il naso o ridere. L'angolo della sua bocca ha un fremito, quindi opto per la seconda. «Fanculo, amico, non mi stai aiutando.»

«Va bene, va bene.» Si alza. «Vai da lei e basta.»

Anche io mi alzo, di nuovo facendo cadere la pila di fogli. «Ops...»

Thomas mi scaccia con un cenno. «Ci penso io, tu datti una mossa. Non perdere tempo.»

Aggiro il tavolo e abbraccio forte mio fratello. Dopo un'ultima pacca sulla spalla, mi scosto e lo guardo negli occhi con tutta la sincerità possibile. «Grazie, amico.»

Con una risata, e con lo sguardo incendiario di Thomas tra le spalle, corro fuori dalla stanza.

Devo partire per raggiungere il cuore del Texas.

* * *

Bell

«Avremmo dovuto andare in enoteca.»

«Cosa? Non esiste!» grida Leslie per farsi sentire sopra la musica country a tutto volume. «E perdere l'occasione di rifiutare non uno, non due, ma *tre* ragazzi sexy? Mai!» Mi porge un bicchierino. «E dai, stai al gioco. È divertente.»

«Credo che l'avvocata Leslie mi piaccia di più della Leslie festaiola e frequentatrice di locali.» Leslie è in ottima forma stasera. Gli stivali di cui parlava? Non erano da cowboy. Si trova in un bar chiamato Wild West e ne indossa un paio di pelle, alti sopra il ginocchio, con i tacchi a spillo e appuntiti come armi letali. La maggior parte degli uomini qui dentro vuole flirtare con la morte stasera, ma Leslie ne ha respinti molti più di me.

Non sapevo che la mia avvocata fosse spietata tanto in tribunale quanto qui dentro.

«Per favore, mi adori.» Butta giù il drink e poi mi fissa in modo deciso finché non faccio lo stesso. «E poi, secondo te come faccio a spaccare, alla sbarra? Ho bisogno *sfogarmi un po'*.» Guarda un ventenne con una maglietta di Johnny Cash e un cappellino da baseball al bancone, mostrando un interesse genuino per un ragazzo per la prima volta stasera. Lui ricambia lo sguardo.

«Un po' giovane, vero?» Leslie è sexy, con i capelli biondi sciolti, una canottiera bianca con lo scollo a V infilata in jeans attillati, e quei suoi stivali da predatrice. Qualsiasi ragazzo sarebbe fortunato ad averla. Ma quel ragazzo sembra aver appena festeggiato il suo ventunesimo compleanno.

«Per favore. Sono una donna in carriera che lavora sodo e non ha tempo per i bagagli emotivi degli uomini della mia età.» Il suo viso si scurisce per un attimo, come se stesse ricordando qualcosa. O qualcuno. «I giovani sono più facilmente addestrabili, hanno meno possibilità di subire danni emotivi e possono scopare per ore.» Si illumina con un sorriso e saluta il fan di Johnny Cash. «Una vittoria su tutta la linea.»

La palla da discoteca appesa a una sella che fluttua sopra la pista da ballo proietta luci scintillanti sulla mia semplice maglietta nera e sui miei jeans. Leslie ha dato un'occhiata alla mia maglia larga e ci ha fatto un nodo, rendendola più aderente e mostrando un centimetro di pancia. L'ho assecondata perché, diciamocelo, Leslie mi spaventa a morte.

Luke Combs canta di come una birra fredda sia l'unica cosa che non gli ha mai spezzato il cuore. Quando la cameriera torna e io bevo la birra che ho ordinato, penso che potrebbe avere ragione.

Le do una gomitata sulla spalla. «Ti va di parlare dell'uomo della tua età che ti ha messo di cattivo umore?»

Lei mi lancia un'occhiata. «Vuoi parlare del casino di New York?»

«Ah... no.»

Solleva la sua bottiglia in un brindisi. «Allora non credo proprio.»

Dopo un altro minuto circa di scambio di sguardi con Leslie, il ventenne si avvicina e la distanza ravvicinata rivela un mento sexy e ispido di barba e jeans aderenti che ogni donna può apprezzare. «Buonasera, signore.» Sfiora con le dita la tesa del cappello. «Io sono Mike.»

Il mio cuore freme pensando a un gatto glabro che probabilmente si sta leccando le palle nell'appartamento di Chase in questo momento.

«Leslie.» La mia avvocata allunga la mano e spalanca gli occhi quando Mike la gira nella sua e le bacia il dorso.

«Campbell.» Mi limito a un goffo cenno di saluto, perché Leslie ha ragione: non mi va di stare al gioco.

Lui annuisce, gli occhi si increspano in un sorriso e guarda Leslie. «Qualcuna di voi signore vuole ballare?»

Sorrido educatamente e scuoto la testa, anche se lui continua a non guardarmi. «No, grazie.»

Leslie alza le spalle, beve il resto della birra e si lascia condurre in pista.

Ridacchio quando lui gira il cappello all'indietro e fa volteggiare Leslie, costringendola ad afferrargli le spalle per restare in equilibrio. Tenendola stretta, Mike li manovra sulla pista da ballo. Quel ragazzo ha una spavalderia di tutto rispetto.

Leslie potrebbe aver trovato il suo partner.

Raggiungono la pista proprio quando la canzone cambia. Luke Combs si trasforma in... Elvis?

Certo, il suono ossessivo della chitarra e il ronzio sommesso del coro in sottofondo precedono il dolce tenore del Re in *Are You Lonesome Tonight*.

La folla rallenta, stupita da quel cambio di programmazione musicale. Alcuni vecchietti, qui per una serata all'insegna del passo a due, occupano la pista da ballo rivestita di quercia. Mike si accoda, muovendo Leslie avanti e indietro sulle note di quella melodia triste, tenendo il tempo anche durante l'intermezzo della canzone in cui Elvis "dialoga" con la sua amata.

Quando il Re parla del suo amore che mentiva quando diceva di amarlo, ma che voleva sentire quelle bugie piuttosto che vivere senza di lei, mi scendono le lacrime che sono riuscita a trattenere da quando Chase mi ha lasciata vicino all'ascensore, con una tetta palpata e mezzo cappuccino in mano.

So che mamma diceva che c'è una canzone di Elvis per ogni occasione, ma questa mi sembra un colpo basso.

Per fortuna il brano finisce prima che scoppi in singhiozzi. Mi asciugo il viso come se avessi caldo e non stessi per piangere e faccio segno al barista di portarmi un altro shot. Ma prima che riesca ad attirare la sua attenzione, parte *Teddy Bear*.

Una canzone di Elvis è insolita. Due di seguito?

«Chiedo scusa, signora.»

Stupita, mi giro sullo sgabello.

Un uomo di bell'aspetto, con i capelli biondi e gli occhi azzurri, sorride e rivela la fossetta. Credo che prima fosse seduto accanto a Mike. È altrettanto giovane. «Balliamo?»

Cercando di nascondere la delusione, scuoto la testa. Ma le lacrime che ero riuscita a trattenere con successo tornano a farsi sentire.

Sembra leggermente in preda al panico. Ancora di più

quando la prima lacrima mi scivola sulla guancia. «Tutto bene, signora?»

«È solo che odia davvero essere chiamata signora.»

Spostando lo sguardo annebbiato verso destra, riesco a scorgere la bella sagoma di Chase Moore. Sbatto le palpebre un paio di volte, scacciando le lacrime già formate per riuscire a mettere a fuoco.

Indossa una Henley grigia attillata infilata in jeans aderenti, con degli splendidi Tecovas in pelle di vitello ai piedi e uno Stetson marrone completo di fascia intrecciata, proprio come quello che Elvis indossava in *Charro!*

Legato al petto in un marsupio c'è Mike Hunt.

Con un costume da orsacchiotto.

Capitolo Trenta

Chase

«Vuole solo essere il tuo orsacchiotto.»

Bell finalmente alza lo sguardo da un offesissimo Mike e lo posa su di me. «Ma fai sul serio?»

Non riesco a decifrare la sua espressione. Non sembra felice, ma neanche incazzata. «Ehm, sì?» In realtà pensavo che il costume di Mike fosse un colpo di genio.

«Ecco, io andrei...» Nessuno dei due guarda il tizio che l'ha chiamata signora e che ora sgattaiola via.

«Cosa ci fai qui?» Bell assottiglia lo sguardo in un modo che mi rende nervoso. E non solo me: anche Mike, a giudicare dal fetore che si leva dal marsupio. Ebbene sì, Mike scoreggia quando è agitato. Cosa che ha abbondantemente dimostrato durante il volo da New York.

Comunque i passeggeri di prima classe non hanno senso dell'umorismo.

«Volevo... scusarmi?» Non so neanche perché l'ho detto come se fosse una domanda. Mike mi tira una zampata, e penso che anche lui si deve essere accorto che ho rovinato il mio grande gesto romantico.

Gli occhi di Bell si stringono ancora di più.

Merda. Avrei dovuto fare più ricerche. Alice ha cercato di darmi un sacco di libri con esempi di gesti sdilinquiti (parole sue, non mie), scritti da una che si chiama Audrey Cole, ma ero troppo occupato a raggiungere Bell prima che un qualche stronzo cowboy le si infilasse nei pantaloni.

Thomas non mi ha dato molti consigli sulle relazioni, ma mi ha detto che Alice e Bell sono ancora in contatto. Poi ha borbottato sull'uso scorretto dell'orario lavorativo e sulle fotografie.

Non so cosa intendesse.

E Alice mi è stata di grande aiuto. Mi ha detto esattamente dove avrei trovato Bell. Poi ha aggiunto che, in tutti i romanzi d'amore che ha letto, il protagonista fa sempre un gesto grandioso. Qualcosa che fa girare la testa all'eroina in un momento di follia d'amore (di nuovo, parole sue).

«Thomas è riuscito a convincere Stan a firmare la cessione del controllo?»

Il brusco cambio di argomento mi confonde. Non ha niente da dire sul costume di Mike Hunt? *Teddy Bear* sfuma in *Don't Be Cruel.* Se non per un guizzo del sopracciglio, il viso di Bell resta impassibile.

Avrei dovuto leggere quei libri.

«Ecco, no. Ma gli ho detto di far leva sulle mie azioni. Di dire a Stan che avrei ceduto le mie quote pur di essere estromesso dalla questione.»

«Un attimo, cosa? Non è una mossa astuta. Potrebbe pretendere che tu lo metta per iscritto.»

Faccio spallucce. «Sì, probabile.»

«Ma... tu ami Moore's.»

«No. Amo ciò che rappresentava. E cosa pensavo potesse

darmi. Una famiglia. Ma pare che io ce l'avessi già. Bastava rispondere ogni tanto al telefono.»

Di nuovo nulla.

«Amo *te,* Bell. Sei tu ciò che amo. Chi amo.»

«Mi hai già detto di amarmi.» Le luccicano gli occhi. «E poi te ne sei andato.»

Cazzo.

Tecnicamente so di non essermene andato, visto che sono rimasto rintanato nel mio appartamento come il patetico grumo di autocommiserazione che sono, ma specificarlo non sarebbe utile. Non ci vuole un genio per capire che intende dire che me ne sono andato a livello emotivo. Che le ho promesso che valeva la pena provarci, e al primo intoppo me la sono data a gambe.

«Perdonami, Bell.» Non riesco a non toccarla, così le accarezzo la guancia. «Mi dispiace tanto.» Lei non si scosta, ed è già qualcosa. «Io...»

In quel momento le luci si riaccendono, e *Viva Las Vegas* ruggisce dagli altoparlanti. Stupita, Bell si scosta e guarda i sette imitatori di Elvis, con i loro costumi di paillettes, che occupano il palco e fanno ondeggiare braccia e fianchi.

Nella mia testa, doveva andare in modo diverso.

«Questo... è opera tua?» I suoi occhi sgranati non abbandonano quello spettacolo orribile e scintillante.

Prima che possa rispondere, una bionda con gli occhi sgranati e degli stivali da film porno ci corre incontro. «Oddio, ma hai visto?»

Un tizio con buoni gusti in fatto di musica, a giudicare dalla maglietta, la segue, e mi saluta con un cenno del capo.

«Ci sei dietro tu,» dice la bionda a Bell. «Solo tu puoi amare Elvis così tanto.»

«In realtà...» Tre paia di occhi si posano su di me. «Sono stato io.»

La bionda passa dallo shock alla meraviglia al sospetto in un nanosecondo. «E tu chi cazzo sei?»

Tendo la mano, torcendomi appena per aggirare Mike. «Chase Moore.»

La nuova arrivata sposta lo sguardo su Bell, poi sulla mia mano, che non stringe. «*Quel* Moore, di New York?»

«Leslie...» mormora Bell.

La bionda, Leslie, inclina il capo verso di me. «Quindi questo è il signor Pasticcio di New York?»

Chi è Leslie? E cos'è un pasticcio di New York? Comunque perché nessuno commenta la patata glabra vestita da orsetto?

Come io, la persona che ha organizzato lo spettacolo con sette Elvis per regalare un flash mob a sorpresa a dei cowboy, sia finito a non sapere cosa sta succedendo mi è del tutto incomprensibile. Eppure è così.

«Sì,» ammette Bell. «Ha deciso di farmi una sorpresa.»

Mike si agita nel suo marsupio, irritato per le scarse attenzioni, credo.

«Devo farti avere un'ordinanza restrittiva? Perché avrò anche bevuto un po', ma non sono così sbronza da non poter sfoderare il diritto.»

Un'avvocata. Ora capisco.

Il tipo vicino a Leslie solleva il mento verso di me. «Mike,» si presenta.

Rispondo con un cenno uguale. «Chase.» Non penso di avere la sua stessa aria da fico nel farlo, visto che ho quella palla di pelle grinzosa attaccata davanti, neanche fosse Halloween. Lui fa un sorrisetto che conferma i miei sospetti.

Indico suddetta palla grinzosa. «Anche lui è Mike.»

Il suo sorriso svanisce.

«Sono molto felice che i ragazzi si siano presentati.» Il sarcasmo gronda dalla voce di Leslie. «Ora, che mi dici di quell'ordinanza restrittiva?»

L'ultima battuta del brano risuona, la sella con la palla da discoteca si abbassa in mezzo alla pista ed emette un arcobaleno di luci sulle tute di paillette degli Elvis.

«No, Leslie, non credo...»

«Mike!» Ma il mio grido arriva troppo tardi. Lo stronzetto balza via dal marsupio, con il culo coperto di peluche che sfreccia sul pavimento del bar mentre si accanisce contro ogni singolo punto di luce.

Questo è il sogno a base di puntatori laser di ogni gatto.

Il cappuccio da orsetto si abbassa, e una donna con più lustrini sul culo di tutti gli Elvis messi insieme grida: «Ratto!»

Si scatena un pandemonio.

Gli Elvis smettono di muovere il bacino e vengono investiti da un'orda di donne in tacchi alti che sfrecciano via dalla pista da ballo. Uomini con pesanti stivali le seguono, per non perdere di vista quelle che hanno rimorchiato. La musica si interrompe, ma le luci stroboscopiche sono ancora in piena attività.

Il che significa che un gran numero di persone in calzature pericolose calpestano il pavimento dove Mike saltella come un nudista sotto acidi.

Prima che riesca a fare due passi verso la bestia, un fischio acuto fende l'aria. Tutti rallentano e guardano Bell, che si sfila le dita di bocca e si rivolge alla folla.

«Fermi tutti! Finirete per far male a Mike Hunt!»

* * *

Bell

«Fa male!»

Scosto il corpo da Chase e dal sacchetto di ghiaccio che ha tirato fuori dal nulla e che cerca di premermi sulla mano ammaccata.

«Sì, beh, anche la mia faccia.» In effetti ha un occhio un pochino gonfio.

«*Sì, beh,* te lo meritavi.» Sono ben consapevole di essere una donna adulta che fa il broncio, ma al momento mi importa solo delle ossa che sono certa si siano sbriciolate quando hanno impattato con l'assurdamente solida mascella di Chase.

«In quanto consulente legale della signora King, devo chiederti se intendi sporgere denuncia per danni.»

«Cosa?» sbottiamo io e Chase all'unisono, voltandoci verso Leslie, che incombe su di noi con i suoi stivali da supereroina.

Sempre fissando Chase, ripete: «Intendi sporgere denuncia?» E gli indica la faccia.

Chase, oltraggiato all'idea, sbuffa. «Ma no, ovviamente.»

Implacabile, Leslie non demorde. «Sei disposto a metterlo per iscritto?»

«Cristo, Bell.» Chase mi guarda in cerca di aiuto. «Di' alla tua amica avvocata che non ti denuncerei mai per avermi tirato per sbaglio un pugno in faccia mentre cercavi di salvare il mio gatto. O in generale, ecco.»

Ancora ferita, sia nella mano che nel cuore, non dico nulla. Invece mi stringo Mike al petto, e a lui pare piacere, considerando le fusa da trattore che emette.

Con la bocca spalancata, Chase afferra un tovagliolino dal bancone del bar. «Qualcuno ha una penna?»

Tre cameriere in prima linea per godersi lo spettacolo della nostra discussione sono vogliose di porgere una penna. E non solo di fare quello.

Chase ne prende una senza degnare di uno sguardo la scollatura della ragazza che gliela offre, poi si china sul bancone e scribacchia. «Ecco.» Porge il tovagliolino a Leslie.

Lei lo scruta, annuisce e se lo infila in tasca. «Allora è tutto risolto.»

«Non sono proprio sicuro che un tovagliolino abbia valore, in tribunale,» mormora Chase.

Leslie lo guarda male. «Allora non mi conosci.»

«Mh.» Lui si appoggia all'indietro e la scruta pensieroso. «Senti, ti interessa collaborare per distruggere mio padre?»

Mi schizzano gli occhi fuori dalle orbite.

Leslie si tamburella sul mento con un dito. «Stan Moore, quello che ha rubato la proprietà intellettuale della mia cliente?» E mi indica.

«No, aspetta, non ha davvero rubato...»

«Lui,» conferma Chase.

Lei annuisce. «Sì. Chiamami.»

«Ma non puoi! Ho dato il...»

Lei mi posa le dita ben curate sulle labbra. «Ora, con il vostro permesso, devo parlare con uno per la questione degli imitatori di Elvis.» Si dirige verso il lato del bancone, dove si trova il barista piuttosto incazzato. «Sarà divertente.»

Chase fa un sorrisetto. «Ti farò avere la mia tariffa oraria.»

«Oh, dolcezza,» ride lei. «La mia sarà ben più alta.» Poi ancheggia via e risolve in legalese il casino che abbiamo combinato.

«Che donna.» Il Mike umano, che è stato incredibilmente silenzioso e pacato durante l'intera ordalia, beve un sorso di birra e guarda Leslie fare il culo al proprietario.

La folla si è dispersa, Leslie sta gestendo i danni causati da Mike Hunt, e il dolore alla mano sta passando, così l'adrenalina si dissipa e le mie palpebre si fanno pesanti.

«Devo andare a casa,» dico al Mike felino, che si limita a continuare a fare le fusa.

«Ti accompagno io,» si offre Chase, speranzoso.

«Sono venuta con Leslie.»

«A Leslie ci penso io,» commenta il Mike umano con un sorriso che rivela quanto speri di una notte di fuoco. E se Leslie ancora non gli ha detto di andare a farsi stendere, probabilmente è incline ad accettare.

Annuisco, poi mi rivolgo a Chase. «D'accordo, puoi portarmi a casa.» Mi stringo addosso il coccolone glabro. «Ma non ti darò Mike Hunt.»

Chase solleva le mani. «Affare fatto.»

* * *

«Prendi la prossima uscita.» Indico il cartello autostradale. Abbiamo lasciato il Wild West quaranta minuti fa, e per tutto il tragitto ho parlato solo per dare indicazioni. Ogni volta che Chase ha provato a fare conversazione, mi sono messa a parlottare con Mike. Chase ha capito l'antifona e ha lasciato perdere trentacinque minuti fa.

«Non che non apprezzi che tu abbia accettato la mia offerta di portarti a casa, ma non è che per caso mi stai portando in mezzo al nulla per farmi fuori e nascondere il corpo, vero?» Svolta sull'uscita e si dirige a ovest.

«Per quanto in questo momento l'idea mi sembri allettante, non è così.» Accarezzo Mike. «Ti sto davvero portando a casa.»

«Pensavo avessi un appartamento in centro.»

«Sì, ma stiamo andando a casa dei miei.»

Questo lo zittisce per venti minuti, mentre superiamo sempre meno negozi, quindi recinzioni sgangherate e campi.

«Eccoci,» dico quando arriviamo davanti al ranch in mattoni rossi.

I fanali di Chase illuminano le campane a vento appese sul portico.

«Casa dolce casa,» cantileno. Un senso di pace mi invade alla sola vista della vecchia casa dei miei genitori. L'ho tenuta per tutti questi anni, ed è diventata una sorta di rifugio. Quando ero giovane. Quando ero in lutto. Quando ho fondato la mia agenzia.

Stranamente silenzioso, Chase scende dall'auto, viene ad aprirmi la portiera e mi aiuta a uscirne. Stringendo forte Mike per impedirgli di fuggire e perdersi nei boschi, conduco Chase su per i gradini del portico e fino all'ingresso.

«Ormai sei qui, tanto vale farti entrare per un attimo.»

Un accenno del tipico sorrisetto di Chase fa capolino. «Volentieri.»

Con un sospiro, neanche fossi annoiata invece che nervosa al pensiero che lui veda la mia casa d'infanzia, calcio la pietra dietro il palo del portico e rivelo la chiave.

«Ma sul serio? Davvero la gente nasconde le chiavi sotto i sassi?» Osserva la strada. «Non hai paura che qualcuno venga a derubarti?»

«Andiamo, ragazzo di città.» Apro la porta e metto giù Mike nel piccolo atrio. «Vieni a sederti prima che ti venga un trauma cranico qui sul portico di mia mamma.»

Appare stupito. «So che ho molto di cui scusarmi, ma al momento, a sentirti parlare così, altro che trauma cranico. Vorrei fare ben altro sul portico di tua mamma.»

I miei capezzoli traditori si inturgidiscono al pensiero.

«Vediamo come vanno queste scuse, okay?»

«Sì, signora.»

«Non parti bene, signor Moore.»

Capitolo Trentuno

Chase

Casa di Bell sembra uscita da uno speciale AMC western. America vecchio stile. Ho viaggiato parecchio, ma di solito in posti come l'Europa o i tropici. Non sono mai stati al sud, a parte una volta a Miami, che non è proprio la stessa cosa.

Il lampadario sopra la nicchia per la colazione in cucina è un'autentica ruota di diligenza.

Lo adoro.

Non solo io. Mike balza sul pianale di formica e si rannicchia in una ciotola vuota. Bell prende un soffice strofinaccio da un cassetto e glielo drappeggia sopra come una coperta.

Portare il gatto è stata una buona idea, penso. Molto migliore degli imitatori di Elvis.

«Vuoi dell'acqua?»

«Sì, grazie.» È strano parlare in modo tanto formale con la donna che possiede il mio cuore. Ed è tutta colpa mia.

«Non abbiamo bottigliette, solo acqua del rubinetto.» Apre l'anta di legno di uno stipetto decorato.

«Perché il plurale?»

La sua mano si blocca su un bicchiere. «Cioè, non ne ho. Io. Solo io.» Lo tira giù dalla mensola foderata di carta azzurra e chiude lo sportello. «Non ho mai portato nessuno qui dalla morte dei miei genitori. Di solito quando sono qui mi dimentico che loro non ci sono più.» Fa scorrere l'acqua nel lavandino per un attimo, poi riempie il bicchiere. «Forse è per questo che non l'ho mai venduta. E perché mi piace così tanto.»

Non è giusto che i suoi genitori siano morti e quella merda di mio padre sia ancora vivo.

Mi porge il bicchiere, e io lo scolo in un solo sorso.

Lei inarca le sopracciglia, prende il bicchiere vuoto e lo mette nel lavandino.

Restiamo lì in cucina, avvolti da un silenzio imbarazzato, alla luce del lampadario-ruota. Attorno a me tutto accenna al passato di Bell e dimostra quanto è stata amata. Foto, disegni di quando era bambina, oggetti in terracotta che deve aver realizzato da piccola. Sono ovunque.

«Beh, se questo è quanto, probabilmente dovresti...»

«Scusa, sono stato uno stronzo,» esclamo.

Bell stringe gli occhi e incrocia le braccia. «Oh, quindi ti dispiace? Non hai altro da dire?»

«No. Cioè, sì.» Mi passo una mano tra i capelli.

«Allora?» Batte sul linoleum la punta dello stivale da cowboy.

Traggo un gran sospiro come farebbe mia madre. «Che ne dici se ricomincio?»

Indica con un cenno le sedie sotto il lampadario.

Esito. «Ti dispiace se andiamo nello studio di tuo padre?»

«Come?»

«Quello con la stampa della lattina di zuppa di cui mi hai parlato.»

Le si mozza il fiato. «Sì.» Si schiarisce la gola. «Possiamo andare a sederci lì.» Ripercorre la via che abbiamo fatto in precedenza, poi svolta a destra. Non c'è una porta, solo un arco. Il parquet presente in tutta la casa è coperto da un logoro tappeto intrecciato. Un divanetto a quadri blu e marroni si trova su un lato del muro, e sull'altro c'è una poltrona di cuoio consunto.

Prima che lei possa raggiungerla, le prendo la mano e la conduco al divanetto. Lei, cauta, mi lascia fare.

Una volta seduti, sfido la sorte e la cingo con un braccio. Il suo corpo non si rilassa contro il mio, ma neanche mi tira un pugno nelle palle, quindi è già una vittoria.

Di fronte al divanetto, in bella vista, c'è la piccola stampa di Warhol di cui Bell mi ha parlato al museo. È un dipinto semplice, senza troppi dettagli, che sottolinea la facilità della produzione di massa che l'artista trovava tanto interessante. (Sì, mi sono documentato dopo la gita al museo). Ma per Bell, non è quello il significato dell'opera. L'immagine evoca ricordi d'infanzia felici, intrisi dell'amore dei suoi genitori.

«Mio padre non mi voleva. Mi ha detto in faccia che si sarebbe sbarazzato di me, se mia madre non avesse atteso tanto a dirgli della gravidanza.»

Bell si raggela al mio fianco.

«Ha detto di aver sempre e solo voluto Thomas. Che lui era l'erede designato. Io ero solo una scocciatura che lo costringeva a suddividere ulteriormente le quote dell'azienda.»

«Oddio.» Si raddrizza a sedere, e con riluttanza glielo lascio fare. «Thomas mi ha detto del furto di soldi di Stan e della sua tresca, e persino di Liz, ma non di tutto questo.»

«Sai, non credo che Thomas lo sappia.» Mi acciglio pensoso. Non ne abbiamo mai parlato. «Cioè, abbiamo discusso di altre cose, e abbiamo un piano per sistemare i casini combinati da mio padre, ma non gli ho riferito quella conversazione in particolare.»

«Quando te l'ha detto?»

«Un minuto prima che beccassi te e mio fratello in ascensore.»

La comprensione le sorge nello sguardo. «Oh.»

«Già, *oh.*» Poso la mano sulla sua, appoggiata sulla coscia. «Non sono fiero di me. Credo sia stato il mio momento più basso. Ciò che mio padre mi ha detto... mi ha accecato.»

Annuisce.

«Non è una scusante per il mio comportamento, ma ero così...»

«Ferito? Arrabbiato?»

«Sì.»

Volta la mano nella mia e intreccia le nostre dita.

«Qualche giorno dopo, mamma è venuta da me e mi ha aiutato a capire alcune cose. Una delle quali è il fatto che non è colpa mia se mio padre è una persona orribile. Né è colpa di Thomas.»

Bell mi lascia la mano per posarmi il palmo sulla guancia. «Ovviamente non è colpa tua. Chiunque la pensi diversamente è una testa di merda.»

«Testa di merda?» Rido, e ciò la fa sorridere. Fa per abbassare la mano, ma io la tengo ferma, badando a non toccare le nocche ferite. «Questo è solo uno dei molti motivi per cui ti amo. La tua abilità negli insulti creativi.» Le prendo entrambe le mani e le bacio.

«Non mi ami abbastanza da non andartene.»

Il senso di colpa mi trafigge. «So che le parole sono solo parole. Come dice Elvis, *a little less conversation, a little more action.*»

Lei rotea gli occhi, ma sorride, così proseguo.

«So di essermene andato. Vorrei tanto non averlo fatto. Sappi, ti prego, che quando ho smesso di essere una testa di merda,» questo la fa sorridere un po' di più, «ho capito che andarmene era l'opposto di ciò che avrei dovuto fare.» Le bacio di nuovo le mani. «Non sono molto bravo a parlare di sentimenti.»

Sbuffa una risata.

«Ma ti prometto che migliorerò. Non ti chiuderò fuori. Perché ti amo da morire, Campbell Dougherty.»

Si china in avanti e appoggia la fronte alla mia. «Chase Moore, cosa devo fare con te?» Il suo accento del sud mi manda un brivido lungo la schiena, e spedisce sull'attenti il mio uccello speranzoso.

«*Love me tender*.»

«Chase,» mi ammonisce, scostandosi.

«No?» Le faccio l'occhiolino. «Che ne dici di *love me sweet*?»

«Non puoi continuare a usare il Re contro di me.» Cerca di darsi un contegno, ma il sorriso ha la meglio. «Non vale.»

«*Never let me go*,» sussurro. «Non lasciarmi mai.»

Con un sospiro, si sdraia sul divano e apre le braccia. «Okay,» mormora.

Spostandomi in avanti, appoggio le braccia ai suoi lati, fermandomi appena prima di baciarla. La luce della luna che filtra dalla finestra accende scintille ambrate nei suoi occhi scuri. «Ti amo.»

Il sorriso glieli fa increspare agli angoli. «Anch'io ti amo, Chase.»

E poi *mi bacia*. Dolce e cauta, all'inizio. Ricambio il bacio, mettendo tutto quello che provo per lei in ogni tocco, in ogni respiro. Le mie mani si intrecciano con i suoi capelli e le sue salgono e scendono lungo la mia schiena.

«Mi sei mancata, Bell.»

Inclina la testa, dandomi accesso alla colonna della sua gola sottile. «Fammelo vedere. Mostrami quanto ti sono mancata.»

Lo faccio. La bacio per quelle che sembrano ore. Finché non mi sfila la camicia dai jeans.

«Ahi.» Tira indietro la mano e se la culla al petto.

«Attenta, tesoro.» Le bacio le nocche ammaccate. «Lascia fare a me.»

«Ma ci stai mettendo troppo.» Il tono di lagna nella sua voce è adorabile.

«Pazienza.»

Sbuffa un rimprovero. Lo scaccio con un bacio.

Dopo un attimo, mi arrendo e le tolgo i vestiti a uno a uno, finché non è nuda, stesa davanti a me. La luce della luna cattura il fuoco dei suoi capelli, il desiderio nei suoi occhi. Mi sfilo la camicia, e odio il fatto di dovermi allontanare da lei, poi mi alzo per togliermi gli stivali e i jeans.

Lei cerca di afferrarmi, ma io scuoto la testa. Se vuole che le dimostri quanto mi è mancata, lo farò.

Mi inginocchio, le afferro un piede e ne bacio l'arco. Lei ridacchia, ma io proseguo, spostando le labbra sulla caviglia e poi sul polpaccio. Con calma, bacio verso l'alto, accertandomi di assaporare ogni istante, ogni rumore che fa mentre la esploro e memorizzo il suo corpo.

Raggiunto l'interno coscia, sorrido quando Bell solleva i fianchi impaziente, per poi imprecare quando torno a scendere, portandomi l'altro piede alle labbra. Ripeto l'operazione, assecondando il suo desiderio. Ancora una volta torno tra le sue gambe, mi arrendo e inspiro, assaporando la sua eccitazione. Poi sollevo la testa e le bacio il ventre.

«Giuro su Dio, Chase Moore...»

Nascondo il sorriso contro le sue costole, mordicchiandole la parte inferiore del seno, per poi lenire il bruciore con la lingua. «Sei folle di desiderio?»

«Sì,» ansima.

«Al punto che ti sembra di non resistere?»

«Sì.» La sua risposta è più un gemito che una parola.

«Senti che ti manca qualcosa? Che l'unica cosa di cui hai bisogno sia fuori portata?»

Lei annuisce, mordendosi il labbro, eccitata oltre ogni dire.

«Allora ti ho mostrato quanto mi sei mancata.» Disegno un cerchio pigro intorno a un capezzolo e pizzico l'altro. «Mi sento così ogni giorno da quando ti ho allontanato.»

Mi afferra i capelli, tenendomi a sé mentre stuzzico e succhio prima di sollevarmi verso la sua bocca.

Questa volta le permetto di strattonarmi e di unire i nostri corpi.

«Ora ti mostrerò quanto ti amo,» sussurro.

Viene alla prima spinta, perché l'accumulo è stato eccessivo. La tengo stretta mentre si tende, con i muscoli bloccati dal piacere, prima che si ammorbidisca tra le mie braccia. Solo allora inizio a muovermi, lentamente, deliberatamente, facendola godere di nuovo.

Impaziente come sempre, solleva i fianchi a tempo con i miei, mi cavalca mentre faccio l'amore con lei.

Dio, quanto amo questa donna.

«Chase, Chase, Chase...» ripete, come se il solo ricordare che sono lì con lei la portasse più vicine al piacere. Le mie palle si contraggono e so che sto raggiungendo il mio limite. I miei fianchi si muovono più forte e le spinte sono più profonde.

«Guardami, tesoro. Guardami.»

Sbattendo le palpebre, quasi incapace di mettere a fuoco, Bell fissa finalmente gli occhi nei miei.

«Non lasciarmi mai andare.» Allungando la mano verso il basso, le sollevo il sedere, spingendo ancora una volta il più forte e profondo possibile, mentre i nostri orgasmi si scontrano in un'unica ondata di piacere.

«Mai.» Il suo corpo rabbrividisce per le scosse di assestamento. «Ti amo.»

«Anch'io.» Mi affloscio contro di lei, spossato. «E ti amerò per sempre.»

Epilogo

Chase

Infilo la mano sotto la gonna di Bell e le strizzo una natica.

«Chase, fai attenzione,» sussurra con tutta la severità concessa dal tono di voce.

«Lo sto facendo.» Intrufolo un dito sotto il pizzo delle mutandine.

«A quello che sta succedendo nel tuo ufficio, non al mio culo.»

Quant'è carina quando si finge infastidita.

«Ma è un gran bel culo,» le mormoro contro il collo.

Il suono della porta che si apre ci zittisce entrambi.

«Da questa parte.» La profonda, salda voce di Thomas filtra da sotto le ante socchiuse dell'armadio in cui ci siamo nascosti.

«Tutto a posto?» tuona la voce di Stan.

«Sì.» Il tono eccitato di Denise mi manda un brivido lungo la schiena. «Speravo di concludere la faccenda in modo che io e tuo padre potessimo festeggiare a Jean-Georges.»

Raggiungono la scrivania, e dal nostro nascondiglio io e Bell riusciamo a vederli.

«Non posso credere che il ragazzo abbia ceduto le sue quote. Non sarebbe mai potuto diventare un vero Moore. Non ha la stoffa.»

Thomas emette un suono vago, poi fruga tra le carte sulla scrivania.

«E Denise sta facendo un ottimo lavoro, vero? La nuova campagna sta lanciando Moore's verso il successo.»

Bell si irrigidisce. Sposto la mano da sotto la sua gonna per cingerla tra le braccia e attirarla contro di me in un abbraccio. So che insiste che non le importa di aver "lasciato" indietro il suo lavoro quando è andata in Texas, sapendo che Denise l'avrebbe usato. Che è stata una sua scelta, e che lo rifarebbe. Ma fa male ugualmente, e intendo darle la rivalsa che merita.

«Voglio tirare un pugno nella palle a tuo padre e poi pugnalare Denise con il tacco delle mie nuove Jimmy Choo,» sibila Bell.

La zittisco, ma pagherei per vederglielo fare.

Thomas ignora la domanda e solleva un plico dalla scrivania. «Questi sono i documenti con cui Chase consegna le sue azioni. Sono già firmati. Ma perché abbiano valore legale, occorre che tu rinunci formalmente al controllo su Moore's.» Mette da parte i fogli e preme il pulsante sull'interfono. «George, puoi venire qui?»

Un istante dopo, come se avesse atteso l'invito (e so che è così), George entra in ufficio.

«Perché diavolo non hai licenziato...»

«George è un notaio, papà. E molto in gamba.» Thomas prende un'altra risma e la gira verso Stan. «Ho segnato i punti in cui devi firmare o apporre la sigla. A partire da qui.» Indica una zona del foglio.

Stan lancia un'altra occhiataccia a George, che rimane impassibile come sempre.

«Mh.» Stan sfila una penna d'oro dalla tasca della giacca,

poi ignora George e si concentra su mio fratello. «Ottimo lavoro, Thomas. Sapevo che avresti fatto grandi cose per l'azienda, ma non immaginavo saresti riuscito a far fuori in modo tanto efficiente quel debosciato di tuo fratello.» Gli dà una pacca sulla schiena. «Avrei dovuto saperlo. Sei proprio come me.»

Troppo occupato a chinarsi sul contratto, Stan non guarda la faccia di Thomas. Se le parole di nostro padre non hanno il solito effetto su di me, non posso non notare l'espressione disgustata che Thomas fatica a nascondere. Essere paragonato a Stanley Moore dev'essere sgradevole.

Per fortuna, ciò che ho in programma dopo aver liquidato Stan ricompenserà tutta la merda che ha dovuto mangiare nell'ultimo mese.

Con un ultimo svolazzo della penna costosa, Stan si raddrizza. «Ecco. Ora possiamo occuparci delle azioni di Chase.»

Thomas solleva una mano.

George si fa avanti e prende i documenti. «Vado ad archiviarli, signore,» dice a Thomas prima di uscire.

Una volta che si è chiuso la porta alle spalle, Stan tende la mano verso il secondo contratto. Mio padre, l'uomo di cui condivido il sangue, è molto ansioso di firmare per stracciare, con un sorriso, ogni mio diritto di nascita.

Sarà molto soddisfacente.

Volta la prima pagina. «Ma è vuota.» Sfoglia le altre. «Lo sono tutte.»

«Già,» è tutto ciò che dice Thomas.

«Sul serio, Thomas, devi stare più attento ora che sei al comando. Tuo padre non vuole perdere i profitti delle quote a causa della tua cattiva gestione.» È ovvio a chiunque non sia Stan che Denise intende dire che *lei* non vuole avere meno soldi da sperperare.

«Sistema tutto, Thomas.» La voce del vecchio è d'acciaio. «Ora.»

L'espressione placida di Thomas si incrina per un attimo e rivela un lampo di soddisfazione. «Sto sistemando tutto, papà. E da qualche tempo.» Fa un cenno del capo verso di noi. Il segnale.

Bell apre la porta della cabina armadio e rivela la nostra presenza.

«Ma cosa...»

Un sonoro bussare lo interrompe.

«Entrate,» dice Thomas.

Un gruppo di uomini si fa avanti; alcuni indossano l'uniforme della polizia di New York, altri dei completi formali. Come ad esempio mia madre e Leslie, l'amica avvocata texana di Bell.

È lei a parlare per prima. «Stanley Moore,» esordisce, porgendogli una busta gialla, «questo è per lei.»

«Cosa sarebbe?»

«I documenti del divorzio.» Mamma, che sembra una principessa newyorkese nel suo abito Chanel, scopre i denti al marito.

E poi fa il dito medio a Denise.

Tutti, me incluso, spalancano la bocca.

Uno di quelli in giacca e cravatta è il secondo a prendere la parola. «Stanley Moore, lei è in arresto per appropriazione indebita.»

Prima che Stan possa aprir bocca, un agente interviene: «Denise Hampson, è in arresto per il furto della proprietà intellettuale della King Marketing.»

«Cosa? Come osate!» strilla lei, e tutti trasaliscono. Poi gli agenti leggono a lei e Stan i loro diritti.

Stan sposta lo sguardo confuso da me a Thomas, mentre l'agente dell'FBI gli ammanetta le mani dietro la schiena. «Thomas, non puoi lasciarglielo fare.»

Stranamente rilassato, mio fratello raggiunge me e nostra madre. Siamo tutti fianco a fianco e fissiamo Stanley. «Non è stata un'idea di Chase,» e lo trafigge con lo sguardo, «ma mia.»

Il viso del vecchio sbianca. «Cosa?»

«La messinscena però è farina del mio sacco,» dico senza riuscire a trattenermi. «Ho pensato che farti arrestare con la tua amichetta nell'ufficio che hai tenuto in caldo per il tuo primogenito sarebbe stata giustizia poetica.» Gli faccio l'occhiolino. «Mi hai sempre detto che sono troppo sentimentale.»

«Tutto questo è ridicolo!» grida Denise, cercando di strapparsi dalla presa del poliziotto. «Non ho fatto nulla di male.» I suoi occhi sfrecciano folli per la stanza, poi si posano su Bell.

Che sorride.

Stan e Denise vengono portati via, e le loro voci frenetiche si attenuano lungo il corridoio. Poi tacciono.

«Beh, è stato grandioso.» Mamma si volta verso Bell. «Ora, non dimentichiamoci del pranzo di domani.»

Bell annuisce e l'abbraccia forte. «Grazie, Leslie,» aggiunge da sopra la spalla di mia madre.

«Eh, non preoccuparti. Ti farò avere la parcella.» Leslie mette una mano sulla spalla di mamma. «Andiamo Em. Sistemiamo tutto per poter dissanguare Stan con il divorzio. Sarà uno spasso.»

Con una risatina, mamma la segue fuori dall'ufficio, facendo promettere a me e a Thomas di organizzare un pranzo di famiglia molto presto.

«Vorrei poter chiamare Liz,» dice quindi Bell.

Quando io e Thomas abbiamo organizzato il piano, sapevamo di dover dire a Liz ciò che Stan aveva fatto e la verità sulla sua ascendenza. Le ha parlato mamma, quindi io e mio fratello non sappiamo cosa le abbia detto, ma come risultato Liz ha mollato la scuola e ha lasciato la città. Ci ha scritto che le serve un po' di tempo, e che ci chiamerà appena possibile.

In un primo momento, io e Thomas eravamo decisi a trovarla e riportarla a casa. Avevamo persino scelto un investigatore privato. Ma poi Bell e nostra madre ci hanno dissuasi. Hanno detto di fidarci di Liz e di lasciarle il tempo che le serve.

Tempo per cosa? Non lo so. Ma ho accettato di darle un mese, e se entro allora non avrò sue notizie, si farà a modo mio.

Thomas torna alla scrivania e apre il primo cassetto, da cui estrae un altro plico, che mi porge. «Ecco. Con questi ti restituisco il controllo dell'azienda. E stavolta in modo ufficiale.»

Prendo i fogli e faccio un sorrisetto al mio pomposo fratellone. «Grazie, amico.» Il mio sorriso si allarga quando lo vedo assottigliare lo sguardo. Poi getto i fogli nella spazzatura. «Ma no, grazie.»

«Ma che cazzo?»

«Tommy caro, hai appena imprecato?» La voce sconvolta di Bell è velata di ilarità.

Thomas si pinza la radice del naso. «Tra Chase che mi chiama amico e tu che ti inventi ogni sorta di nomignolo, mi farete salire la pressione.» Indica la spazzatura. «Perché *cazzo* lo hai fatto?»

«Perché non è ciò che voglio. Io voglio qualcos'altro.» Mi giro e apro la porta dell'ufficio. «George!»

Il mio assistente rientra con una cartella in mano, che dà a Thomas. «Serve altro, signor Moore?»

«Chase, George. Adesso devi proprio chiamarmi Chase. Soprattutto perché adesso qui ci saranno due signor Moore.»

Il rigido ragazzo si limita a inarcare un sopracciglio, poi se ne va.

Thomas stringe ancor di più le palpebre su di lui, poi si rivolge a me. «Cosa intendi?»

«Aprilo.» Indico con la testa la cartella.

Bell si sporge verso di me, e io la cingo con un braccio mentre guardo mio fratello leggere i documenti.

«Vuoi...» Si schiarisce la gola, commosso per la prima volta da che ho memoria. «Vuoi che gestiamo insieme Moore's?» Alza lo sguardo, confuso e forse un po' speranzoso. «Io e te?»

«Già.» So che sto sorridendo come un idiota, ma sono troppo felice per curarmene.

Finché Thomas tace un po' troppo a lungo.

Merda, forse ho frainteso.

Tolgo il braccio da attorno a Bell e mi avvicino a mio fratello, poi gli poso una mano sulla spalla.

«Ehi, non sei obbligato. Cioè, pensavo lo volessi, ma se non è così...» Mi passo l'altra mano tra i capelli. «Credevo che, visto che abbiamo ripreso a parlarci, forse...»

Thomas finalmente distoglie lo sguardo dai fogli. Il suo sorrisetto mi coglie di sorpresa. «Perché devi sempre rendere tutto strambo?»

«Stronzetto.» Gli tiro un pugno sul braccio per vendicarmi dell'ansia che mi ha provocato. Sapete, un gesto di quelli virili.

«Grandioso!» Bell batte le mani e sorride. «Ora possiamo iniziare.»

Thomas e io ci scambiamo un'occhiata. «Iniziare cosa, tesoro?»

Lei mi agita un dito sotto il naso. «Ti ho detto di non chiamarmi tesoro in ufficio.» Raggiunge la porta, e la gonna svolazzante le sottolinea le curve. «Alice,» chiama. «Portala pure, adesso.»

Sono abbastanza sicuro che mio fratello si sia strozzato alla menzione della nuova addetta marketing.

Gli lancio uno sguardo curioso. «Amico?»

Il suo viso è severo, da vero figlio perfetto.

Interessante.

Alice porta dentro una grande lavagna magnetica su rotelle. Thomas gliela toglie di mano. «L'hai trascinata fin qui da sola?»

La sua voce è più ruvida del solito. «Avresti dovuto chiamare qualcuno.»

Alice avvampa, e io sto per rimproverare mio fratello per la sua scortesia, quando la solitamente timida ragazza si mette le mani sui fianchi e lo fissa. «Sono perfettamente in grado di farlo, grazie mille.»

«Ehm...» Guardo Bell in cerca d'aiuto, ma lei si limita a sorridere.

Alice gira la lavagna, rivelando bozzetti, disegni e campioni di moquette e tessuti.

«Ta-da!» Bell fa uno strano gesto con le mani.

«Cosa sarebbe questo, tes...» Alla sua occhiataccia mi correggo. «Cioè, signora King?»

«Il progetto per i nuovi uffici. Alice e io abbiamo contattato uno studio di architetti e ci siamo fatti fare delle bozze. Vogliamo dividere questa noiosa mostruosità in due uffici.» Sposta lo sguardo da Thomas a me. «Uno per Simpaticone, e uno per te. I lavori iniziano lunedì.» Di nuovo quel gesto bizzarro. «Sorpresa!»

Dio, amo questa donna.

La raggiungo e le prendo il viso tra le mani. «Per quanto suoni magnifico, per un po' dovremo lasciare l'ufficio così com'è.»

Il sorriso di Bell si spegne. «Ma perché?»

«Perché ora che abbiamo sistemato Stan e che i fratelli Moore sono di nuovo in pista, mio fratello mi darà un mese di ferie per scusarmi di essere stato uno stronzo con te.» Lo guardo. «Giusto?»

«Un classico.» L'espressione di Thomas resta distante, ma non manco di notare come ogni pochi secondi fissi Alice. «Ma d'accordo, vai pure.»

Le labbra di Bell fremono quando mi posa le mani sul petto. «E come vorresti redimere le tue antiche tendenze da stronzo?»

Strofino il naso contro il suo. «Prima ti porterò a Pittsburgh, al museo di Andy Warhol.»

Un gran sorriso la illumina. «Davvero?»

«Davvero.» Sposto le dita a sfiorarle i capelli, e con l'altro braccio le cingo la vita. «Poi andremo a Memphis, dove ho organizzato un tour privato di Graceland, la casa museo di Elvis.»

Spalanca la bocca. «Graceland?» Lo sussurra come se fosse qualcosa di sacro, un sito religioso. E per lei lo è, credo.

«Infine, passerò due settimane in Texas per impressionarti con le mie doti segrete da cowboy, a casa dei tuoi genitori.» Le bacio il naso.

«Doti segrete da cowboy, eh?» ridacchia con le lacrime agli occhi.

Alice giunge le mani al petto con un sospiro.

Sapevo che prima o poi avrei azzeccato un grande gesto romantico. «Proprio così, tesoro.»

Bell non si lamenta neanche per il nomignolo e continua a sorridere, gli occhi lucidi di commozione.

Mi sporgo per baciarla, ma lei mi ferma.

«Però manca una cosa.»

«Ovvero?» Mi scosto per baciarle il collo. Lei rabbrividisce, così mi scosto. Voglio vedere l'eccitazione bruciarle negli occhi e scacciare le lacrime. Saranno anche lacrime di gioia, ma dopo gli ultimi eventi ho giurato di non farla piangere mai più.

«Non mi sembra appropriato,» bofonchia Thomas, subito zittito da Alice.

Gli occhi di Bell, quelli di cui mi sono innamorata quando il caffè rovente mi ha ustionato i capezzoli, si fanno foschi di desiderio, ma scintillano anche di malizia.

Si mette in unta di piedi e mi sfiora le labbra con le sue. «Dovremo portarci Mike Hunt.»

E questo, signore e signori, è uno dei molti motivi per cui la amo.

* * *

Volete scoprire come Chase si propone? E come Mike aiuta/interferisce?
O cosa combineranno Thomas e Liz?
Visita www.saralhudson.com/italiano per un epilogo bonus gratuito!

Ciò che succede a Las Vegas non sempre resta a Las Vegas.

Cosa che un certo burbero miliardario e la sempre amichevole addetta al marketing scopriranno nel modo più duro (o divertente?) possibile, grazie all'intervento di un gatto pelato con un problema di dipendenza dall'erba gatta.

Thomas Moore, erede della lussuosa catena di negozi newyorkese Moore's, ha tutto. Tutto... a parte il senso dell'umorismo.

Probabilmente perché viene spesso paragonato a quel farabutto di suo padre.

Alice Truman, una commessa recentemente promossa al reparto marketing, è decisa a dimostrare quel che vale. Anche se ciò significa sorridere di fronte a quell'arrogante del suo capo, che oltre a essere fin troppo attraente sembra convinto che lei non sia all'altezza del ruolo.

Per fortuna ci sono molti modi per evitare quel tizio, visto che il palazzo in cui si trova il negozio ha ben sei piani.

Ma quando viene invitata al matrimonio del fratello di Thomas, a Las Vegas, un concetto che quella versione moderna del signor Darcy nonché riluttante testimone detesta, non c'è sorriso abbastanza raggiante da aiutare Alice a superare la loro improvvisa e continua vicinanza.

Aggiungiamoci un gatto calvo, un addio al nubilato pieno di calamità, e qualche cocktail discutibile, e le cose si fanno... complicate.

E quando le cose si fanno complicate, Alice vorrebbe avere accanto... *tutti ma non il capo*!

****Tutti ma non il capo è una commedia romantica tanto bollente quanto esilarante, con tutti gli ingredienti giusti: opposti che si attraggono, una coppia composta da un burbero e una personalità solare, un matrimonio di convenienza, una famiglia improvvisa, e ovviamente un braccio destro sotto forma di animaletto.*

Altri libri di Sara L Hudson

Tutti ma non Tu! Serie

una serie di commedie romantiche e sexy su tre fratelli e un gatto senza pelo.

* * *

La Spazio Serie

Commedie romantiche contemporanee sugli uomini e le donne della NASA.

Donne intelligenti e uomini sexy.

L'autore

Sara è originaria della East Coast ma ha seguito il marito, ingegnere della Nasa, in Texas. Ora vive a Houston con il suo brillante marito e i suoi figli.

Ha conseguito un master in scrittura creativa presso l'Università di Bath Spa in Inghilterra e ha pubblicato come giornalista ed editorialista.

Scrive commedie romantiche perché il mondo ha davvero bisogno di ridere e amare di più.

e-mail: sara@saralhudson.com

www.saralhudson.com